Une brûlante liaison

Sentiments inattendus

CYNTHIA ST. AUBIN

Une brûlante liaison

Traduction française de
ELSA GANEM

PASSIONS

HARLEQUIN

Collection : PASSIONS

Titre original :
BAD BOY WITH BENEFITS

HARPERCOLLINS FRANCE
83-85, boulevard Vincent-Auriol, 75646 PARIS CEDEX 13
Service Lectrices — Tél. : 01 45 82 47 47 - www.harlequin.fr
ISBN 978-2-2804-9521-9 — ISSN 1950-2761

Composé et édité par HarperCollins France.
Imprimé en septembre 2023 par CPI Black Print (Barcelone)
en utilisant 100% d'électricité renouvelable.
Dépôt légal : octobre 2023.

FSC
www.fsc.org
MIXTE
Papier issu de sources responsables
FSC® C159065

Pour limiter l'empreinte environnementale de ses livres, HarperCollins France s'engage à n'utiliser que du papier fabriqué à partir de bois provenant de forêts gérées durablement et de manière responsable.

Cher lecteur,

Quand je dis que j'étais excitée d'écrire le troisième livre de la série « Les héritiers Kane », je veux dire que, même pendant que j'écrivais la fin heureuse du frère de Marlowe, Mason, je me surprenais à devoir renvoyer poliment Marlowe et Law dans la salle d'attente quand ils me murmuraient des choses à l'oreille. Comme c'est enfin leur tour, je suis ravie de vous les présenter officiellement.

Marlowe Kane est une fille de chiffres, et Law Renaud n'entre pas dans l'équation. Musclé et maussade, le propriétaire de la distillerie 4 Thieves est loin d'être ravi quand la belle héritière milliardaire arrive pour réaliser un audit de leurs finances en vue d'une acquisition par Kane Foods.

Quand une tempête les force à dormir sous le même toit, les étincelles (et les pics) fusent. Mais leur aventure pourrait leur coûter plus qu'ils ne le pensent. Le projet d'acquisition en péril, Law risque de perdre non seulement son gagne-pain mais aussi le rêve qu'il poursuit depuis son enfance difficile. Quant à Marlowe, si elle n'est pas prudente, l'homme qui a bâti 4 Thieves pourrait bien lui voler son cœur.

Installez-vous confortablement, préparez votre boisson préférée et profitez !

Douce lecture !

Cynthia

1

Marlowe Kane était sur le palier du premier étage de Fair Weather Hall, la propriété familiale. Très tôt, elle avait appris que c'était le meilleur endroit pour espionner les fêtes somptueuses que ses parents organisaient. Elle était alors assez petite pour passer sa tête entre les colonnes sculptées et voir ce qui se passait en bas, en espérant assister à un baiser volé. Ou une danse gracieuse.

Là, ce qu'elle vit fit bouillir son sang.

Neil Campbell, son ex-fiancé, paradait dans la foule où circulaient des serveurs offrant amuse-bouches et flûtes de champagne aux invités.

Elle ne comprenait pas pourquoi Neil était là, après ce qu'il avait fait.

Elle aurait aimé que Samuel et Mason soient présents.

Ses frères jumeaux, qui n'avaient qu'un an de plus qu'elle, avaient toujours été ses protecteurs autoproclamés, chacun avec ses propres méthodes.

Samuel, avec ses paroles dévastatrices calculées, pouvait réduire n'importe qui en une bouillie tremblante qui se répandait en excuses. Mason, lui, avait plutôt tendance à sortir les poings avant de régler les choses à l'amiable.

Mais comme Samuel était en pleine organisation de son mariage et Mason complètement accaparé par sa relation toute fraîche avec l'assistante de direction de leur père, ils se montraient tous les deux insaisissables, ces derniers temps.

Ce qui était dommage puisque leur antipathie pour son ex-fiancé était l'un des rares sujets sur lequel ils étaient d'accord.

Prenant une profonde inspiration, elle décida de se joindre aux festivités et commença à descendre l'escalier, se demandant une nouvelle fois ce que Neil faisait là.

Soudain elle revit la fête du nouvel an où elle l'avait rencontré, deux ans plus tôt...

Très élégant dans son smoking, ses cheveux noirs bleutés à cause de la brillantine, il lui avait semblé charmant. Avant la fin de la soirée, ils faisaient connaissance en évoquant des anecdotes sur leurs pères respectifs, aussi autoritaires l'un que l'autre, qui s'avéraient être de vieux amis.

Cette première rencontre s'était transformée en un premier rendez-vous, puis une rapide cour encouragée par leurs pères, et ils s'étaient rapidement fiancés. Neil était si différent, à cette époque. Spontané. Romantique. Audacieux.

Passer sa vie avec lui ne lui avait pas déplu. Mais quand son père, Parker Kane, P-DG de l'empire international basé à Philadelphie, Kane Foods, avait pris Neil sous son aile de fer, ce dernier avait rapidement changé.

Il avait passé des journées de plus en plus longues au bureau, sa patience était de plus en plus limitée et ses baisers plus superficiels. Elle avait arrêté de rêver au mariage, se demandant où était passée la passion.

Découvrir qu'il avait traqué l'assistante de son père en lui envoyant des messages louches avait été la goutte d'eau qui avait fait déborder le vase.

Le mois dernier, tout s'était effondré et elle avait rompu.

Ce qui la ramena à la question initiale : que faisait donc Neil ici ? Arrivée en bas du grand escalier, elle parcourut la foule des yeux à la recherche de son père.

Elle ne vit ni son père ni Neil, mais *lui*.

Grand. Fort. Portant un bouc soigneusement taillé. Les yeux couleurs café. Vêtu d'un costume qui n'était pas du sur-mesure, mais qui lui allait très bien. La tête inclinée, un petit sourire arrogant aux lèvres, il l'étudia de la tête aux pieds sans la moindre gêne.

Indignée, elle le fusilla du regard.

Certes, les hommes aimaient la regarder. Et depuis de longues années, elle endurait des regards furtifs avides lors de soirées et cocktails d'entreprise interminables.

Mais un homme qui n'essayait même pas d'être discret ?

Jamais.

Il n'avait rien à voir avec les personnes sophistiquées qui faisaient généralement partie de son entourage.

Avec ses yeux de braise aux paupières lourdes, il avait plutôt l'air… mauvais. Le genre de mauvais garçon avec qui on se retrouve sur la banquette arrière d'une voiture. Le genre contre lequel une mère nous met en garde.

Beau ? Résolument pas.

Avec sa mâchoire taillée comme du granit, ses pommettes saillantes et un nez aquilin qu'une bagarre de trop avait légèrement dévié, ses traits se moquaient de la symétrie.

Attirant ?

Son air renfrogné semblait destiné à vous repousser. C'était l'équivalent d'un panneau « Défense d'entrer ».

Cela dit, elle se surprit à avoir du mal à détacher ses yeux de lui.

Pire, elle avait le sentiment que non seulement il le savait, mais, en plus, qu'il aimait ça.

Sans la quitter des yeux, il porta à ses lèvres un verre de whisky, visiblement, et en prit une longue gorgée.

Sans comprendre comment, elle eut l'impression que ce n'était pas sa boisson qu'il savourait, mais *elle*.

Avec tout le mépris dont elle était capable, elle leva le menton et détourna le regard avant de descendre la dernière marche et se faufiler dans la foule.

Elle accepta avec gratitude une flûte de champagne du premier serveur qu'elle croisa, et en but une gorgée avec plaisir.

— Je te cherchais, dit une voix juste derrière elle.

Elle se raidit aussitôt et se retourna à contrecœur.

— Salut, Neil.

Il apparaissait toujours sous son meilleur jour en costume, et ce soir ne faisait pas exception. Sa tenue était bien coupée et sans doute hors de prix. Mais comparé à l'arrogance masculine et naturelle de l'inconnu de tout à l'heure, Neil paraissait... précieux. Ses cheveux étaient trop bien coiffés, ses sourcils trop soignés, sa chemise blanche trop blanche.

— Surprise de me voir ? demanda-t-il, avant de boire une gorgée de son martini.

— Je ne suis pas sûre que « surprise » soit le terme que j'aurais choisi.

— Tu n'as pas répondu à mes appels, alors j'ai dû avoir recours à des mesures plus inventives.

Son sourire révéla une rangée de dents blanches parfaitement alignées.

— Alors tu as décidé de t'incruster, rétorqua-t-elle en commençant à s'éloigner.

Bien sûr, il la suivit.

— Qui s'incruste ? J'accompagne mon père, répondit-il.

— Alors peut-être que tu devrais aller lui tenir compagnie, suggéra-t-elle en désignant le bar où se trouvait Henry Campbell.

Neil passa devant elle pour lui bloquer le passage.

— Il faut que je te parle.

— Non, dit-elle en le contournant.

— Marlowe, s'il te plaît.

Ce fut le « s'il te plaît » qui la retint. Neil l'avait prononcé avec une émotion sincère qu'il ne lui avait pas témoignée depuis longtemps.

— Cinq minutes de ton temps, précisa-t-il sans son assurance habituelle. C'est tout ce que je demande.

Elle hésita, regarda vers le mur où elle avait vu l'homme mystérieux et fut bizarrement déçue de ne pas le trouver.

— D'accord.

Neil l'entraîna hors de la salle principale et la conduisit dans un petit salon au premier étage. Ce n'était pas précisément l'endroit où ils s'étaient rencontrés, mais c'était une tentative évidente de recréer une atmosphère semblable.

Il ouvrit la baie vitrée qui donnait sur un balcon et attendit qu'elle passe pour refermer derrière elle.

Elle avança jusqu'au muret en brique et y posa sa flûte de champagne.

Construit par son arrière-grand-père à la fin des années 1800, Fair Weather Hall était entouré de plusieurs hectares de pelouse et de bosquets d'arbres qui l'isolaient du reste du monde.

— N'est-ce pas magnifique ? fit remarquer Neil qui contemplait les étoiles.

— De quoi voulais-tu me parler ?

— De nous, bien sûr.

— Neil, il n'y a plus de « nous », répondit-elle en soupirant.

Il se rapprocha d'elle et ses yeux se rivèrent sur sa main.

— Si c'est vrai, pourquoi portes-tu encore ma bague ? s'enquit-il.

Mince !

Elle avait été si choquée de le voir, qu'elle avait complètement oublié de la retirer. Elle la mettait uniquement quand elle participait à des soirées comme celles-là, pour repousser les avances d'éventuels prétendants.

— Voilà, dit-elle en l'enlevant. Tu peux la récupérer.

Neil effleura sa joue d'une caresse.

— Ce n'est pas la bague que je veux récupérer, murmura-t-il. C'est *toi*.

Elle s'écarta brusquement de lui avec une expression dégoûtée.

— Comment peux-tu ne serait-ce qu'imaginer que je vais envisager de me remettre avec toi après ce que tu as fait ? répliqua-t-elle.

— Tu vas détruire notre relation juste parce que j'ai envoyé à l'assistante de ton père quelques messages anonymes pour la mettre en garde contre Mason ? demanda-t-il en ricanant comme si c'était un détail négligeable.

— Des messages que tu as envoyés en étant garé près de chez elle à plus d'une heure de la ville.

Il finit son martini et posa son verre dans une jardinière en pierre.

— Je ne dis pas que ce que j'ai fait était bien, mais juste que j'ai essayé d'aider une personne vulnérable, expliqua-t-il.

— Tu seras peut-être choqué de savoir que je suis très familière avec les techniques de *gaslighting* et *mansplaining*. Donc si tu prévois de me convaincre en utilisant l'une ou l'autre, je t'incite fortement à reconsidérer ton jugement.

Les bras croisés sur la poitrine, Neil s'adossa au muret.

— Ce n'est pas toi qui es venue me voir parce que tu t'inquiétais pour Mason ? demanda-t-il.

Là, il n'avait pas tort.

Elle avait toujours été plus proche de Mason que de Samuel, et le fait que Mason se replie sur lui-même avait fait tressaillir ses antennes de petite sœur. Quand il avait commencé à arriver au travail avec des ecchymoses mal dissimulées, elle s'était inquiétée. Quand elle avait remarqué d'importants retraits d'argent sur son compte personnel, elle avait paniqué.

— Partager mes inquiétudes concernant mon frère ne veut pas dire que je te donne la permission d'accéder à des informations familiales confidentielles sur nos finances ou de mettre Charlotte en garde contre le fait de s'engager avec lui.

— Je sais, répondit-il en prenant sa main. Ce que j'ai fait était intrusif et stupide. Je suis juste allé trop loin.

Elle dégagea sa main de la sienne et lui tendit de nouveau la bague.

— Moi aussi, dit-elle.

— Marlowe, c'est notre rêve. Une dynastie familiale. Les Kane et les Campbell, comme on en a toujours parlé.

— Comme *tu* en as toujours parlé.

Pendant un temps, elle avait cru vouloir cette vie luxueuse qu'ils pourraient bâtir ensemble. Le grand mariage. Des voyages. Et un jour, des enfants.

Dès que Neil aurait atteint la place qui lui revenait de droit au sein de Kane Foods.

Mais la date de mariage s'était éloignée, emportant avec elle les espoirs de Marlowe. Maintenant, alors que les noces de son frère approchaient à toute vitesse, elle réalisait combien elle avait été naïve d'attendre tout ce temps.

— Prends-la, Neil.

Il regarda la bague au diamant étincelant comme une petite étoile dans sa paume ouverte. L'étincelle d'espoir dans ses yeux s'éteignit, devenant de glace.

— Un baiser d'adieu alors ? suggéra-t-il. Pour tourner la page.

En voyant son regard briller d'une lueur mauvaise, elle eut peur. Ils étaient isolés, ici. Avec le bruit de la fête dans la grande salle, elle pourrait crier à pleins poumons, personne ne l'entendrait.

— Non, Neil, dit-elle en faisant un pas en arrière.

— Tu te souviens que tu me disais que ça t'excitait ?

Il posa sa main sur sa nuque et serra.

Elle le repoussa aussi fort que possible.

— Neil, j'ai dit...

Le baiser fut aussi bref que brutal. Il écrasa sa bouche sur la sienne si fort qu'elle sentit la forme de ses dents contre ses lèvres. Puis il s'éloigna brusquement en jurant.

Le cœur de Marlowe battait à tout rompre. Elle pressa ses doigts sur ses lèvres, s'attendant presque à les voir couvertes de sang. Quand elle découvrit que ce n'était pas le cas, elle regarda devant elle et vit.

Lui.

L'inconnu de tout à l'heure.

Ici, sur le balcon.

Qui tenait Neil par le col de sa chemise.

— Elle a dit « non ».

Les mots avaient été plutôt crachés, et la colère était perceptible.

— Tu connais le consentement ? poursuivit l'inconnu, en soulevant Neil jusqu'à ce que seules les pointes de ses mocassins touchent le sol.

— Oui, marmonna Neil en le foudroyant du regard, plein de rancœur.

— Bien. Et maintenant, tu dégages ou je fais passer ta gueule de BCBG par-dessus la balustrade.

— Je m'en vais, répondit Neil d'une voix enrouée.

Il prit le temps de lisser sa chemise et jeta un regard plein de sous-entendus en direction de Marlowe avant de s'éloigner.

Quand il fut parti, l'homme se tourna vers elle, et ses yeux parcoururent son corps tout aussi effrontément que tout à l'heure, mais avec une certaine inquiétude, cette fois.

— Vous allez bien ? demanda-t-il.

Marlowe passa une main tremblante dans ses cheveux.

— Ça va, répondit-elle.

Il fit un pas vers elle comme s'il allait l'examiner.

— Vous êtes sûre ?

— Oui. Vous pouvez me laisser.

— Vraiment ?

— Oui. Malgré le fait que vous n'appartenez clairement pas à l'entourage de mon père, je suppose que vous avez une raison d'assister à cette soirée, autre que celle de vous cacher sur les balcons pour me reluquer.

Il l'observa un instant avant de répondre :

— Oui. Vous sauver de votre connard de fiancé.

— Me *sauver* ? Vous m'avez pratiquement déshabillée du regard, vous nous avez suivis jusqu'ici, puis vous débarquez comme Rambo sans que je vous aie demandé d'intervenir. Dites-moi, suis-je censée me pâmer d'admiration devant vous ? Vous ovationner ? Je suis habituée à soutenir l'ego des milliardaires, mais je suis plus novice en matière de *justicière* de réception.

Il croisa les bras sur son torse en une posture plus défensive que provocatrice.

— D'abord, si vous croyez que je n'ai pas remarqué la manière dont vous me regardiez, vous êtes aveugle ou folle. Ensuite, vous dites que vous auriez préféré que je vous laisse seule avec ce type ?

— Je dis que je suis lasse des hommes qui me mettent dans des situations qui permettent à d'autres hommes de me porter secours, répliqua-t-elle, ignorant délibérément la première partie de son affirmation.

Parce qu'elle était vraie.

Et l'était toujours.

Même en se concentrant sur sa colère, elle luttait pour s'empêcher de détailler cet homme sous toutes ses coutures. Une fine cicatrice argentée dans son sourcil gauche. Le creux subtil dans sa pommette. La longueur de ses cils noirs. La façon dont son corps, proche du sien, avait réagi.

— Je sais qu'isoler une femme de la foule est une tactique classique de prédateur, dit-il. Je sais que rejeter la faute sur un comportement de merde est la marque d'un narcissique. Je sais que tout homme qui pose ses mains sur une femme sans son contentement mérite qu'on lui arrache la rate. Et je sais que la beauté n'est pas une excuse.

Marlowe le regarda en clignant des yeux, bouche bée. Un flot de répliques du style « Comment osez-vous ? » lui vint à l'esprit, mais avant qu'elle en prononce une, il se baissa et ramassa la bague de fiançailles qu'elle avait laissé tomber sans s'en apercevoir. Il prit sa main dans la sienne, et posa la bague dans sa paume. Ses doigts chauds et rêches se refermèrent sur les siens. Il tint sa main un peu plus longtemps que nécessaire, son regard ardent plongé dans le sien.

Un picotement remonta le long de son bras et éveilla chaque centre nerveux de son corps.

Quand il la lâcha, l'absence soudaine de sa chaleur lui donna un étrange sentiment d'abandon.

— Bonne fin de soirée, dit-il.

Ces mots brefs s'attardèrent comme de la fumée longtemps après qu'il eut disparu.

Elle ne savait pas trop ce qui la surprenait le plus.

Qu'elle l'ait laissé avoir le dernier mot ou qu'elle veuille plus ?

Plus de lui.

2

Marlowe Kane.

Laurent Renaud, dit « Law », était assis dans le grenier à foin qui était devenu leur bureau quand son frère et lui avaient transformé la grange en premier bâtiment de la distillerie 4 Thieves. Sur l'écran de l'ordinateur devant lui étaient affichés les résultats d'une recherche Google qu'il n'avait pu s'empêcher de lancer.

Marlowe en tenue formelle, posant avec son père et ses frères au siège de Kane Foods. Marlowe en tenue haute couture noire à une soirée caritative pour la recherche contre le cancer. Marlowe bronzant sur le pont d'un yacht, à plat ventre avec les bretelles de son haut de bikini baissées.

Cette dernière photo avait clairement été prise de loin, ce qui suggérait l'objectif grand angle d'un *paparazzo*. Law lut avec amertume qu'elle avait une liaison avec un ponte des médias européens.

Il s'était attardé sur ce dernier cliché, passant mentalement sa main le long de son dos en remontant jusqu'à la courbe gracieuse de sa nuque et sur ses épaules qui devaient être contractées, même quand elle était censée se détendre.

Surpris par un sifflement aigu, il ferma brusquement l'ordinateur.

Son frère Remy, arborant le sourire du chat du Cheshire, le regardait, un paquet de bordereaux d'expédition à la main.

— Qui fais-tu semblant de ne pas cyberharceler ? demanda-t-il en posant la pile de papiers sur le coin du bureau.

Remy était l'aîné des quatre fils de Charles Renaud, dit « Zap », et avait hérité de ses cheveux noir charbon et de son regard perçant gris. Il mesurait quelques centimètres de moins que Law, mais le travail manuel avait modelé son corps d'un mètre quatre-vingt-huit qu'il aimait afficher en vivant presque exclusivement en jeans usés et T-shirts.

— Personne d'important, marmonna Law.

— Alors tu peux partager.

Remy se pencha, ouvrit l'ordinateur et haussa les sourcils avec un air approbateur.

Le désir frappa Law comme lorsqu'il avait vu Marlowe descendre l'escalier à Fair Weather Hall.

Ses pommettes insolentes. Son port de tête haut. Ses yeux d'un bleu polaire. Ses cheveux tel un rideau platine en carré bien droit. Un corps mince et élégant qui ondulait sous le tissu soyeux de sa robe.

Elle ressemblait à une Valkyrie. Une déesse guerrière.

Law était resté là, planté comme un garçon empoté d'un coin paumé qui avait vu sa première Ferrari. La manière provocante avec laquelle elle avait soutenu son regard sans s'excuser n'avait fait que l'enflammer davantage.

— Ce n'est pas ton genre habituel, lui fit remarquer Remy, l'arrachant à ses pensées érotiques. Mais elle a ce truc de princesse des glaces qui voudrait être... Putain de merde ! C'est une *Kane* ?

— Oui.

— Putain de merde...

Il fit défiler rapidement les images que Law avait passé la majeure partie de sa matinée à contempler au lieu de travailler.

— Elle est célibataire ?

Law arracha la souris des mains de son frère.

— C'est pas tes oignons.

En vérité, il ne connaissait pas la réponse, malgré la scène à laquelle il avait assisté la veille. La rage l'envahit en y repensant.

Il les avait observés dans la foule et avait remarqué la posture défensive de Marlowe et la contrariété sur son visage. Quand il avait vu ce Neil l'attirer à l'écart, il les avait suivis et, trouvant une autre pièce qui donnait sur le balcon, était sorti et les avait observés à distance.

Il avait dû se retenir d'aller flanquer son poing dans la figure de ce type.

— Comment ça s'est passé, hier soir ?

Remy s'affala dans le fauteuil en face des rangées d'alambics en cuivre protégés par un garde-fou qu'il avait construit à partir du bois d'une vieille chapelle de la propriété.

Achetée pendant que Remy et lui travaillaient encore sur une plate-forme pétrolière, la parcelle de terre de huit hectares avait été leur premier gros investissement pour la distillerie. Ils avaient exploité chaque bout de bois et de métal présent sur le terrain, à la manière des Renaud.

« Pas de gaspillage », disait toujours leur père en oubliant de préciser la deuxième partie de l'adage. Sans doute parce que « pour ne jamais être dans le besoin » était implicite.

Car ils avaient *toujours* été dans le besoin.

Besoin de la mère qui était partie quand Law avait douze ans. Besoin d'argent. De beaucoup de choses. Mais jamais de nourriture ; leur père les avait poussés tous les quatre à recourir à des méthodes... créatives pour en trouver.

Cette *créativité* n'avait pas seulement servi à remplir leurs assiettes mais avait peu à peu affecté leurs vies de bien des manières négatives. La prison, par exemple.

Law était le benjamin et le seul Renaud à n'avoir jamais purgé de peine. Après la mort de leur père dix ans plus tôt et les difficultés financières de la distillerie, il semblait que la chance des Renaud tournait enfin.

Jusqu'à récemment.

Law haussa les épaules et étendit ses longues jambes devant lui.

— Kane veut envoyer quelqu'un pour vérifier nos rapports financiers, répondit-il.

La conversation avec le patriarche de Kane Foods avait été aussi brève que prévisible. Encore contrarié par leur échange et le fait d'avoir passé trop de temps en présence de tous ces richards coincés qui lui donnaient la nausée, Law était tombé sur Parker Kane en se dirigeant vers la sortie. Prétendant déplorer son départ précipité, Parker Kane avait mentionné nonchalamment que des partenariats éventuels comme le leur apportaient généralement leur lot de surprises.

Une remarque destinée à rappeler à Law combien ils avaient de la chance que Kane Foods envisage un partenariat avec 4 Thieves.

La mâchoire de Remy se crispa.

— Je croyais qu'on lui avait déjà fourni tout ce dont ils avaient besoin, marmonna-t-il.

— C'est le cas.

— Alors pourquoi a-t-il besoin d'envoyer quelqu'un ?

Law se leva et s'avança jusqu'à la balustrade et trouva du réconfort dans la sensation solide et soyeuse du bois.

— Il n'en a pas besoin, dit-il. Il veut juste que l'on sache qu'il peut nous emmerder, s'il le souhaite.

Remy resta silencieux un long moment avant de demander :

— Tu crois qu'il pourrait changer d'avis ?

L'inquiétude dans la voix de son frère lui fit mal.

Ils avaient travaillé si dur pour bâtir 4 Thieves, tirant sur toutes les ressources disponibles. Et tout cela pour sortir les quatre frères Renaud de plusieurs générations de souffrance et construire un héritage durable. Law avait choisi ce nom pour cette raison précise. Pour accepter leur passé agité et le transformer en avenir honnête.

Mais l'un de ses frères n'avait plus rien à faire avec ce qui restait de la famille et un autre avait mis en péril leurs projets d'expansion. Aujourd'hui, Remy et lui étaient dans une position précaire et avaient besoin de fonds pour continuer.

C'est là que Parker Kane, qui souhaitait diversifier ses activités, les avait miraculeusement approchés.

Remy s'était d'abord opposé à son offre, mais Law avait

commencé à réfléchir à ce qu'il pourrait faire avec tout cet argent, et il n'avait pas pu laisser passer cette opportunité.

— Je sais qu'il veut mettre 4 Thieves sous la coupe de Kane Foods, dit-il. Mais ce que je ne sais pas, c'est pourquoi.

C'était la raison principale de son hésitation. Et ce qui expliquait pourquoi il s'était rendu à la séance d'autocongratulations entre milliardaires d'hier.

Il avait besoin de regarder Parker Kane dans les yeux. « Prendre la mesure de l'homme », comme aurait dit son père. Mais il était reparti avec le sentiment de passer pour un demeuré.

Ce qui le mettait carrément hors de lui.

Comme si l'argent que l'on gagnait à la sueur de son front n'avait pas la même valeur que les dollars hérités de papa.

— Tu as accepté l'audit ? demanda Remy en grattant sa barbe rase.

— Oui. C'est pour ça que je faisais des recherches sur Marlowe Kane. C'est elle qui nous fera cet honneur.

Ce n'était pas exactement un mensonge, mais pas toute la vérité non plus. Si quelqu'un allait vérifier l'historique du moteur de recherches, il trouverait le nom de Marlowe dans les résultats une bonne heure avant qu'il reçoive le mail de l'assistante de Parker Kane l'informant de l'audit.

— Elle vient *ici* ? s'enquit Remy, les yeux brillants comme ceux d'un gamin le matin de Noël.

Même si Noël, dans la famille Renaud, n'avait jamais provoqué ce genre d'enthousiasme.

— Lundi prochain, répondit Law. Et il est hors de question que tu remues ne serait-ce qu'un testicule dans sa direction. Compris ?

La réputation d'homme à femmes de Remy avait été bien forgée dans la paroisse de Terrebonne, où ils avaient grandi, et elle l'avait suivi à Fincastle, en Virginie. Ces derniers temps, ses rencontres avaient tendance à être brèves et exclusivement réservées à des femmes qui passaient par la distillerie. Law ne savait pas pourquoi l'idée que Marlowe soit l'une d'elles éveillait en lui une jalousie irrationnelle.

Après tout, ce n'était pas Remy qui lui avait piqué son ex-petite amie.

Chassant rapidement cette pensée, il se rendit à la machine à café et remplit le mug aux couleurs criardes que sa nièce lui avait fièrement offert à son anniversaire.

— Je jure de garder mes yeux, mes mains et tout autre appendice pour moi, décréta Remy, une main levée comme s'il était sur le banc des accusés.

— Bien.

Law porta le mug à ses lèvres et grimaça en avalant la première gorgée.

— Emily ? demanda Remy avec un sourire entendu.

Même s'il appréciait le dévouement de sa nièce de huit ans qui se levait tôt pour se glisser dans le bureau et préparer le café, ni Remy ni lui n'avait le cœur à lui dire que l'on n'était pas censé le mâcher.

— Tu ne pourrais pas arriver ici en premier, le matin ? le reprocha-t-il.

— J'ai essayé, répondit Remy en haussant les épaules. Elle désactive mon réveil.

— Tu ne verrouilles pas ton téléphone ?

— Bien sûr que si ! Mais elle trouve toujours le mot de passe.

— Cette gamine est un génie, fit remarquer Law avant d'avaler difficilement une autre gorgée. En parlant de génie, tu penses que tu pourrais trouver quelqu'un pour la garder deux heures ce week-end ? ajouta-t-il, pensant soudain à quelque chose.

— Pourquoi ?

Law posa son mug et fixa le visage austère et élégant de Marlowe sur son écran.

En tant que benjamin de la famille, on lui avait souvent assigné le rôle de sentinelle dans leurs opérations furtives. Il devait alors alerter ses frères quand il voyait la lumière d'une torche ou d'un spot dans leur direction. La seule fois où il avait échoué, Remy avait perdu cinq ans de sa vie dans un centre de détention.

Law était aux aguets depuis.

Ou pensait l'être.

En insistant pour accepter l'investissement de Kane Foods, il avait invité les ennuis à leur porte.

S'il ne pouvait empêcher Marlowe Kane d'entrer, il pouvait faire en sorte qu'elle n'ait pas envie de rester plus longtemps que nécessaire.

Détachant ses yeux de l'écran, il sourit à Remy.

— J'ai de petites idées en tête.

3

— Non mais, c'est une blague..., murmura Marlowe en se garant.

Là, à quelques mètres devant elle, il y avait un homme.

Un homme *torse nu*.

Un homme torse nu *avec une hache*.

Aucun de ces faits pris indépendamment ne représenterait un problème.

Sauf que l'homme en question était le justicier qui avait malmené Neil avant de la mettre très mal à l'aise, avec ses regards brûlants.

Et donc Laurent Renaud, le propriétaire de la distillerie 4 Thieves, comme le lui confirma la rapide recherche qu'elle fit aussitôt sur Google.

Un peu plus tard dans la soirée, elle avait cherché son sauveur pour lui présenter des excuses. Après tout, il n'avait fait qu'essayer de l'aider. Même si sa démonstration de force brute avait été vulgaire, gratuite... et peut-être un peu érotique.

Comme elle ne l'avait pas trouvé, elle avait quitté la soirée et était rentrée chez elle, à Rittenhouse Square, où un long bain et une émission de télé-poubelle l'avaient réconfortée.

Le lendemain matin, son père l'avait convoquée dans son bureau pour l'informer qu'elle conduirait un audit sur site des rapports financiers de la distillerie 4 Thieves en suggérant qu'elle devrait découvrir « quelque chose » pour soutenir une estimation « qui refléterait mieux leur niveau d'engagement ».

Pour Parker Kane, c'était l'équivalent du Gambit du roi dans la longue partie d'échecs qu'étaient leurs négociations.

Malgré sa réserve initiale, elle avait été séduite par l'idée d'échapper aux murs étouffants du siège de Kane Foods. Jusqu'à ce qu'elle s'engage sur la route poussiéreuse qui serpentait entre des bosquets de chênes et d'érables et arrive devant la distillerie 4 Thieves pour trouver un homme à moitié nu en train de fendre de gros morceaux de bois devant le fumoir de la distillerie.

Elle observa avec fascination Laurent Renaud se pencher pour attraper une autre bûche, les muscles de son large dos travaillant en harmonie tandis qu'il la posait sur la souche. Il saisit le manche de la hache, la leva au-dessus de sa tête et l'abaissa avec un « schlak » sonore et un grognement guttural.

— Non mais, c'est une blague, répéta-t-elle.

Cette scène d'un autre âge sur fond de musique classique – qu'elle écoutait toujours quand elle avait un long trajet à faire et qu'elle devait accomplir une tâche particulièrement déplaisante – était surréaliste.

Elle avait refusé de prendre l'un des jets privés de Kane Foods International et opté pour un mini road trip en solo en pensant que cela lui donnerait l'occasion de se vider la tête et de calmer ses nerfs.

Ce qui avait bien fonctionné jusqu'à…

Schlak !

Le plancher pelvien que son professeur de yoga lui demandait toujours de contracter se serra involontairement.

Le bûcheron musclé se tourna vers elle et la fixa.

Tout espoir de repartir dans un nuage de poussière pour rentrer directement chez elle s'évanouit.

Elle arrêta le moteur et, sentant son regard brûlant sur elle, renonça à se mirer une dernière fois dans le rétroviseur – elle aurait détesté qu'il connaisse son petit travers vaniteux. Elle prit l'attaché-case en cuir qui contenait son ordinateur, mit son trench sur son bras et sortit de la voiture. Elle ferma la portière d'un coup de hanche.

Elle s'avança vers Laurent Renaud, le dos bien droit, les épaules en arrière et le regard impérieux que lui avait enseigné son père. Seule fausse note, ses escarpins n'étaient pas du tout adaptés au terrain...

Elle s'arrêta à une distance polie.

— Bonjour, dit-elle.

Il balança sa hache sur son épaule sans répondre.

— Alors, vous êtes Laurent Renaud, si je comprends bien ?

Il serra les dents et lui tendit la main.

— Law.

— Marlowe.

La main de Marlowe disparut dans la sienne, provoquant un choc électrique à la seconde où sa peau rugueuse toucha la sienne. Elle était si différente des mains molles de tous ces hommes habitués à tenir des clubs de golf et des poignées de porte-documents. Ces mains qui se repliaient toujours autour de la sienne comme si c'était un oiseau qu'elles craignaient d'écraser.

— Écoutez, dit-elle. À propos du soir où nous avons fait connaissance...

— Ce n'est pas le cas. De toute façon, je ne me souviens pas que vous ayez dit votre nom. Ou demander le mien.

— Vous avez raison. Et c'était grossier de ma part. J'étais très contrariée, mais je regrette de vous avoir parlé comme je l'ai fait.

— À quel moment ?

Il fronça les sourcils et la fixa d'un regard insolent.

Elle n'arrivait pas à savoir s'il ne se souvenait vraiment pas ou s'il voulait juste qu'elle le répète.

— Quand je vous ai dit que vous m'aviez reluquée et suivie comme un pervers et que vous étiez un... un justicier de réception.

— Je crois que vous avez dit que je vous avais « déshabillée du regard ». Et vous aviez raison.

Il laissa passer quelques secondes après ces mots et ajouta :

— Où voulez-vous en venir ?

Ravalant son agacement, elle puisa en elle la diplomatie

qu'elle avait perfectionnée lors de nombreuses discussions directoriales conflictuelles.

— Je veux en venir au fait que je pense que nous avons peut-être tous les deux dit certaines choses, sous le coup de la colère, que nous n'aurions pas dites dans d'autres circonstances, répondit-elle.

— S'agit-il d'excuses ? Parce que vous pourriez commencer par ça et nous faire gagner du temps.

Elle retint son envie de hurler.

— Vous savez quoi ? Peu importe. Et si vous me montriez votre bureau pour que nous puissions en finir, rétorqua-t-elle.

Il esquissa un petit sourire moqueur et planta sa hache dans la souche à côté d'elle, ce qui la fit sursauter.

— Suivez-moi, dit-il.

Il s'éloigna et passa derrière un bâtiment en bois dont le toit en tôles ondulées était couvert de rouille. D'une cheminée, une colonne de fumée bleutée s'élevait devant le vert profond des feuilles de la fin de l'été avec une forte odeur de viande fumée.

Elle le suivit et profita de cette opportunité pour contempler avec plaisir les muscles de son dos. Tout comme elle appréciait la manière dont son pantalon, ni trop large ni trop moulant, donnait un aperçu de ses fesses. Habituée depuis toujours à voir essentiellement des hommes en costume, elle ne se souvenait pas d'avoir vu un seul pantalon honorer aussi bien son propriétaire.

Ils marchèrent dans un silence que seul le bruit de leurs pas et le souffle du vent dans les arbres troublaient. Elle n'avait pas connu un tel calme depuis la fois où elle s'était éclipsée lors d'un séjour au ski à Aspen quand elle avait douze ans.

Après avoir dépassé le fumoir, elle fut subjuguée par l'étendue de verdure luxuriante jusqu'à une petite colline, en haut de laquelle se trouvait une vieille ferme, majestueuse dans sa beauté ancienne. Un grand hangar aux cloisons de métal se trouvait un peu plus loin. Ce devait être la distillerie, avec sa route en gravier qui serpentait jusqu'à une place où plusieurs voitures et camions étaient garés.

Elle remarqua plusieurs jardins de lavande, des potagers entourés de clôtures en bois et un corral avec des chevaux qui broutaient tranquillement.

Ce décor était si différent des pelouses soignées et sans âme de Fair Weather Hall.

Désorganisé. Spontané. Sauvage.

— Vous venez ? demanda Law, l'arrachant à sa contemplation

Elle refusa de se presser, et un signal d'alarme retentit en elle quand elle réalisa où il l'amenait.

Elle avait déjà vu des véhicules tout-terrain. Elle était même déjà montée dans l'un d'eux au domaine viticole familial de Willow Creek à Napa. Mais *ça*, ce n'était pas un véhicule tout-terrain. La... enfin *l'engin* garé derrière le fumoir était un croisement entre un caddie de golf et un buggy. Cet assemblage étrange de pièces qui avaient manifestement appartenu à d'autres machines dans le passé semblait d'une certaine manière... embarrassé par les pneus tout neufs et à la taille disproportionnée qui y étaient fixés.

Law se glissa à la place du conducteur avec une facilité surprenante pour sa taille. De la fumée noire sortit de l'arrière quand il démarra le moteur.

Remarquant qu'elle ne l'avait toujours pas rejoint, il la regarda en haussant un sourcil.

— Alors, vous montez ?

— Où allons-nous ? cria-t-elle pour être entendue malgré le vrombissement erratique.

Il indiqua du menton le grand hangar en métal.

— Là-bas.

— OK. J'y vais avec ma voiture.

— Non ! Vous ne pouvez pas !

Une flamme de rage s'alluma dans sa tête. Même avec le privilège considérable de son origine, un master de gestion de Yale et un combat ardu dans l'entreprise familiale, elle ne comprenait toujours pas que les hommes continuent à croire que c'était à eux de lui dire ce qu'elle pouvait faire ou pas.

— Écoutez, je comprends que vous n'ayez aucune envie

de me voir ici, et croyez-le ou pas, cela ne me transporte pas de joie non plus, dit-elle en pesant bien ses mots. Mais vous pouvez au moins faire preuve de civilité, si ce n'est de courtoisie. Vouloir conduire mon propre véhicule jusqu'à l'endroit où je vais travailler est une requête plus que raisonnable, et je m'attends à ce qu'elle soit honorée.

Il la regarda un instant sans répondre. Peut-être n'avait-il pas l'habitude qu'une femme lui parle sur ce ton.

— Vous voyez ce trou dans la route ? demanda-t-il, la mâchoire contractée.

Elle suivit son regard vers l'endroit où le gravier disparaissait pour ne réapparaître qu'au pied de la colline.

— Oui.

— Mon frère a perdu la moitié d'un chargement de ferrailles en contrebas. À moins que votre coupé ait des pneus en titane, vous feriez mieux de monter avec moi.

— Si c'est vrai, dit-elle en regardant vers le petit parking où plusieurs véhicules étaient garés, comment *eux* sont-ils montés ?

— *Eux*, dit-il en imitant son emphase, ils vivent ici.

— Je vois.

Elle avait perdu la première manche.

Contrainte et forcée, elle monta dans l'engin, et s'installa sur le siège passager, son genou touchant celui de Law puisque son corps occupait approximativement les trois quarts de l'espace. Soudain, elle perçut son parfum, un mélange de cèdre et de transpiration. L'ensemble était...

Elle s'éclaircit la voix dans l'espoir que cela éclaircisse aussi ses pensées.

— Prête quand vous...

L'engin bondit en avant. Elle poussa un petit cri et leva les mains pour garder l'équilibre. Lorsqu'elles retombèrent, l'une d'elles atterrit sur la cuisse en acier de Law, à quelques centimètres de son entrejambe. Elle l'enleva brusquement comme si elle avait touché une plaque de cuisson brûlante.

Law se tourna vers elle, un sourire furtif aux lèvres.

— Désolé, dit-il. Elle est un peu tatillonne au démarrage.

Trouvant finalement une poignée sur la structure en métal, elle s'y cramponna.

— Bien sûr.

Quand Law attrapa le pommeau rond du levier de vitesse, les muscles de son avant-bras se contractèrent tandis qu'il le tirait en arrière. Ses doigts faillirent effleurer la peau nue de la jambe de Marlowe.

— Qui a construit cette *chose* ?

— Mon frère Remy, répondit-il en désignant un point derrière elle.

Elle se tourna et découvrit un homme brun en jean et maillot de corps blanc chargeant des matériaux dans un gros camion noir. De constitution robuste bien qu'il fasse quelques centimètres de moins que Law, la ressemblance était évidente.

Ils firent un détour pour éviter un vieux pneu de tracteur. La force du mouvement la fit partir sur le côté, et son bras toucha celui de Law. Elle sentit sa sueur, et cela fit crépiter sa peau.

La répugnance qu'elle avait toujours ressentie quand Neil, transpirant dans sa tenue de tennis, insistait pour la prendre dans ses bras après un match ne se manifesta pas.

Intéressant.

— « Remy » est-il un diminutif ?

— Oui, « d'emmerdeur », répondit Law. Ou « Rainier ».

Marlowe esquissa un petit sourire. Elle ne connaissait pas de frères « emmerdeurs ». Juste ceux qui tombaient éperdument amoureux et semblaient oublier jusqu'à son existence. Ils l'avaient juste appelée après sa rupture avec Neil pour prendre des nouvelles, et ils lui tenaient les propos appropriés quand ils étaient tous ensemble. Mais elle savait d'expérience qu'une nouvelle relation était instinctivement repoussée par les chagrins d'amour. Comme si la discorde était contagieuse.

Une autre bosse faillit l'éjecter de son siège. Quand elle retomba dessus, une douleur remonta dans son dos et elle grimaça.

Elle fut surprise quand Law ralentit.

— Ça va ? s'enquit-il.

— Oui. Une vieille blessure.

— De pom-pom-girl ?

Elle leva les yeux au ciel. Elle avait été pom-pom-girl, mais ce n'était pas sa pratique sportive principale.

— J'ai toujours été curieuse, dit-elle en se penchant vers Law pour s'assurer qu'aucun de ses mots n'était perdu. Qui détermine quelle blague la gent masculine va recycler éternellement ? Y a-t-il une sorte de newsletter ou bien... ?

Elle le vit esquisser un rapide sourire.

— Rugby ? suggéra-t-il.

— Polo.

Il laissa échapper un sifflement de surprise et d'admiration.

Elle avait fait du polo sous l'influence de son père. Comme le cérébral Samuel ne s'intéressait pas aux sports et que l'activité principale de Mason était de courir après les filles, elle s'était sentie obligée de porter l'héritage des Kane. Comme son père et le père de son père.

Et elle l'avait porté avec succès.

Jusqu'à ce que la longue suite de rubans bleus s'arrête brusquement à ses dix-sept ans à cause d'un accident qui avait mis fin à sa carrière et celle de son cheval.

Law ralentit en passant devant ce qui ressemblait à l'entrée principale, sur le côté du bâtiment où étaient garées les voitures, et emprunta un autre chemin de graviers vers la façade sud.

Des marches branlantes menaient à une vieille porte criblée de ce qu'elle espérait ne pas être des marques de balles, et tachée de traces de bottes en bas – une habitude de la fermer d'un coup de pied, sans doute.

Sur le petit palier en haut des marches, un chien marron et blanc leva la tête à leur approche.

Son cœur se mit à battre un peu plus fort, et elle ressentit une certaine contrariété. Contre quoi précisément, elle n'aurait su le dire. Son père, peut-être, pour l'avoir envoyée ici. Ou Law, pour l'avoir déjà déstabilisée. Ou ce chien, pour le mauvais souvenir qu'il ranima. Tous ces facteurs sur lesquels elle n'avait aucun contrôle.

Même si on ne pouvait pas dire qu'elle avait des problèmes de contrôle. Mais elle savait d'expérience que la vie était plus douce quand tout suivait précisément son cahier des charges.

Law coupa le moteur et descendit.

Elle fit de même de manière plus hésitante, tressaillant quand un sifflement fit bondir le chien à côté de lui.

Elle plaqua son attaché-case devant elle par réflexe, un geste qui attira aussitôt l'attention de Law.

— Layla, assis, ordonna-t-il.

La chienne se calma aussitôt, s'assit et fixa Law avec adoration.

— Pas bouger, ajouta-t-il.

Layla ne bougea pas.

Marlowe attendit que Law ait monté les marches grinçantes pour le suivre en passant au large de la chienne.

Une bouffée d'air frais à l'odeur de céréale la saisit dès qu'elle entra. Le bâtiment était spacieux, bien organisé et bien plus propre qu'elle ne s'y attendait. Deux rangées d'alambics en cuivre rutilants s'étendaient devant elle, connectés par un réseau de tuyaux. Un grand nombre de palettes de cartons avait été disposé en lignes, et un chariot élévateur bipait tandis qu'il glissait ses dents en métal sous l'une d'elles.

— Par ici, dit Law en se dirigeant vers un escalier menant à un loft avec une rampe en bois poli.

Elle le suivit et s'arrêta sur le palier.

Elle se força à rester stoïque en découvrant le chaos qui s'étendait devant elle.

Dans un coin, un bureau couvert de piles de papiers. Une avalanche de dossiers… par terre. Une imitation de canapé en cuir défoncé avec des taches grises sur les accoudoirs. Un téléviseur sur une table basse. Un petit coin où se trouvaient un évier, une machine à café et un mini réfrigérateur.

— Installez-vous où vous voulez, dit Law.

— M'installer ? Je pensais travailler directement dans votre service comptable.

— Le service comptable, c'est mon frère Remy, et comme vous l'avez vu, il est occupé ailleurs. Le mieux que vous puissiez faire, c'est de vous connecter à son ordinateur.

Law se pencha sur le bureau le plus proche de l'escalier, tapa sur le clavier, puis se redressa pour lui laisser la place.

— Faites-vous plaisir, dit-il.

Elle regarda alternativement Law et l'ordinateur.

— Je sais que 4 Thieves est une affaire plus petite que celles dans lesquelles Kane Foods investit généralement, mais puisque vous gérez une entreprise bénéficiaire, je suis presque sûre que vous savez que ce n'est pas ainsi que ça marche.

Law se rapprocha d'elle. Son corps paraissait plus large dans cet espace qu'en ayant le ciel en toile de fond. Malgré ses talons de huit centimètres qui lui donnaient de l'assurance, il la surplombait, le visage de marbre et le torse... toujours nu.

Bon sang, pourquoi donc était-il encore torse nu ?

Elle vit les fines sciures de bois dans les poils noirs de ses pectoraux qui dessinaient une ligne qui disparaissait dangereusement dans son pantalon de travail...

— Ce que je sais, c'est que la seule raison pour laquelle votre père a voulu envoyer quelqu'un pour faire un audit sur site après tout ce que nous avons déjà fait, c'est soit pour continuer à retarder la procédure, soit pour me rappeler que je suis à sa merci. Dans un cas comme dans l'autre, je sais qu'il s'attend à ce que je me taise en vous voyant et avale toutes les conneries que l'on me balancera.

Ses yeux s'étaient assombris et avaient la couleur du café laissé trop longtemps dans la cafetière.

— Même si j'apprécie vous regarder, poursuivit-il, vous devez savoir que je ne prévois pas de passer plus de temps à vous aider que le temps que votre père m'a accordé à son bal de milliardaires.

Son aveu lui coupa le souffle.

« J'apprécie vous regarder »...

Ce qui impliquait qu'il était attiré par elle, mais qu'il l'éviterait au maximum.

Cette prise de conscience la déstabilisa. Toutefois, refusant de se laisser intimider, elle plongea ses yeux dans les siens sans sourciller.

— Comment voulez-vous que je procède, étant donné ces conditions ? s'enquit-elle.

— En passant en revue les informations mises à disposition de chacune des agences tierces qui ont conduit les audits précédents. Tout est déjà disponible dans le dossier nommé « Audits » sur l'ordinateur de mon frère.

Ils restèrent silencieux un long moment, face à face.

— Oups ! Pardon. Je vous interromps ? lança une voix masculine.

Law fut le premier à détourner le regard, à la grande satisfaction de Marlowe.

— C'est bon, Mike, marmonna-t-il.

Un homme trapu aux cheveux grisonnants sous une casquette rouge et portant une chemise de travail avec son nom brodé sur la poche, s'approcha de l'imprimante sur le bureau.

— Je passe juste récupérer les bons de commande pour la livraison du Kentucky, dit-il. On essaie de faire partir les camions avant la tempête.

— La tempête ? demanda Marlowe.

— Oui, mademoiselle, répondit Mike. Elle est censée frapper fort vers 17 heures. Mais vous êtes en sécurité ici. Cet endroit est construit comme un bunker. Elle devrait être passée d'ici demain matin.

Oh non...

Elle n'avait pas pris la peine de vérifier la météo avant de quitter Philadelphie. Ni de réserver une chambre d'hôtel. Et Fincastle n'offrait pas une abondance d'options. Elle s'était dit qu'elle organiserait son voyage de retour avant le début de la soirée.

— Super, marmonna-t-elle les dents serrées.

Après avoir récupéré ses papiers, Mike les salua et quitta le bureau.

— Vous feriez mieux de vous y mettre, dit Law en désignant l'ordinateur de Remy.

Et là, comme il l'avait fait sur le balcon de Fair Weather Hall, il se retourna et partit.

— Est-ce que tu es une princesse ?

Les épaules douloureuses, la nuque raide, la vue floue à force d'avoir passé en revue des pages et des pages de chiffres, Marlowe leva les yeux de l'écran de l'ordinateur et découvrit une petite fille aux cheveux noirs avec de grands yeux de personnages de dessins animés qui la fixait depuis le seuil de la porte. Elle portait un plateau contenant une assiette.

— Non. Je suis contrôleuse de gestion, répondit-elle en se concentrant de nouveau sur l'écran dans l'espoir de faire comprendre à la fillette qu'elle n'avait pas envie de se lancer dans une longue conversation.

Elle n'était pas opposée aux enfants en tant que concept. Elle préférait juste qu'ils existent loin d'elle.

La petite bouche en forme de bouton de rose fit la moue.

— Ça a l'air beaucoup moins cool qu'une princesse, fit-elle remarquer.

— Les princesses n'ont pas de plan d'épargne retraite.

— C'est quoi un plan d'épargne retraite ?

La fillette s'approcha, et Marlowe ne put s'empêcher d'étudier chaque détail de cette étrange petite créature. Ses tresses échevelées, son T-shirt trop grand avec un loup hurlant à la lune, son legging arc-en-ciel qui moulait ses jambes de sauterelle, ses baskets qui clignotaient à chaque pas.

— Un plan d'épargne retraite, c'est un moyen de prendre soin de ton futur toi, expliqua-t-elle.

La fillette posa le plateau avec beaucoup de précaution.

— Comme avec une machine à voyager dans le temps ? s'enquit-elle.

— Un peu, répondit Marlowe en souriant. Comment t'appelles-tu ?

— Emily. Et toi ?

— Marlowe.

Le sourire de la fillette révéla un trou à l'endroit où manquaient ses deux dents de devant.

— Mais oncle Law m'appelle « Bug », précisa-t-elle.

— Oncle Law ?

L'idée que cette petite chérie puisse avoir un lien de sang avec ce barbare hargneux semblait complètement incongrue.

La fillette acquiesça.

— Il est vraiment grand et dit beaucoup de gros mots, mais il m'apprend le lancer de hache, expliqua-t-elle avec le plus grand sérieux.

Marlowe choisit de ne pas relever cette dernière information.

— Est-ce que ton oncle Law t'a demandé de m'apporter une salade ?

— En fait..., dit Emily en exagérant la prononciation, c'est mon papa qui l'a fait. Il s'appelle Rainier, mais tout le monde l'appelle « Remy ». Il s'occupe du restaurant.

— Il y a un restaurant ?

Elle n'avait rien vu à ce propos dans les informations financières qu'elle avait étudiées jusqu'ici.

Le bruit de bottes montant l'escalier lui donna un frisson d'anticipation rapidement étouffé.

Ce n'était pas Law, mais elle reconnut des similarités dans la forme de la mâchoire et l'arc des pommettes de l'homme qui venait d'entrer. C'étaient comme les variations d'un même thème musical.

— Te voilà, dit Remy en jetant un regard faussement sévère à Emily. Qu'est-ce que je t'ai dit sur le fait de ne pas déranger Mlle Kane ?

Emily posa sa main sur sa hanche et afficha un air indigné.

— Je ne la dérangeais pas, répondit-elle. Je lui parlais juste du restaurant.

— Lui as-tu dit que tu étais censée aider Mira à essuyer l'argenterie avant le service du soir ?

— J'allais le faire, papa.

Il tendit la main à Marlowe avec un grand sourire.

— Remy Renaud. C'est un plaisir de vous rencontrer.

— Marlowe Kane. Merci de m'avoir fait porter mon repas. Je n'avais pas réalisé qu'il était si tard.

— Pas de problème. Vous allez sortir de la grotte pour vous joindre à nous pour dîner, j'espère ?

— Je comptais travailler encore quelques heures, puis me rendre en ville avant que la tempête éclate. J'ai réussi à réserver une chambre au Holiday Inn.

Elle avait eu de la chance. Après le départ de Law, elle avait sauté sur son téléphone et découvert que les rares hôtels de la ville se remplissaient à vue d'œil puisque les voyageurs s'empressaient de quitter les grands axes.

— Vous ne dormez pas ici ?

— Où ? Dans ce bureau ? demanda-t-elle en regardant le vieux canapé avec un air inquiet.

— Nous possédons une maison sur la propriété et plusieurs bungalows pour les employés. Law ne vous en a pas parlé ?

— On dirait bien que non.

— Les bonnes manières n'ont jamais été son point fort.

— Aucun doute là-dessus, marmonna-t-elle.

— Descendez dîner quand vous le pouvez et je m'assurerai que l'on vous prépare un bungalow. D'accord ?

Elle réfléchit, mais pas très longtemps. L'idée de conduire trois quarts d'heure dans Roanoke et probablement dans le mauvais temps ne l'attirait pas du tout.

— D'accord.

— Youpi ! s'exclama Emily.

Remy sourit à sa fille avec indulgence.

— Très bien, ma puce, dit-il. Viens. Laissons Marlowe se remettre au travail.

La petite fille récupéra son plateau vide et le coinça sous son bras d'un geste expert.

— Bon appétit, lança-t-elle.

Quand elle fut de nouveau seule, Marlowe se laissa tomber dans son fauteuil.

Coincée pour la nuit à la distillerie 4 Thieves avec Law Renaud et une tempête imminente.

Qu'est-ce qui pourrait mal se passer ?

4

— Tu te rends compte que c'est la sixième fois que tu le fais ? demanda Grant Hutton en posant une caisse en plastique pleine de chopes de bière propres sur le comptoir.

Law s'immobilisa, le torchon mouillé à la main, regarda la surface déjà impeccable du bar en acajou et se tourna vers Grant.

Avec sa barbe généreuse et sa masse de cheveux roux en bataille qui tombaient sur ses épaules quand ils n'étaient pas attachés en chignon, Grant lui avait toujours fait penser à un Viking. Un Viking qui s'était égaré dans le vingt et unième siècle et avait décidé de quitter son drakkar pour un restaurant en Virginie.

— Où tu veux en venir ? lui demanda Law.

Grant commença à ranger les verres sur l'étagère fixée au mur en brique derrière le bar avant de répondre :

— On dirait juste que tu es un peu... distrait, c'est tout.

Il l'était. Et pas qu'un peu !

Toute la matinée et pendant une grande partie de l'après-midi, il s'était surpris à fixer le vide, le cerveau en roue libre. Marlowe Kane était peut-être installée dans le bureau, loin de lui, mais elle occupait toutes ses pensées.

Il la revoyait sortir de sa voiture, les muscles de ses longues jambes galbées se contractant alors qu'elle luttait pour ne pas trébucher sur les graviers. Le plus mémorable, c'était le regard avide qu'elle lui avait lancé et n'avait pas vraiment réussi à cacher avant de remettre son masque de calme maîtrisé.

D'accord, il y était allé franco.

S'assurer d'être torse nu et en train de couper du bois au moment de son arrivée était peut-être un peu sournois, mais cela s'était avéré très efficace.

Tout comme la cargaison de ferraille que Remy avait *accidentellement* renversée sur la route de la distillerie. Leur bref trajet en tout-terrain avait été très mouvementé. Plusieurs heures plus tard, il sentait encore le fantôme de sa main sur sa cuisse, à quelques centimètres de son sexe.

Dans sa tête, elle n'en était pas restée là...

— Alors, quand est-ce que tu nous la présentes ?

Cette nouvelle voix, gentiment moqueuse, était celle de Mira Reyes. Elle faisait bien trente centimètres de moins que lui, mais était sans doute tout aussi forte, avait des cheveux courts noirs et ne se laissait pas faire. Ce qui pouvait causer des problèmes puisque Remy et lui aimaient bien l'embêter.

Elle était aujourd'hui gérante du restaurant le Blackpot, mais avait occupé divers postes à la distillerie, et ses biceps pouvaient le prouver.

Elle passa devant Grant en lui donnant un coup d'épaule et déposa un seau à glace dans la glacière.

— Et ne t'avise pas de me dire « présenter qui ? » ajouta-t-elle. Remy nous a déjà parlé d'elle.

Évidemment.

— Elle est ici pour faire un audit, expliqua-t-il en ouvrant le réfrigérateur pour en sortir une bière. Pas pour jouer à la reine de 4 Thieves.

La main sur la hanche, Mira fixa la capsule qu'il avait laissé tomber par terre.

Avec un soupir, il la ramassa et la jeta à la poubelle.

— Elle vient dîner !

La voix claire et aiguë d'Emily résonna dans le restaurant encore vide. Elle passa devant l'accueil en courant et tourna sur elle-même, la jupe à fanfreluches de sa robe de princesse préférée se gonflant autour de son corps menu.

— C'est vrai ? demanda Mira.

— Oui ! Papa l'a invitée. Oh ! Mira, elle est si jolie et elle a des cheveux blonds, et attends de voir ses chaussures !

Grant essuya une autre chope de bière qui ne devait pas être impeccable.

— Qu'est-ce que tu disais à propos de la reine ? demanda-t-il si fort que les habitants du comté voisin devaient l'avoir entendu.

— La ferme, marmonna Law. Tout est prêt en cuisine ?

— Ce n'est pas toujours le cas ? répliqua Mira en haussant un sourcil. De toute façon, je ne sais même pas pourquoi on s'embête. Avec la tempête qui arrive, je parie que l'on n'aura même pas dix clients, ce soir.

Law savait qu'elle avait probablement raison, mais il ne lui donnerait pas la satisfaction de le confirmer.

Le restaurant avait été un ajout involontaire à leur projet initial. Au début, les habitants du coin venaient juste faire des achats directs, puis Remy et lui avaient mis en place des visites. Peu à peu, les groupes qui venaient de plus en plus loin pour la dégustation eurent besoin de rester pour la nuit. Remy avait alors suggéré l'idée de proposer le dîner. Et le Blackpot était devenu incontournable.

L'équipe indisciplinée de 4 Thieves s'était formée tout aussi naturellement. À l'origine, il s'agissait de personnes d'horizons différents qui s'étaient égarées et engagées cœur et âme dans un rêve qui n'était même pas le leur.

Ce qui était au départ une entreprise ressemblait aujourd'hui à une famille. Aussi dysfonctionnelle qu'une famille peut l'être parfois.

Et cela fonctionnait à merveille.

— Elle est là ! s'exclama Emily.

Elle bondit de son siège et courut vers l'accueil où Marlowe étudiait les lieux. Malgré ses cheveux décoiffés par le vent et son chemisier froissé, elle paraissait tout aussi fraîche et jolie que ce matin.

L'arrivée de Remy quelques secondes plus tard contraria Law au plus haut point. Remy avait passé une chemise avec des manches pour l'occasion, mais ses cheveux portaient tous les signes d'une balade sur sa très chère Harley.

L'image de Marlowe serrant son frère par-derrière pendant qu'ils parcouraient les routes de campagne fut pour lui comme un coup de poing qui l'aurait sonné.

— Papa ! dit Emily qui bondissait d'un pied sur l'autre. Je peux lui faire faire la visite ?

— Si Mlle Kane le veut et que cela ne dérange pas ton oncle Law, répondit Remy.

Rassuré par l'usage du mot « mademoiselle » par son frère et voulant avoir l'occasion de le cuisiner en privé, Law regarda sa nièce.

— Tu peux faire la visite, dit-il.

— Youpi ! s'écria Emily en attrapant Marlowe par la main. Par ici. Je vais te montrer la salle des tonneaux et la galerie des haches, et aussi...

Ils n'entendirent pas la suite de la liste. Emily avait déjà entraîné Marlowe dans le couloir.

Mira et Grant, se souvenant brusquement de tâches urgentes, partirent aussi.

Remy s'approcha du bar et se servit une bière.

Law prit une gorgée de la sienne pour se calmer.

— D'où vous venez, tous les deux ? demanda-t-il.

— Qu'est-ce qui te fait penser que l'on était ensemble ?

— Parce que vous êtes arrivés en même temps et qu'elle donnait l'impression d'avoir chevauché *quelque chose*.

— Arrête tes conneries, Law.

Remy posa sa bière sur le bar et essuya la sueur de son front avec une serviette en papier.

— Elle n'a pas quitté le bureau de la journée, dit-il.

— Et comment tu le sais ?

— Parce que je voyais la porte extérieure en m'occupant du tas de ferraille que *tu* m'as fait renverser. À moins qu'elle n'ait traîné dans la salle de brassage ou sur le quai de chargement, je devine qu'elle est restée là-haut.

Légèrement penaud, Law fixa l'étiquette sur sa bouteille.

— Puisqu'on en parle, tu veux bien me dire pourquoi c'était nécessaire, tout ce binz ? demanda Remy. Parce que je sais que ce n'était pas juste pour l'amener jusqu'ici dans la Varmint.

C'était là que son frère se trompait.

Il voulait que Marlowe soit aussi près de lui que possible sans rendre ses intentions évidentes. Le monstrueux véhicule tout-terrain de son frère s'avérait être l'excuse parfaite. S'il était forcé d'endurer cette farce d'audit, il avait bien l'intention d'en profiter au maximum.

— Je veux juste m'assurer qu'elle ait une expérience complète de 4 Thieves, répondit-il d'une voix traînante.

— C'est ça, ou tu lui tires les cheveux comme une petite brute d'école primaire.

Il y avait peut-être plus de vérité dans cette affirmation que Law voulait bien l'admettre.

Très vite, sa nièce et Marlowe étaient de retour.

— Et c'est là que les gens peuvent acheter des bouteilles directement s'ils veulent rapporter quelque chose chez eux. Du bourbon, du whisky, de la vodka ou du gin.

Emily tendit la main avec le geste exagéré d'un mannequin présentant le prix d'un jeu télévisé des années quatre-vingts.

Elles se tenaient devant le meuble à courrier qui avait été transformé par Remy pour exposer les différents alcools de la distillerie.

— Personnellement, je recommande le bourbon, poursuivit Emily avec sérieux. Le nôtre est distillé en trois phases et a des notes d'érable et de noix de pécan grillées.

Marlowe jeta à Law et Remy un regard inquiet.

— S'il vous plaît, dites-moi que cette enfant ne parle pas d'expérience, dit-elle.

Law posa sa bière et s'avança vers elles.

— Juste une gorgée pour goûter, répondit-il. On va attendre qu'elle ait au moins douze ans pour passer aux shots.

— Oncle Law…, gémit la fillette en se tournant vers Marlowe avec un air suppliant. Il plaisante. Je n'ai jamais rien goûté. J'ai juste entendu beaucoup de gens dire ces trucs.

Emily la regarda avec de grands yeux et ajouta :

— Tu restes pour dîner, hein ?

— Ça dépend, répondit Marlowe en regardant autour d'elle la salle complètement vide avec un air perplexe. Tu penses qu'il y aura une table de libre pour nous ?

Comprenant la plaisanterie, Emily éclata de rire.

Elle se dirigea vers un box devant les fenêtres qui donnaient sur les collines et distribua aussitôt les menus en donnant les ordres.

— Papa et oncle Law, vous vous asseyez de ce côté, puis nous, on va s'asseoir en face.

— Les dames d'abord, dit Law en empêchant Remy de passer avec son bras.

— Passe d'abord, Marlowe, dit Emily. Juste au cas où je doive aider s'il y a d'autres clients.

— Elle prend son rôle d'hôtesse très au sérieux, expliqua Remy.

— Je vois ça, répondit Marlowe.

Elle suivit la recommandation de la fillette et s'installa dans le box. Une fois Emily assise, Law se glissa sur la banquette avant son frère, faisant de son mieux pour que ses genoux n'effleurent pas ceux de Marlowe sous la table.

Grant vint ensuite prendre leur commande de boissons.

Emily, qui avait l'air un peu inquiète que Marlowe n'essaie pas un cocktail contenant l'un des alcools de la maison, sembla rassurée quand Marlowe promit d'acheter une bouteille avant de repartir.

Les quarante-sept minutes qui suivirent furent peut-être les plus longues de la vie de Law.

Mira avait raison : aucun client n'était venu.

Law observa Marlowe prendre de petites bouchées polies de la poitrine de dinde fumée et de la salade qu'elle avait commandées en répondant patiemment à chacune des questions d'Emily. Il se demanda si c'était une compétence spécifique aux gens riches de savoir faire en sorte que la conversation semble être le cœur du repas.

Mais il se demanda surtout si elle appréciait son plat. Si elle avait déjà mangé quelque chose de bon juste pour le plaisir.

Quand un éclair illumina le paysage plongé dans l'ombre, Remy tapa sur la table et se pencha vers sa fille.

— Bon. C'est l'heure de se coucher, Barbara Walters.

— C'est qui, ça ?

Emily gratta la dernière cuillère de caramel fondu de la crème glacée que Grant lui avait apportée.

— Ton père est assez vieux pour s'en souvenir, répondit Remy qui sortit du box et tendit la main à sa fille. Tu veux aller dire aux cuisines qu'ils peuvent partir et fermer plus tôt ?

Elle écarquilla les yeux et hocha vivement la tête. Ce genre de responsabilité officielle était peut-être le seul moyen de la détacher de l'élégante princesse des villes qu'était Marlowe.

— Absolument, répondit-elle.

Elle tapota délicatement sa serviette sur les coins de sa bouche en un geste qu'elle avait visiblement emprunté à Marlowe et pour lequel il dut se retenir de rire.

Ils échangèrent une série de « bonne nuit » et « à demain ».

Puis Marlowe et lui se retrouvèrent seuls.

Elle fit tourner son verre de chardonnay entre deux doigts avec un air songeur.

— Où est sa mère ? s'enquit-elle.

Dérouté par sa franchise, il but une gorgée de whisky avant de répondre :

— Remy et elle n'étaient plus ensemble depuis très longtemps quand elle est tombée enceinte. Ils ont décidé de garder le bébé. De se marier dans la précipitation. De divorcer tout aussi vite. Elle est restée dans le coin environ six mois après la naissance, puis elle est partie rendre visite à des amis et n'est jamais revenue.

Il vit une note de tristesse dans les yeux bleus de Marlowe.

— Je ne comprends pas comment une mère peut faire ça, murmura-t-elle.

Il avait passé toute sa vie à essayer.

— Certaines personnes ne sont simplement pas faites pour être parents, fit-il remarquer.

Ayant eu un père dans ce cas, c'était la seule réponse qu'il avait.

Marlowe resta silencieuse un instant avant de demander :

— Emily pose-t-elle des questions sur sa mère ?

Remarquant que le verre de Marlowe était vide, il prit la bouteille et la leva avec un air interrogateur auquel elle répondit en acquiesçant.

— C'est arrivé, oui, répondit-il en versant le vin. Elle lui a même écrit une lettre, une fois.

— Et sa mère lui a répondu ?

— La lettre est revenue sans avoir été décachetée.

Les sourcils délicats de Marlowe se froncèrent et sa jolie bouche resta légèrement ouverte.

Law fut saisi par une envie irrésistible de se pencher vers elle et d'effacer cette tristesse en elle. Avec ses lèvres. Avec ses mains. Avec son corps.

Puis l'expression de Marlowe changea, remplacée par une autre qui l'enflamma encore plus.

Une colère vive fit rosir ses joues, rougir ses lèvres et durcir son regard. Ce regard qui l'avait hypnotisé, quand il l'avait vue à la réception, l'autre soir.

Sous son apparence glaciale, elle cachait un tempérament volcanique.

Il avait terriblement envie de voir ça.

Il avait envie d'*elle*.

— Comment quelqu'un peut-il être aussi cruel envers une petite fille si mignonne et intelligente…, marmonna-t-elle.

Elle vida son verre et le reposa si brutalement que le bord se brisa.

— Je… je suis vraiment désolée, bégaya-t-elle.

— Ne le soyez pas, dit-il en lui prenant la main quand elle voulut ramasser le verre cassé. Laissez-moi faire. Vous ne pourrez pas lire les rapports avec des pansements aux doigts, ajouta-t-il en souriant.

Après avoir jeté le verre et les éclats dans la poubelle, il s'arrêta derrière le bar pour attraper une bouteille de whisky et un verre avant de revenir à table.

Elle le regarda avec méfiance.

— Puis-je vous demander ce que vous proposez de faire avec ça ? s'enquit-elle.

— Vous empêcher de boire tout autre whisky à partir d'aujourd'hui.

Il retira le sceau de cire et le bouchon, leur versa une dose à chacun et fit glisser un verre vers elle.

— Je n'ai pas l'habitude de le boire sec, dit-elle en fixant son verre d'un air dubitatif.

— Je ne veux pas que vous le buviez. Je veux que vous le goûtiez. Sans glaçon, la chaleur de votre bouche dévoilera les saveurs les plus subtiles. Mais si c'est trop fort pour vous…

— Vu mes origines, mon foie pourrait supporter du kérosène.

— Mon père vous aurait adorée.

— Il était ingénieur en aéronautique ?

Il ne put retenir un petit rire.

— Oh non. C'était plus une sorte de ferrailleur et de fournisseur d'alcools artisanaux. Parfois en contrebande.

— Je pensais que cela ne se faisait plus depuis la fin de la Prohibition.

Elle prit son verre et le tint juste sous son nez. Ses narines se dilatèrent tandis qu'elle sentait le whisky. Quand elle en but une gorgée, il ne put s'empêcher de tracer mentalement le chemin que l'alcool allait prendre. Sur sa langue, le long de son cou, dans son ventre.

— Mon père n'était pas du genre à laisser les lois lui faire manquer des opportunités, expliqua-t-il. C'était une sorte de légende dans la Paroisse de Terrebonne. Et pas dans le bon sens.

Elle ne parut pas choquée par cette information.

— Avant ça, c'était un électricien plutôt médiocre, poursuivit-il. Un malheureux accident l'a amené à changer de plan de carrière. C'est là qu'il a commencé à nous emmener en *missions*.

— Vous êtes sûr qu'il n'était pas ingénieur en aéronautique ?

— Je ne crois pas que les ingénieurs envoient leurs fils adolescents voler de la ferraille et d'autres trucs dont ils ont besoin pour construire des alambics.

— Je vois le genre.

Il devina, à l'éclat dans ses yeux, qu'elle pensait qu'il plaisantait. Quand elle vit que ce n'était pas le cas, elle le regarda avec étonnement.

— Il vous faisait vraiment faire *ça* ? demanda-t-elle.

— Disons qu'il nous déconseillait fortement de refuser.

— Je suis désolée.

— Ne le soyez pas. Venez avec moi.

— Où ?

— Vous verrez.

Il se leva et elle en fit autant.

— Vous oubliez que j'ai déjà eu droit à la visite officielle, fit-elle remarquer. J'ai vu tout ce qu'il y avait à voir.

Une main sur la hanche, elle pencha la tête avec un air arrogant qui l'énerva et l'excita à la fois.

— Ce n'est pas quelque chose que je veux que vous voyiez, dit-il, conscient du désir dans sa voix. C'est quelque chose que je veux que vous *fassiez*.

5

— Non mais, c'est une blague ! s'exclama Marlowe.

Combien de fois avait-elle prononcé cette phrase, depuis qu'elle était arrivée à la distillerie ?

Law l'avait amenée dans une sorte de stand entouré par une clôture grillagée. Un grand couvercle de tonneau de whisky avec une cible peinte sur sa surface était fixé au mur.

Au centre de la cible, il y avait une hache.

— Vous n'êtes pas du genre à aimer les plaisanteries, on dirait, fit-il remarquer.

Il alla décrocher la hache de la cible, revint d'un pas lent et posa l'outil sur une table à côté d'autres haches de tailles et formes différentes.

— Vous pensez que c'est une bonne idée de lancer des outils dangereux après avoir consommé de l'alcool ? s'enquit-elle en désignant la bouteille de whisky qu'il avait prise avec lui et posée à côté des haches comme sur une affiche publicitaire.

— Un outil n'est dangereux que dans les mains de quelqu'un qui ne sait pas l'utiliser correctement.

Marlowe leva la main.

— Coucou. Je suis ce quelqu'un qui ne sait pas utiliser une hache.

— C'est pour ça que je vais vous apprendre.

— Pourquoi voudrais-je apprendre quelque chose qui n'aura absolument aucun intérêt dans ma vie quotidienne ?

Law afficha un petit sourire suffisant.

— Je disais la même chose sur les fonctions quadratiques au lycée, et pourtant, nous allons calculer des trajectoires, répliqua-t-il.

Marlowe le fixa, bouche bée.

— Je suis sûr que vous avez besoin de vous défouler, poursuivit-il comme elle ne réagissait pas. Alors ?

Elle le regarda, puis regarda la cible.

— S'il vous plaît, ô grand quincaillier, enseignez-moi cet art viril sacré qui dissipera miraculeusement ma tension, dit-elle d'un ton théâtral.

Le regard torride de Law quand il fixa sa bouche fit naître un long frisson en elle.

Il contourna la table, se plaça au centre du stand à environ trois mètres cinquante de la cible et se retourna vers elle en lui faisant signe de le rejoindre.

Avec un soupir résigné, elle obéit.

— Vous allez devoir retirer vos chaussures, dit-il en jetant un coup d'œil à ses escarpins.

Bien que l'idée d'ajouter quelques centimètres à leur différence de taille déjà importante ne l'emballe pas, la perspective de se retrouver pieds nus sur le sol en ciment froid n'était pas vraiment déplaisante.

Une fois débarrassée de ses chaussures, elle constata que sa tête arrivait au niveau du menton de Law.

— Maintenant, un pied légèrement en avant, dit-il.

Il avança son pied et attendit qu'elle l'imite.

— Je suppose que vous avez déjà fait du golf ? s'enquit-il en lui tendant le manche de la hache.

— Vous supposez bien, répondit-elle en le prenant comme un club de golf.

Sans dire un mot, il se glissa derrière elle avec la souplesse et la rapidité d'un fauve. Il était trop près. Beaucoup trop près...

— Je peux ? demanda-t-il.

Sa voix grave lui donna la chair de poule.

— Vous pouvez.

Elle sentit la chaleur de son torse sur son dos, son souffle dans ses cheveux.

Il referma sa main sur la sienne et la guida le long du bois lisse du manche avant de prendre son autre main pour la placer juste en dessous de l'autre.

Le cœur de Marlowe battait à un rythme effréné. Elle en oubliait presque de respirer !

— Desserrez votre prise, dit-il. Vous essayez de la lancer, pas de l'étrangler.

Elle s'efforça de détendre légèrement ses doigts.

— Oui, comme ça.

Elle tressaillit quand ses mains passèrent sur les siennes une nouvelle fois.

— Ensuite, vous allez la lever jusqu'à ce que la lame se retrouve au-dessus de votre épaule, expliqua-t-il en l'aidant à lever la hache. Basculez votre bassin en avant, puis votre torse, et laissez le mouvement aller jusqu'au bout de vos bras.

Il fit bouger leurs corps dans une ondulation lente et sensuelle. Une fois. Deux fois. La deuxième fois, elle faillit gémir de plaisir. Le désir qu'elle avait de lui grandissait de seconde en seconde.

Quant à Law, le fait d'être collé à elle semblait ne lui faire aucun effet.

Ce qui ne la vexa pas.

Enfin pas trop.

Au moment où elle pensait qu'elle allait mourir ou s'enflammer spontanément, Law leur fit lever les bras et s'arrêta quand la hache fut au niveau de ses yeux.

— Il faut lâcher quand le manche est juste devant votre visage.

Elle luttait pour rester concentrée malgré son imagination qui lui suggérait un tout autre genre de relâchement.

— Prête ?

Oh oui, elle l'était. La question vibra dans le torse de Law et la traversa comme une coulée de lave.

— Oui, murmura-t-elle.

Il fit un pas sur le côté et elle leva les bras, surprise par le poids de la hache.

— Dernier conseil, dit-il tandis qu'il remplissait deux verres. Gardez les yeux sur l'endroit où vous voulez que la hache se plante. Points bonus si vous imaginez le visage de quelqu'un qui vous met hors de vous.

— Quelqu'un d'autre que vous, vous voulez dire ? répliqua-t-elle en ne plaisantant qu'à moitié.

— Marlowe Kane, vous pouvez me découper en deux, si vous en avez envie.

À cet instant précis, ce dont elle avait envie était très différent...

Elle ferma à demi les yeux, prit une longue inspiration, et visualisa le visage de tous les hommes qui lui avaient parlé avec condescendance, lancé un regard concupiscent, s'étaient attribué le mérite de ses idées, ou l'avaient traitée comme un animal de compagnie. Neil, son père et tous les autres !

Elle laissa alors la charge électrique de sa rage monter en elle.

Son corps oscilla en arrière, puis en avant tandis que ses bras se balançaient. Elle regarda la hache voler dans les airs, tournant sur elle-même jusqu'à ce que la lame s'enfonce au centre du couvercle de tonneau avec un bruit mat.

Le feu de l'adrénaline coula dans ses veines et, sans s'en apercevoir, elle avait pris une autre hache, puis une autre, et encore une autre, jusqu'à ce que la toute dernière soit plantée dans la cible.

Elle ne se rendit compte qu'elle avait crié que lorsqu'elle entendit l'écho de son cri.

Elle se retourna et découvrit Law, figé, son verre de whisky à la main.

Elle devait offrir un drôle de spectacle, pieds nus, les joues rouges, les tétons dressés sous le tissu fin de son chemisier.

Law s'éclaircit la voix, retrouvant visiblement son sang-froid.

— Vous...

Sa voix se cassa et il toussa avant de reprendre :

— Vous êtes censée récupérer votre hache après chaque lancer.

Marlowe reprit son verre et but une gorgée, savourant la brûlure fumée et soyeuse du whisky.

— Vous ne me l'aviez pas dit.

— Si vous frappez une autre hache, le métal peut éclater et ricocher. Ou des échardes du manche peuvent toucher quelqu'un.

Elle regarda la cible avec toutes les haches.

— Heureusement que cela n'est pas arrivé alors, fit-elle remarquer.

Un coup de tonnerre fit vibrer les tôles du hangar tandis que la pluie s'intensifiait. Ce bruit sembla s'engouffrer en elle et se mêler aux battements de son cœur.

Gardant les yeux rivés sur ceux de Law, elle plongea un doigt dans le whisky et le porta à ses lèvres.

Le regard de Law s'assombrit.

— Qu'est-ce que vous faites ? demanda-t-il d'une voix rauque.

Elle s'approcha de lui et ses seins effleurèrent son bras.

— Vous n'avez pas dit que la chaleur améliorait la saveur du whisky ? répliqua-t-elle.

Law serra son verre un peu plus fort.

— Cela ressemble à une décision que vous allez regretter, dit-il.

Pour toute réponse, elle passa un doigt sous la boucle métallique de la ceinture de son pantalon et tira le bassin de Law vers son ventre.

Juste ce soir. Juste ici. Juste avec lui.

— J'aime aussi vous regarder, Law. J'aime vos mains et votre bouche, et je veux les sentir sur moi. Je l'ai voulu à la seconde où je vous ai vu à Fair Weather Hall. Et concernant les regrets, je préfère regretter avoir fait l'amour avec vous que repartir demain en regrettant ne pas l'avoir fait. Je sais que vous ne partagez peut-être pas mon point de vue et je l'accepte. Maintenant, vous connaissez ma position.

Il la regarda un instant en silence, puis posa ses mains sur ses hanches pour la soulever avec aisance et la poser sur la table.

Elle se retrouva à son niveau.

Son visage s'approcha du sien, assez près pour qu'elle voie les fils cuivrés autour de ses pupilles aussi sombres et agitées que la tempête dans la nuit.

— Où ? murmura-t-il.

— Où quoi ?

Il se pencha jusqu'à ce qu'elle puisse sentir la chaleur de ses lèvres.

— Où veux-tu ma bouche ?

— Où veux-tu la...

— Non. Ce soir-là, sur le balcon, ton connard de fiancé t'a dit ce qui t'excitait. Là, c'est toi qui vas me le dire. Ou je n'irai pas plus loin.

Comment pouvait-elle mettre un mot sur ce qui l'excitait ? Elle était déjà tellement émoustillée par sa simple présence.

Il s'écarta légèrement en sentant son indécision.

Avec beaucoup de délicatesse, il passa son pouce sur sa lèvre inférieure.

— Ici ? demanda-t-il. C'est pour ça que tu as mis du whisky sur tes lèvres ? Tu veux que je le goûte sur toi ?

Elle acquiesça avec enthousiasme.

Law tendit le bras derrière elle pour attraper son verre. Il prit son visage entre ses deux mains et lui dit avec les yeux ce qu'il ne pouvait exprimer avec sa bouche.

Elle se rapprocha de lui, les lèvres légèrement entrouvertes.

Law prit une gorgée de whisky et la laissa couler de sa bouche à la sienne. Elle était tellement perdue dans l'instant qu'il lui fallut plusieurs secondes pour se souvenir qu'elle pouvait lui rendre son baiser.

D'abord hésitante, elle se joignit à la danse et laissa sa langue s'enrouler et glisser, donner des petits coups et des caresses à la sienne. Encouragée par son gémissement, elle glissa ses doigts dans les boucles noires soyeuses à la base de sa nuque, s'émerveillant de la sensation. Aucun de ses amants n'avait eu des cheveux assez longs pour qu'elle puisse faire ça.

— Où d'autre ? murmura-t-il sans quitter ses lèvres.

Les mains toujours dans ses cheveux, elle exposa sa gorge

et le tira doucement vers elle. Il ne perdit pas de temps et déposa ses baisers le long de son cou, s'arrêtant pour lécher et sucer certains endroits rendus délicieusement sensibles par sa barbe. Quand il mordilla le lobe de son oreille, elle frémit.

Il s'attarda sur cette partie sensible jusqu'à ce qu'elle ne puisse s'empêcher de se tortiller d'impatience.

Il se recula et elle plongea dans son regard voilé et intense. Il passa le bout de son doigt sur son épaule, descendit lentement, avant de s'arrêter quand il rencontra le tissu de son chemisier.

— Ensuite ?

Si elle ne s'était pas souvenue qu'elle n'avait pas de vêtements de rechange, elle aurait déchiré son chemisier et arraché ses boutons. Par chance, Law ouvrit son chemisier d'une main.

Elle l'aida en enlevant les manches et se retrouva en soutien-gorge, jupe et culotte.

— Pas si vite, dit-il en l'arrêtant alors qu'elle avait les mains sur les agrafes de son soutien-gorge.

Laurent Renaud n'était pas homme à se précipiter.

Ce n'est que lorsqu'il eut exploré son épaule avec une lenteur exaspérante qu'il fit glisser les bretelles et défit les agrafes de son soutien-gorge.

Là, il s'interrompit et l'observa avec une attention captivée.

L'appréhension lui noua l'estomac.

Elle avait toujours été complexée par ses seins qu'elle trouvait trop petits, avec des mamelons trop larges, et elle avait espéré passer rapidement sur cette partie, comme elle l'avait toujours fait avec Neil, qui semblait heureux de la laisser faire.

— Es-tu bien réelle ?

Avec déférence, il effleura sa peau, puis dessina un cercle autour d'un sein avant de répéter l'opération sur l'autre. Puis il recommença. Un grand huit qui la faisait brûler de désir jusqu'à ce que, enfin, il pose sa bouche sur son téton durci. Avec le bout de sa langue, il tourna autour, léchant la perle dure avant de la mordiller.

L'éclair de désir la fit gémir de plaisir. Elle se cambra pour se plaquer contre sa bouche vorace. Quand elle pensait qu'elle allait craquer, Law passait à son autre sein, décuplant la puissance de ce feu incandescent.

Il quitta brusquement ses seins pour prendre sa bouche avec ardeur. Ils se dévoraient l'un l'autre, comme s'ils luttaient pour être celui ou celle qui donnerait le plus de plaisir.

Marlowe attrapa le bord du T-shirt de Law et le fit passer au-dessus de sa tête avant de le jeter par terre. Puis elle enroula ses jambes autour des hanches de Law. Il remonta vivement sa jupe, saisit ses fesses et la tira tout au bord de la table. Elle poussa un gémissement de plaisir quand elle sentit l'érection de Law se presser contre son sexe humide.

Elle ondula pour intensifier la délicieuse friction et gémit de nouveau en sentant les premières contractions grisantes.

Avec un sourire malicieux, Law la fit basculer en arrière jusqu'à ce que son dos entre en contact avec la surface lisse et froide du bois.

— J'aimerais que tu puisses te voir, dit-il en posant sa main chaude sur son cœur qui battait la chamade. Qu'est-ce que tu es belle comme ça.

— Comme quoi ? demanda-t-elle, le souffle court.

Il retira sa main et plongea un doigt dans son verre de whisky. Puis il peignit une ligne de son nombril à sa culotte.

— Quand tu lâches prise, ma belle.

Il lécha la ligne de whisky avant de glisser sa langue sous l'élastique de sa culotte. Puis il remonta.

Elle sentit son ventre frémir tandis qu'un frisson la traversait. Cela sembla plaire à Law qui la regarda avec une intensité qui la fit de nouveau frissonner.

Puis il fit glisser sa culotte le long de ses jambes avant de se mettre à genoux. Là, il continua son attaque à un rythme exaspérant. Il embrassait, léchait, suçait et goûtait la peau à l'intérieur de ses cuisses. Ce que sa bouche ne touchait pas, ses mains le faisaient. Ou sa poitrine. Son ventre. Ou son bassin.

Il ne rompait jamais le contact. Comme s'il avait besoin de la goûter, de la respirer et de la sentir.

Il semblait savoir qu'elle pouvait être stimulée par l'arrière de ses genoux, le creux au-dessus de sa hanche, un coin sombre sur son coude.

Habituée à vivre seule la plupart du temps, elle n'avait jamais fait attention à son corps, se contentant juste de lui fournir l'hydratation, la nourriture et l'exercice nécessaires.

Mais lui, il lui faisait prendre conscience d'elle-même. La faisait se sentir vivante d'une manière qu'elle n'avait jamais cru possible avant ce soir. Il ne considérait pas son corps comme un but, mais comme une source de plaisir. Capable d'exister à travers une passion aussi douce et éphémère que le soleil entre les nuages pendant l'orage.

Quand ses lèvres effleurèrent le point sensible entre ses cuisses, il l'avait rendue si fébrile qu'elle faillit succomber.

En la voyant se crisper, Law haussa un sourcil.

— Tu veux déjà mettre fin à mon divertissement ?

— *Ton* divertissement ?

— Oui, dit-il en embrassant un grain de beauté à l'intérieur de sa cuisse. Et te faire mouiller est ma partie préférée.

Comme pour confirmer qu'il avait bien travaillé, il glissa ses doigts le long de ses plis glissants.

— Oh ! bébé, gémit-il en s'enfonçant un peu.

Cela aurait suffi à l'envoyer en orbite après un décompte très court s'il n'y avait pas eu son sublime pouce pour la caresser. Il avait à peine frôlé son clitoris que tout son corps se crispa. Elle renonça alors à toute maîtrise et se laissa aller aux convulsions frissonnantes dans un long gémissement.

Law tint ses jambes tremblantes en souriant.

— Pas mal, dit-il. Mais je pense que je peux faire mieux.

— Faire... *mieux* ?

Même en ayant l'impression d'être une marionnette dont on avait coupé les fils, elle réussit à lever la tête.

— Tu n'as quand même pas cru que j'avais terminé, ma belle ?

— Si. Je veux dire, non. Enfin, j'avais pensé que l'on...

— Oh oui, on le fera.

Il promena ses mains le long de ses jambes et, gardant les yeux rivés aux siens, il écarta ses genoux.

— Mais pas avant que je t'aie fait venir une deuxième fois, précisa-t-il.

Le tonnerre résonna au loin, comme pour la prévenir de ce qui l'attendait.

Elle ouvrit la bouche pour protester, mais il glissa sa langue en elle tout en continuant à la caresser.

Malgré toutes ses tentatives, elle fut incapable de se souvenir pourquoi elle avait bien pu penser que faire l'amour avec cet homme était une mauvaise idée.

6

Law se traita de tous les noms d'oiseaux.

Plus il regardait Marlowe jouir, plus son besoin de la sentir jouir autour de son sexe devenait fort. Il l'avait fait crier de plaisir deux fois déjà quand, à voir sa poitrine trempée de sueur, il ne put plus supporter son pantalon serré.

Il allait défaire sa ceinture, mais elle le devança.

C'était la première fois qu'elle faisait un geste qui exprimait le désir qu'elle avait de lui.

Elle était si guindée, si distante, qu'il s'était demandé si elle laisserait quelqu'un la libérer de son quant-à-soi.

Ses réactions jusqu'ici lui avaient donné un début de réponse. Il avait pas mal d'expériences en matière de sexe, mais ne se souvenait pas avoir déjà vu une femme réagir et apprécier autant les plus basiques des contacts physiques.

S'il n'avait pas été ravagé par un incendie de désir, il aurait sauté dans sa voiture pour rouler pendant cinq heures jusqu'à Philadelphie et avoir une petite conversation avec ce Neil.

Avoir la confiance d'une femme aussi belle et passionnée et la laisser insatisfaite était selon lui impardonnable.

Cela faisait plus d'un an que Jessica était partie, et leurs relations physiques s'étaient déjà considérablement refroidies longtemps avant.

Il serra les dents et chassa ce souvenir, déterminé à rester dans l'instant présent et en profiter à fond.

Si Marlowe continuait à faire glisser sa main douce le long

de son sexe dressé, il risquait de perdre le contrôle aussi vite qu'elle l'avait fait. Quand il éloigna brusquement son bassin, il fut touché par l'expression irritée et déçue qu'il lut dans son regard.

— Alors toi, tu peux me toucher comme tu veux, mais moi je n'ai pas le droit d'approcher ton matériel ? demanda-t-elle.

— Mon *matériel* ?

Il s'appuya contre la table pour enlever bottes et chaussettes.

— C'est pour respecter l'étiquette ou tu as une aversion pour les termes anatomiques ? s'enquit-il d'un ton moqueur.

Elle se redressa. Son air arrogant et offensé alors qu'elle avait les seins à l'air et la jupe remontée était on ne peut plus érotique.

— Je n'ai aucune aversion, répondit-elle. Je faisais juste remarquer une injustice.

Apparemment, les deux orgasmes qu'elle avait eus ne lui avaient pas enlevé son insolence.

— Ça me rend fou quand tu parles comme ça.

Sans la quitter des yeux, il enleva son pantalon. Il ne lui restait plus qu'un boxer qui ne pouvait pas cacher son érection si dure qu'elle était douloureuse.

Marlowe parcourut son corps des yeux et s'arrêta sur son boxer tendu.

— Tu veux me l'enlever ? proposa-t-il en faisant un pas vers elle.

Marlowe croisa les bras sur ses seins nus et ne répondit pas.

— Ce ne serait que justice, non ? fit-il remarquer.

— Non. Je veux regarder.

Cette phrase, prononcée d'une voix un peu voilée, jeta de l'essence sur les flammes qui léchaient son entrejambe. Il glissa ses doigts sous l'élastique de son boxer et le fit lentement descendre jusqu'à ce qu'il soit nu devant Marlowe.

Il vit qu'elle fixait son sexe qui se dressait fièrement en se mordillant la lèvre inférieure. Puis son expression changea.

Elle passa ses longs doigts sur le petit buisson duveteux entre ses jambes.

— Tu comptes faire quelque chose avec ça ? demanda-t-elle d'un ton moqueur.

Son geste délibérément provocant et l'ironie de sa question agirent sur lui comme de la dynamite. Il l'attrapa sans ménagement et plongea son regard dans le sien.

— Pas bouger, ordonna-t-il. Tu voulais regarder, tu vas regarder.

— Je ne...

Il s'avança doucement et pressa le bout de son sexe contre l'intimité mouillée de Marlowe, puis il effleura son clitoris gonflé, lentement. Il répéta ce mouvement. Encore et encore. Jusqu'à ce qu'elle commence à bouger son bassin.

— Voilà à quoi tu ressembles quand tu es excitée, dit-il. Si un homme ne te fait pas ça, il ne mérite pas ton corps.

— S'il te plaît...

Cramponnée au bord de la table, elle se mit à remuer et se tortiller. Ses soupirs se transformèrent rapidement en gémissements langoureux entrecoupés de petits cris.

Tout en accélérant le rythme des frictions, il observa son ventre qui commençait à trembler.

— Vas-y, ma douce. Viens encore.

Elle tressaillit soudain, laissant échapper un sanglot, et enfonça ses ongles dans les muscles de ses bras.

Leur baiser devint vorace. Elle promenait ses mains partout, attrapant ses cheveux, glissant sur ses épaules, caressant ses pectoraux et descendant jusqu'à son ventre.

— S'il te plaît, murmura-t-elle en écartant son visage du sien. Je veux te sentir en moi.

Ces mots le firent aussitôt redescendre de son petit nuage.

— Je n'ai pas de préservatifs.

En fait, il n'avait pas eu besoin de protection depuis si longtemps qu'il n'était même pas sûr d'en avoir encore au fond de son tiroir à chaussettes !

Marlowe lui caressa les fesses et fit onduler son bassin pour glisser contre son sexe toujours tendu et douloureux.

— Je suis sous contraceptif, dit-elle.

— Tu es sûre ?

— Affirmatif.

Elle lui jeta un regard brûlant, un sourire des plus sensuels aux lèvres. Sa jambe douce et chaude autour de la sienne, la plante de son pied plaquée sur l'arrière de son mollet.

Ce petit geste affectueux provoqua une vague de chaleur dans sa poitrine. Il ne se souvenait pas de la dernière fois où il avait ressenti ça.

Être désiré.

Et désiré par une femme comme Marlowe Kane.

Jamais, depuis qu'il avait perdu sa virginité.

Il caressa sa cuisse, leva sa jambe et la coinça dans le creux de son coude. Lentement, il se pencha en avant et, de sa main libre, commença à explorer le corps de cette femme extraordinaire.

Il commença par son visage, puis poursuivit en mémorisant les lignes de son corps à la manière d'un aveugle, imprimant sur sa paume la largeur et la courbe de son cou, le gonflement de son sein, l'affleurement subtil de sa hanche, le mont de son sexe.

Là, il pressa la main juste au-dessus de son pubis, ce qui lui valut un regard méfiant.

— Fais-moi confiance, ma belle.

Requête déraisonnable en dehors de cet instant précis.

Il inspira, les dents serrées, tandis qu'il s'enfonçait lentement dans les profondeurs veloutées de Marlowe, s'arrêtant brusquement quand il vit sa bouche se tordre en une grimace.

— Ça va ? demanda-t-il.

Elle acquiesça et sa grimace se transforma en un sourire.

Mouillée comme elle l'était, il devina que la résistance venait de la tension en elle.

— Prends une grande inspiration pour moi, dit-il.

Elle obéit.

— Un peu plus.

Elle inspira encore.

— Bien. Maintenant souffle. Tout.

Sa poitrine se dégonfla et son sexe se détendit.

— Ça va mieux ? s'enquit-il.

— Beaucoup mieux.

— Tu es toujours avec moi ?

Elle leva la main et écarta une mèche de cheveux mouillés de son front.

— Oui.

Il se remit alors à bouger, ne la quittant pas des yeux. Quand son sexe toucha le haut de son intimité, ses yeux s'écarquillèrent et elle poussa un petit « oh ! » de surprise.

Il s'immobilisa, puis recula progressivement son bassin avant de s'enfoncer de nouveau jusqu'au fond. La sueur coulait le long de son dos, tous ses muscles étaient crispés par les efforts qu'il faisait pour se retenir de jouir. Mais jamais il n'aurait accéléré.

— Ça va ? demanda-t-il.

Elle serra sa jambe autour de la sienne et le transperça d'un regard brûlant.

— Encore...

C'était la réponse dont il avait besoin.

Il se retira complètement pour la pénétrer à nouveau, adoptant un angle lui permettant d'aller plus loin.

S'il avait eu des doutes sur la capacité de Marlowe à prendre tout ce qu'il avait à lui donner, ils furent rapidement effacés par les gémissements de plaisir intense qu'elle laissait échapper.

Il voulait les entendre encore et pour toujours.

Marlowe plaqua ses chevilles dans le creux de son dos et s'agrippa à ses cheveux.

Il l'imita.

Ils se cramponnaient l'un à l'autre, poussant leurs ébats toujours plus loin dans la recherche du plaisir final. Il la sentit se resserrer autour de lui tandis qu'elle griffait son dos et mordait son épaule. La sensation parcourut chaque terminaison nerveuse de son corps...

Il rugit tandis qu'il jouissait en elle avec des pulsations si puissantes qu'elles lui firent presque perdre la tête. Il s'écroula sur elle, leurs torses collés par la sueur et leurs cœurs battant à l'unisson.

Quand il eut enfin recouvré quelques forces, il se redressa pour voir le visage de Marlowe, non sans une certaine appréhension.

Allait-il voir du regret ?

Du dégoût ?

De la déception ?

Ou pire, de la tristesse ?

Ce qu'il vit le surprit autant que cela le ravit.

De l'amusement.

— On dirait que ça ne s'est pas très bien fini pour tes verres, fit-elle remarquer en jetant un coup d'œil vers le bord de la table.

Il restait la bouteille de whisky et un verre. L'autre était tombé.

— Mais je te pardonne, ajouta-t-elle.

Law se leva pour récupérer son pantalon.

— Je ne me souviens pas te l'avoir demandé, dit-il.

Marlowe tira sur sa jupe et voulut descendre de la table.

— Pas bouger, ordonna-t-il en posant une main sur sa poitrine pour l'arrêter. Il faut que je ramasse les morceaux de verre avant.

— Je ne suis pas Layla, pour recevoir des ordres, répliqua-t-elle en haussant un sourcil. Et je te signale que tu ne portes pas de chaussures non plus.

— Peut-être, mais je suis prêt à parier que j'ai passé bien plus de temps pieds nus que toi.

Il se baissa pour ramasser ses sous-vêtements, son chemisier et ses chaussures et les lui tendit.

— Ce n'est pas faux, répondit-elle en commençant à s'habiller. Fair Weather Hall a été construit à l'emplacement d'une ancienne laiterie et ma mère nous répétait de faire attention pour ne pas attraper le tétanos à cause des clous rouillés.

Law enfila ses bottes de travail et alla chercher un balai et une pelle.

— Ce n'est pas rien, le tétanos, fit-il remarquer.

— Tu l'as eu ?

— Non, mais deux de mes frères oui.

Marlowe descendit de la table et mit ses escarpins.

— Combien êtes-vous, au juste ? s'enquit-elle.

Cette question le dérangea plus qu'il ne l'aurait pensé.

— Quatre, répondit-il en poussant les morceaux de verre dans la pelle.

— Remy est l'aîné ?

— Pour tout ce qui l'arrange.

— Comme les aînés. Et les autres ?

— Bastien a transformé un container en habitation et vit quelque part dans le Maine. Augustin, on ne l'a pas vu depuis l'été dernier.

Marlowe s'accroupit à côté de lui pour l'aider.

— Il a disparu ?

— Disons plutôt qu'il ne veut pas qu'on le trouve.

Law poussa les derniers tessons dans la pelle et se releva.

— Comment le sais-tu ? demanda-t-elle.

Law dut admettre qu'il avait espéré que, s'il évitait la question assez longtemps, elle ne s'y intéresserait pas et changerait de sujet. Mais non.

Il avait passé toute sa vie à réfléchir à ce qu'il pouvait dire et à qui. À ce que cela risquait de lui coûter.

— Parce qu'il a probablement peur de ce que je lui ferai, répondit-il.

— Pourquoi ? Que t'a-t-il fait ?

Law alla jeter le verre dans la poubelle et revint vers la table avec un nouveau verre. Là, il ouvrit la bouteille de whisky et se servit une double dose.

— Beaucoup de choses, répondit-il après avoir bu une gorgée.

— Tu veux bien m'en dire un peu plus ?

Comme toujours, son ton léger et taquin donnait l'impression qu'il était obligé d'accepter.

— Déjà, il a volé la distillerie, dit-il.

Elle fronça les sourcils.

— Sérieusement ?

— Tout ce qu'il y a de plus sérieux. Il m'a fallu du temps

pour le comprendre. Augustin était un bien meilleur menteur que je le pensais. Ou je suis juste une cible facile. Je n'arrive toujours pas à décider ce qui est le pire.

Il prit une autre gorgée. Déballer sa vie comme ça n'était pas dans ses habitudes.

— Comment l'as-tu découvert ? demanda Marlowe qui, visiblement, voulait tout savoir.

— Au tout début de 4 Thieves, Augustin s'occupait de tout au niveau des ventes. Il a toujours été du genre « gentil connard ». Sympa avec les gens, tu vois ?

— Un talent qu'il a appris de votre père ? demanda-t-elle en se servant un doigt de whisky à son tour avant de s'asseoir sur le bord de la table.

— Comment as-tu deviné ?

— J'imagine que la capacité de décrypter les gens et de réagir en conséquence devait être un avantage pour les affaires de ton père.

Elle but une gorgée avec un air songeur qui amena Law à croire que les patriarches Kane et Renaud avaient plus en commun qu'il aurait pu le penser au départ.

— Tu as raison. En juin dernier, Augustin est allé rencontrer de potentiels clients à Washington. Silence radio pendant quelques jours, ce qui n'était pas très étonnant de sa part, alors je n'y ai pas trop accordé d'importance. Jusqu'à ce que je rentre du travail le quatrième jour et découvre que... Jessica, ma petite amie, était partie.

— Partie ?

— Partie, oui. Les placards étaient vides. Les tiroirs aussi. J'ai retourné la moitié de la maison avant de remarquer la lettre sur le comptoir de la cuisine.

Il s'assit sur le bord de la table à côté d'elle, soudain replongé dans une période qu'il faisait tout pour oublier.

S'il avait cru que le temps et le whisky auraient rendu ce souvenir moins douloureux, il s'était trompé.

Il se souvenait encore de sa joie, quand il était revenu à la maison avec une bouteille de Dom Pérignon et un bouquet de pivoines roses pour Jessica. Puis de la vague d'angoisse qui l'avait submergé, quand il avait découvert qu'elle était partie en emportant toutes ses affaires.

Son geste romantique était manifestement arrivé trop tard.

— Qu'est-ce qu'elle disait, cette lettre ?

La question de Marlowe le ramena dans le présent.

— Jessica était désolée. On s'était éloignés progressivement au cours des deux années précédentes. Elle n'avait pas l'intention de tomber amoureuse d'Augustin. Elle pensait qu'ils avaient une opportunité de construire une vie ensemble.

Marlowe se rapprocha, et sa hanche toucha la sienne.

— L'ironie, c'est ce que je pensais avoir fait, avec la distillerie, la maison, la terre, expliqua-t-il. Nous construire une vie.

— Combien de temps a duré votre relation ?

— Six ans. Dont quatre heureux.

— Je n'arrive pas à croire qu'elle ne te l'ait pas dit en face.

Il haussa les épaules

— Elle a essayé, je pense. Elle me disait que l'on devait discuter davantage. Que je travaillais trop. Mais j'étais tellement concentré sur 4 Thieves que je n'ai pas réalisé ce qui se passait sous mon nez. Augustin et elle étaient partis depuis un bon mois quand le bras d'honneur bonus est arrivé.

— Comment ça ?

Elle lui caressa doucement le dos. Touché par sa tentative timide pour le réconforter, il poursuivit :

— Apparemment, cette vie qu'ils construisaient ensemble exigeait un apport de capital. Augustin a transféré une somme d'argent considérable du compte de l'entreprise au sien sans jamais la rembourser.

— Mon Dieu ! Je n'ose même pas te demander combien.

— Cinquante mille dollars.

Prononcer le chiffre à voix haute le replongea dans la colère qu'il avait ressentie alors, les heures qu'il avait passées à se creuser la tête pour trouver un moyen de rembourser la dette qu'avait fait son frère.

Il avait réussi, mais cela avait fortement réduit les fonds

alloués à la phase suivante de leur expansion. Ils avaient déjà engagé des entrepreneurs, commandé du matériel pour finalement tout mettre sur Pause.

Pendant toute cette période, il avait eu des flashbacks du gamin humilié qui s'était rendu à l'épicerie et avait découvert que son père ne lui avait pas donné assez d'argent pour acheter tout ce qu'il y avait sur la liste de courses. Ce jour-là, le visage brûlant tandis que les clients derrière lui soupiraient et marmonnaient, il avait dû choisir ce qu'il devait reposer.

— Qu'as-tu fait ? s'enquit Marlowe.

— Que pouvais-je faire ?

— Appeler la police ? Engager un avocat ?

— Augustin était titulaire du compte et l'un des directeurs de la société. Techniquement, ce qu'il a fait n'est pas illégal.

— Ton frère te ment, a une relation avec ta petite amie, vole l'argent de l'entreprise, et tu laisses faire ?

— Poursuivre mon frère en justice ? Payer un avocat des dizaines de milliers de dollars, et pour quoi ? Le briser financièrement ?

— Law, il t'a *volé*.

Elle voulut poser sa main sur son bras, mais il s'écarta, descendit de la table et s'éloigna de quelques pas.

— Je ne dis pas que je lui pardonne ou que j'oublierai un jour ce qui s'est passé, dit-il. Mais je comprends pourquoi il l'a fait. Je ferai tout pour faire grandir 4 Thieves, mais pas au prix de souffrances supplémentaires pour la famille Renaud.

— C'est pour ça que Kane Foods t'intéresse, fit-elle remarquer d'une voix douce.

— Oui.

— Je vois.

Law revint vers la table, prit son verre de whisky et le leva comme s'il portait un toast.

— *Et voilà !* dit-il en français. Maintenant, tu connais toute l'histoire sordide de la distillerie et tu as tout ce dont tu as besoin pour aider ton père à décider de la suite.

Après avoir rangé la bouteille de whisky, il se tourna vers Marlowe.

— On y va ?

— Où ça ?

— La pluie s'est calmée.

Après avoir éteint la lumière, ils quittèrent le hangar, et Law enclencha le système d'alarme.

— On devrait pouvoir se rendre à la maison facilement, dit-il. La tempête s'est calmée.

— Ce n'est pas trop loin des logements des employés ? demanda-t-elle en glissant son chemisier dans sa jupe froissée en sortant. Remy en a fait préparer un pour moi.

Après la pluie, l'automne qui se rapprochait se faisait sentir. L'air, frais et humide, sentait la terre. Au loin, au-delà des arbres, un éclair transforma les nuages en lanternes.

— Ce n'est pas trop loin, répondit Law, ses bottes crissant sur le gravier mouillé. Si tu préfères loger dans un bungalow.

— Et toi ? Tu préférerais quoi ?

Ce n'était pas quelque chose qu'on lui avait souvent demandé, mais sa réponse sortit facilement.

— Toi. Dans mon lit.

Elle n'hésita qu'une seconde avant de se glisser sur le siège passager de la Varmint.

— *Allons-y*, Laurent Renaud, dit-elle en français à son tour.

Cette phrase familière accolée à son nom et prononcée sur un ton hautain le fit plonger sur le siège conducteur comme si on lui avait mis un coup de pistolet électrique.

L'orage dehors s'éloignait peut-être, mais la tempête en lui ne faisait que commencer.

7

Oh mon Dieu, mais qu'est-ce que j'ai fait ?

Marlowe se réveilla avec les jambes étrangement lourdes et l'impression d'avoir un marteau qui tapait dans sa tête. Pour la tête, c'était entièrement sa faute : juste récompense d'avoir bu du whisky comme si elle avait reçu un gage dans une soirée de bizutage.

Pour les jambes lourdes, la faute revenait à Law.

Il avait le menton posé sur sa tête, les bras plaqués sur ses seins nus, ses doigts comme des racines autour de sa main. Sa longue jambe pesait sur les siennes, la plante de son pied pressée contre ses orteils.

Et elle sentait quelque chose de plus en plus dur contre ses fesses.

Si elle ne trouvait pas un moyen de quitter ce lit rapidement et en douceur, il était fort probable qu'ils repartent pour un autre tour.

Le troisième ?

Le cinquième ?

Quelque part entre le crépuscule et l'aube, elle avait perdu le compte.

Elle n'avait aucune idée du nombre de fois où elle avait fait l'amour avec le propriétaire de la distillerie pour laquelle elle devait faire un audit.

Cette pensée provoqua en elle une pointe de culpabilité et de panique.

La vue toujours voilée par le sommeil, elle chercha dans la pièce quelque chose qui pourrait lui indiquer l'heure. Comme elle ne trouvait pas son téléphone, son regard se posa sur un radioréveil d'un genre qui avait disparu sauf dans les chaînes d'hôtel bas de gamme.

D'abord, elle ne crut pas les chiffres rouges.

10 h 10 ?

Elle se retint de se lever d'un bond.

C'était mardi. Là-bas, au siège de Kane Foods, la réunion avec l'équipe directoriale était déjà bien entamée.

Imaginer son père au bout de l'immense table de la salle de réunion à laquelle elle n'assistait pas lui fournit la motivation nécessaire. Elle devait se rendre au bureau de la distillerie, passer au crible les derniers documents dont elle avait besoin et ficher le camp d'ici.

Elle commença lentement à bouger. Les mains, les bras, puis les jambes, dans une succession de manœuvres subtiles qui sembla à peine déranger Law dont la respiration restait profonde et régulière. Quand elle put enfin s'éloigner de la partie de son corps qui était bien réveillée et s'asseoir sur le bord du lit, elle poussa un petit soupir de soulagement.

Le répit fut de courte durée.

Dès qu'elle se leva, son corps lui rappela toutes les choses qu'elle avait faites… et que Law lui avait fait.

En s'écartant du lit sur la pointe des pieds, elle parcourut la chambre du regard à la recherche de ses vêtements. Sa culotte était pendue à la tête de lit en acajou, sa jupe posée sur le banc rembourré au pied duquel se trouvait son soutien-gorge. Son chemisier s'était envolé jusqu'au grand fauteuil en cuir dans le coin. Quand elle le prit, elle remarqua la pile de livres sur une petite table.

Déconstruire la masculinité toxique. Pleurer comme un homme : Combattre pour se libérer de la prison émotionnelle. Le masculin évolué et, enfin, *Le corps garde des marques : Soigner le traumatisme du cerveau, de l'esprit et du corps.*

Bouche bée, elle regarda son amant encore endormi, son érection se dressant sous les draps.

Un désir soudain la saisit. Si elle ne sortait pas rapidement de cette chambre… elle chevaucherait Law pendant une semaine !

À regret, elle s'autorisa un dernier long regard vers lui avant de quitter discrètement la chambre et descendre l'escalier. Le plancher en bois s'avéra heureusement silencieux malgré son âge avancé, et elle arriva dans le séjour où devaient normalement se trouver ses chaussures.

Exact.

L'un de ses escarpins était posé près de la porte d'entrée.

L'autre coincé… entre les pattes de Layla, la chienne de Law.

Elles se regardèrent avec un air méfiant. Layla, la tête appuyée sur son trophée. Marlowe, les poings serrés avec détermination. Elle envisagea brièvement de s'avouer vaincue et repartir pieds nus, mais elle se rappela sa longue réflexion avant d'acheter cette paire de Louboutin, cette histoire de tétanos, et se ravisa.

Elle s'approcha alors de la porte d'entrée en marchant lentement, ne quittant pas Layla des yeux. Une fois qu'elle eut récupéré son premier escarpin, elle le coinça sous son bras et leva les mains en l'air devant elle, les paumes ouvertes tandis qu'elle faisait un tout petit pas vers la chienne.

— Gentille fille, murmura-t-elle. Ça, c'est une gentille fille.

Layla pencha la tête et la regarda avec méfiance.

C'était fichu.

Marlowe se baissa pour attraper une balle de tennis jaune, s'efforçant de ne pas crier quand elle posa la main sur cette surface gluante.

— Regarde ce que j'ai trouvé, dit-elle doucement en secouant la balle. Tu la veux ?

La chienne, toute contente, commença à mordiller la pointe de l'escarpin Louboutin avec ses petites dents… très pointues.

— Non ! s'exclama-t-elle en tapant des mains. Vilaine fille !

Layla se contenta de recouvrir son trophée de bave avant de se remettre à le mordiller.

— Ça suffit.

L'agacement finit par dépasser la peur, et Marlowe alla s'accroupir devant la chienne.

— Je sais que je suis sur ton territoire, mais si tu me donnes ce que je veux, je débarrasse le plancher. Moi je récupère ma chaussure, toi tu as ton papa, et tout le monde est heureux. OK ?

— Lâche !

La voix grave et ensommeillée déstabilisa Marlowe qui lâcha la balle de tennis.

Par chance, Layla se leva et courut après en aboyant. Marlowe récupéra vivement sa chaussure.

Après avoir échangé un regard prolongé avec son adversaire à quatre pattes, Marlowe se redressa et se tourna lentement vers Law.

Il se tenait en bas de l'escalier, ne portant qu'un boxer.

— Je ne sais pas ce que je trouve le plus inquiétant, dit-il en bâillant, chaque muscle de son torse bougeant tandis qu'il étirait ses bras au-dessus de sa tête. Que tu aies cru que tu pouvais t'éclipser avant que je me réveille ou que tu essaies de négocier avec ma chienne.

— Je ne *m'éclipsais* pas. C'est juste que je ne voulais pas te réveiller.

— Parce que ?

La bouche sèche, Marlowe eut du mal à répondre :

— Parce que j'ai du travail à faire ce matin avant de...

— De retourner à Philadelphie, conclut-il.

Elle fut reconnaissante qu'il l'ait soulagée du fardeau de devoir le dire. Parce qu'ils savaient tous les deux que son départ était inévitable.

Cette nuit était une fin.

Pas un début.

— Oui, marmonna-t-elle.

— Et tu as pensé que si j'étais réveillé, je t'aurais retenue ?

Il s'avança vers elle, son regard plongé dans le sien.

Elle sentit son cœur se mettre à battre plus fort.

— Je me suis juste dit que ce serait plus facile, dit-elle.

— Plus facile d'affronter le fait que tu as couché avec un

homme que tu n'as vu qu'une fois ? Un homme propriétaire de l'entreprise pour laquelle tu fais un audit à la demande de ton père ?

Les joues de Marlowe étaient en feu.

— Ce n'est pas ce que j'allais dire, rétorqua-t-elle.

Il s'assit sur l'accoudoir d'un vieux fauteuil en cuir.

— Mais c'est ce que tu pensais.

— Tu ne me connais pas assez pour savoir ce que je pense !

Elle marcha jusqu'au canapé et prit le T-shirt qu'il avait enlevé à un certain moment durant les festivités de la veille et l'utilisa pour nettoyer sa chaussure.

Law l'observa, les bras croisés sur son torse large.

— Je sais que tu fais le même bruit qu'une bouilloire quand tu es vraiment excitée, fit-il remarquer.

Elle rougit encore plus.

— Cela ne s'applique pas à la situation actuelle, répliqua-t-elle.

— Je sais que tu ne veux pas être demoiselle d'honneur au mariage de ton frère parce que tu penses que ta robe te fait ressembler à une mante religieuse.

Elle se figea tandis que l'image de la robe haute-couture vert pâle apparaissait dans sa tête.

S'il était au courant de ça, que lui avait-elle confié d'autre, dans le feu de la passion ? Son numéro de Sécurité Sociale ? Son mot de passe pour le logiciel de comptabilité de Kane Foods ?

— Encore une fois, c'est entièrement hors de propos, dit-elle en se chaussant.

— *Pas du tout, ma chère*, dit Law en français en se levant pour s'avancer vers elle. Je pense au contraire que c'est exactement le sujet.

L'odeur de son corps la fit tressaillir, lui rappelant la nuit de folie qu'ils venaient de passer.

— Comment ça ? dit-elle.

Il tourna autour d'elle comme s'il évaluait une sculpture.

— Porter une robe que tu ne supportes pas juste parce que la future mariée te l'a demandé, c'est comme venir ici sur ordre de ton père. Dans les deux cas, tu agis contre ta vraie nature. Tu ne pourras pas faire ça très longtemps avant que...

Il effleura sa joue d'une caresse et se pencha assez près pour que ses lèvres effleurent le lobe de son oreille pour ajouter :

— ... tu *exploses*.

« Comme tu as explosé cette nuit », aurait-il pu ajouter.

— Cela pourrait même arriver dans un futur proche, précisa-t-il.

Malgré son ton glacial, elle sentit la chaleur se réveiller entre eux.

— Reste, dit-il.

Quelque part au loin, un coq chanta. *Il est pourtant affreusement tard*, songea-t-elle, heureuse de penser à autre chose qu'à cet homme, ne serait-ce que quelques secondes.

— Reste, répéta-t-il. Pour une nuit. Pour une semaine. Aussi longtemps que tu pourras te le permettre.

— Pourquoi ferais-je ça ?

— Parce que je le veux.

La franchise de sa réponse la fit se rétracter comme une anémone de mer.

— Je ne vois pas pourquoi. Je suis sûre que ça ne manque pas, les femmes prêtes à... *réchauffer ton lit*.

— Je n'ai pas besoin d'un lit chaud, répliqua-t-il en glissant un bras autour de sa taille par-derrière et plaquant sa main sur son ventre.

— Alors de quoi as-tu besoin ?

Elle se mordit la lèvre, contente qu'il ne puisse pas voir la grimace qu'elle faisait. Neil avait-il dévasté son estime d'elle-même au point qu'elle ressentait le besoin de quémander des mots doux ?

— De ne plus t'avoir dans la peau, répondit-il.

Ses doigts commencèrent un voyage sur son ventre avec une lenteur exaspérante.

Elle tressaillit. Elle s'attendait plus à quelque chose du genre : « Tu es ici, on s'est envoyés en l'air, j'ai aimé ça, refaisons-le. » Simple. Logique.

Mais *ça* ?

Cet aveu de la part d'un homme qui avait été un ogre ne s'exprimant que par monosyllabes seulement vingt-quatre heures plus tôt ?

— Je n'avais pas conscience d'y être, fit-elle remarquer.

— Tu y es.

Il prit sa main et la déplaça le long de son sexe dur comme de la pierre à travers le tissu doux de son boxer.

— Depuis que je t'ai vue descendre cet escalier comme un ange vengeur, l'autre soir, précisa-t-il.

Elle laissa échapper un rire incrédule. Elle n'aurait jamais qualifié son entrée ainsi.

— Le fait est que j'ai été complètement inefficace depuis, et les gens ne vont pas tarder à le remarquer, dit-elle. Et c'est là que les vrais problèmes vont commencer.

Elle réalisa soudain qu'il avait lâché sa main, et pourtant, elle n'avait pas lâché son sexe. Elle avait même accéléré le rythme.

— Des problèmes qui ne me regardent pas, ajouta-t-elle en décrivant un cercle autour de son gland avec la paume.

— C'est que tu... mmm... tu te trompes.

— C'est très peu probable.

Elle trouva l'ouverture à l'avant de son boxer et y glissa sa main.

— Statistiquement, je ne me trompe que 3 % des fois.

— Avec ce chiffre, tu t'avances sur un terrain *glissant*, ma belle.

Il trouva la fente de sa jupe, mais elle serra les cuisses avant qu'il puisse poursuivre son expédition.

— Il est parfaitement sûr, je te le garantis, assura-t-elle.

— Je vais devoir te rendre visite pour que tu m'expliques ça. Peut-être que je passerai te voir à ton bureau...

— Tu n'oserais pas.

— Tu en es certaine ?

En fait, elle ne l'était pas. Pas du tout.

L'imaginer débarquer au vingt-cinquième étage du siège de Kane Foods et entrer dans son bureau lui donna des frissons.

— Juste une nuit de plus ? C'est tout ? s'enquit-elle.

— Oui.

Maintenant qu'elle avait laissé cette idée faire son chemin, elle devait admettre que la perspective de passer une autre nuit dans le lit de Law était loin d'être repoussante. Elle pourrait s'excuser pour son absence avec un rapide coup de téléphone, en déclarant qu'elle avait besoin de plus de temps pour l'audit.

— Je pourrai accepter… à une seule condition, dit-elle.

— Je t'écoute.

— Demain matin, on se sépare, et c'est fini. Pas de coups de téléphone tard le soir, pas de demandes de photos de moi nue, pas de « Je suis en ville pour le week-end » ou « Qu'est-ce que tu fais ? » ou encore « Je pensais justement à toi ». Demain matin, ce sera terminé. Point final. D'accord ?

— Ça dépend, dit-il en reculant pour arranger son boxer.

— De quoi ?

— De la fréquence avec laquelle tu prévois de me demander des nus. Tant que c'est moins de trois fois par semaine, je dois pouvoir assurer.

Il se pencha pour attraper son pantalon posé sur le canapé et l'enfila.

Elle s'efforça de ne pas le dévorer des yeux.

— Tu sais que ce n'est pas ce que je voulais dire, fit-elle remarquer.

Il secoua la tête en passant une main dans ses cheveux hirsutes.

— Si je n'avais pas déjà rencontré ton fiancé, je serais tenté de te demander avec quel genre de mec tu sors.

— *Ex*-fiancé et je ne sors avec personne. Justement.

Prenant une grande inspiration, il leva les bras pour s'étirer, ce qui fit rouler chaque muscle de son corps.

— D'abord, c'est assez effronté de ta part de croire que j'ai envie de sortir avec toi, dit-il. Et puis, si c'était le cas, il est certain que je ne m'y prendrais pas comme ça.

Il avait réussi à lui donner envie de savoir comment il séduirait une femme.

— Alors on est sur la même longueur d'ondes ? ironisa-t-elle.

Il s'avança vers elle et s'arrêta à quelques pas.

— Madame, nous ne sommes même pas sur le même réseau. Mais si tu as vraiment besoin que je le dise, alors, oui. Une fois que tu auras quitté ma propriété au volant de ta petite voiture de bobo, demain matin, je me résignerai à traiter avec ton bon vieux père, et tu ne seras plus qu'un lointain mais agréable souvenir que je finirai par oublier.

Il était d'accord avec elle sur la fin de leur petite aventure dès le lendemain, parfait. Mais le fait de n'être qu'un souvenir bientôt oublié...

Aurait-elle préféré qu'il ne soit pas d'accord avec elle ?

— D'accord. Je reste.

— Bien, dit-il en bâillant avant de se diriger vers l'escalier.

— Où vas-tu ? demanda-t-elle, déçue que sa réponse qui, pour elle était une déclaration importante, ne provoque pas une réaction enthousiaste.

— Tu vas devoir emprunter des vêtements, non ? expliqua-t-il.

Elle baissa les yeux sur son chemisier froissé, aussi dubitative à l'idée de le porter encore aujourd'hui que de laisser Law choisir une tenue pour elle.

— Peut-être, répondit-elle. Si tu as quelque chose qui pourrait aller.

— Je vais me débrouiller pour en trouver, dit-il en lui jetant un sourire quelque peu inquiétant.

Elle chassa vite son malaise pour se concentrer sur l'instant présent. Elle devait appeler Philadelphie pour prévenir qu'elle ne rentrait pas aujourd'hui. Et pour cela, il fallait... qu'elle retrouve son téléphone.

Elle finit par le voir dans un bol en céramique sur la console de l'entrée.

Le cœur battant, elle ouvrit sa messagerie, s'attendant au pire.

Elle ne fut pas déçue.

Il était à peine plus de 10 heures et elle avait déjà plus de quarante mails et seize appels en absence ! Paniquée, elle choisit de ne répondre qu'à l'un d'eux. Son frère Mason.

Ce dernier répondit à la troisième tonalité.

— Tu réalises que le rôle de mouton noir est déjà pris ? dit-il en guise de bonjour.

Autrefois directeur du marketing chez Kane Foods, Mason avait quitté ce poste deux mois plus tôt quand il était tombé fou amoureux de l'assistante de direction de leur père, Charlotte Westbrook. Depuis, il consacrait son énergie sans limite à la Ligue, ex-club de combats clandestins devenu aujourd'hui une association consacrée à organiser des événements caritatifs autour des arts martiaux. Même si un nouveau directeur marketing avait été embauché pour le remplacer, Mason venait encore au bureau plusieurs jours par semaine pour assurer une transition en douceur.

Le mardi était l'un de ces jours.

— Je n'ai pas assez de talent pour te détrôner, rétorqua-t-elle. Et aucune envie. Mason, j'ai besoin de ton aide.

— Tu m'intrigues. Crache le morceau.

— Je suis à la distillerie 4 Thieves pour un audit, et j'ai été bloquée ici cette nuit à cause d'une tempête. J'ai peut-être un peu... abusé. Avec la dégustation.

— *Toi* ?

La remarque de son frère l'agaça au plus haut point.

— Tu réagis comme si j'étais une sorte de maîtresse d'école anti-alcool.

Elle aperçut alors son reflet dans le miroir derrière la porte d'entrée. Ses cheveux emmêlés qu'elle avait peignés avec ses doigts et vaguement attachés en chignon, son chemisier boutonné jusqu'au cou, sa jupe noire austère qui s'arrêtait au-dessus de ses genoux.

Une maîtresse d'école, mais une maîtresse qui avait besoin d'un fer à repasser ! Voilà à quoi elle ressemblait.

— C'est peut-être parce que la dernière fois que je t'ai vue décompresser, c'était... laisse-moi réfléchir... Jamais ?

— Peut-être parce que tu ne m'as pas vue du tout depuis que j'ai rompu avec Neil.

C'était un coup bas, et elle le savait. Mais quand elle se sentait blessée, elle réagissait souvent mal et sans réfléchir. C'était son mécanisme de défense.

— Je suppose que je le mérite, répondit Mason.

— Oui.

— Je sais qu'entre le mariage et la Ligue, Samuel et moi avons été plutôt occupés. Probablement à un moment où tu pouvais avoir besoin du soutien de tes frères.

Le soutien de ses frères.

À ces mots ses yeux s'emplirent de larmes, mais elle les chassa vivement. Ce n'était pas le moment de sombrer dans le sentimentalisme.

— Je vais bien, Mason. Je remarque juste que beaucoup de choses ont changé, ces derniers temps.

Son frère resta silencieux pendant un moment, ce qui ne lui ressemblait pas.

— Je suis désolé, ma sœur. J'aurais dû être là.

— C'est bon. Je suis sûre que j'étais pareille, au début de ma relation avec Neil.

— Non. Tu n'as jamais été comme ça.

Cette fois, ce fut elle qui resta silencieuse un instant. Mais avec Mason à l'autre bout du fil, cela ne dura pas longtemps.

— Et si on allait dîner, ce soir ? suggéra-t-il. Rien que tous les deux. Si tu penses être rentrée d'ici là.

Elle hésita.

— Le truc, c'est que... non. Je ne rentre pas avant demain après-midi, répondit-elle.

Elle attendit pendant ce qui lui sembla une éternité que son frère en arrive à la conclusion évidente.

— Philomena Marlowe Kane.

Elle se couvrit le visage par réflexe en entendant son nom complet, se souvenant comme elle avait levé la main à chaque cours à Lennox Finche pour informer ses professeurs que c'était « juste Marlowe ».

— Laurent Renaud ?

— Law, précisa-t-elle. Son frère et lui m'ont invitée à dîner, puis il m'a appris à lancer la hache, et une chose menant à une autre...

— Qui êtes-vous et qu'avez-vous fait à ma sœur ?

— J'allais appeler papa pour lui dire que j'avais besoin d'une journée supplémentaire, mais il fait toujours ce truc où il attend jusqu'à la fin de la conversation pour te poser une question à laquelle tu ne peux pas répondre si tu ne dis pas la vérité. Et je craque toujours.

— Alors tu me demandes de lui parler.

— En gros, oui.

— Je ne sais pas si tu t'en souviens, mais j'ai mis fin à mon statut de favori quand j'ai informé papa que je ne souhaitais pas garder le poste pour lequel il m'avait subtilement modelé.

— D'abord, tu es encore son préféré même s'il prétend le contraire, et puis, tu es un bien meilleur menteur que moi.

— Je suis à la fois honoré et insulté ! s'exclama-t-il en riant.

— Alors ? S'il te plaît...

En entendant sa voix suppliante, elle réalisa à quel point elle voulait cette journée de liberté supplémentaire.

— Bon, d'accord, répondit Mason avec un soupir théâtral. Quel dommage que cette tempête ait fait tomber cette vache sur ta X6. Par chance, tu avais juste assez de batterie pour m'appeler avant que ton téléphone succombe à ses blessures.

— Mason...

— Je m'occupe de papa. Ne t'inquiète pas.

— Tu as ma reconnaissance éternelle.

— Tant qu'on en parle, pourquoi juste une nuit ? Je pourrais t'offrir au moins une semaine.

— Une nuit, c'est tout ce dont j'ai besoin, affirma-t-elle, autant pour rassurer son frère que pour s'en convaincre elle-même.

— Tu es sûre ?

Son frère semblait si sensible à son sort... Peut-être qu'avec Charlotte il avait enfin appris à être attentionné.

Marlowe leva les yeux et découvrit Law qui descendait l'escalier avec un tas de vêtements dans les bras.

Elle se retourna pour ne plus le voir et répondit :

— Absolument.

8

— Où allons-nous ?

Law regarda Marlowe dont la démarche était entravée par les bottes en caoutchouc qu'elle avait choisies parmi les maigres options disponibles dans le vestiaire.

Il n'avait pas pris la peine de faire remarquer qu'elles étaient tout ce qui lui restait de Jessica. Il lui avait aussi donné une chemise en flanelle trop petite pour lui et une robe qu'il avait offerte à Emily mais qu'il avait choisie trop grande. Affublée de la sorte, on aurait dit qu'un designer new-yorkais avait voulu créer une caricature de tenue campagnarde.

— Tu verras, répondit-il en remontant la large bretelle du sac à dos qu'il portait à l'épaule.

— Cette phrase m'a causé beaucoup de problèmes hier soir, si je me souviens bien.

Des problèmes, oui.

Pour tous les deux.

Le sien, c'était l'immense déception qu'il avait ressentie quand il s'était réveillé seul dans son lit. Et pire encore, il s'était senti soulagé quand il l'avait trouvée agenouillée devant Layla dans son salon.

Ils n'avaient passé qu'une nuit ensemble et elle avait déjà ce genre de pouvoir sur lui. Restait à savoir si une nouvelle journée avec elle était la meilleure ou la pire des idées qu'il n'ait jamais eues.

— C’est marrant, reprit-il. Je ne me souviens pas t’avoir entendue protester quand nous sommes arrivés à la maison.

En réalité, c’était même elle qui était à l’origine de leur deuxième fois. À peine avait-il tourné le verrou qu’elle lui avait grimpé dessus comme à un arbre.

— J’étais déjà lancée, à ce stade, répondit-elle. Une fois que tu as acheté la vache, pourquoi ne pas boire son lait ?

— Je ne m’en souviens pas de ça non plus. Mais si c’est ton truc...

Elle s’arrêta brusquement. Son changement de comportement avait été si soudain et inattendu qu’il avait continué à marcher sans elle.

Il suivit son regard rivé sur les deux chevaux sellés et attachés à la clôture du corral.

— Hé, dit-il en revenant vers elle. Qu’est-ce qui ne va pas ?

— Je ne peux pas, murmura-t-elle en secouant vigoureusement la tête. Je... je ne suis pas à l’aise avec les chevaux.

— Mais tu as dit que tu avais fait du polo.

— Oui. *Avais fait*. Au passé. Je n’ai pas approché un cheval depuis mes dix-sept ans.

— Tu manques juste de pratique. Une fois que tu seras en selle, ça reviendra.

— Non. Et ne me dis pas que c’est comme le vélo, parce que les vélos ne prennent pas peur et ne ruent pas.

Il avait l’impression de voir une petite fille terrorisée.

— C’est ce qui s’est passé ? demanda-t-il d’une voix douce.

Marlowe plaqua ses bras sur sa poitrine comme si elle revivait quelque chose de terrible.

— Oui. Un chien a couru dans le champ et a effrayé mon cheval, Gatsby, pendant les demi-finales des juniors, et j’ai été éjectée. Je me suis cassé trois côtes et j’ai failli me faire piétiner. Mon père a vendu Gatsby une semaine plus tard, précisa-t-elle avant de lui adresser un sourire plein de colère tandis qu’elle clignait des yeux pour chasser ses larmes. Tu es content ?

Que répondre à cela ?

— Je suis désolé.

Elle haussa les épaules avec un air indifférent.

— Laisse-moi te parler de ces deux-là, dit-il. Et si après ça, tu décides que tu ne veux toujours pas monter, je te laisserai conduire la Varmint.

— Cette *chose* a un nom ? demanda-t-elle, incrédule.

Il ignora sa pique.

— Celle avec la tache blanche sur le nez, c'est Rosemary, poursuivit-il. Rosie. C'était une jument d'attelage à Philadelphie avant d'avoir de l'arthrose et d'être mise à la retraite. Ce gros garçon, c'est Coriander. Cory. C'est aussi un cheval de trait et il travaillait dans la communauté amish. Il profite de sa retraite ici. Je les ai tous les deux achetés à une vente aux enchères.

— Parce que tu fréquentes les ventes aux enchères à la recherche de chevaux à sauver ?

— Je ne dirais pas « fréquenter ».

— Tu es juste déterminé à ruiner mes a priori, c'est ça ?

Elle prit une profonde inspiration et s'avança vers les chevaux.

Il la suivit en lui laissant la place au cas où elle reculerait.

Elle passa au large de Rosemary avant de l'approcher lentement par la gauche. Elle n'avait visiblement pas oublié les règles du monde équestre.

— Bonjour, dit-elle doucement pour prévenir la jument de sa présence.

Les oreilles de Rosemary se penchèrent en arrière tandis qu'elle tournait la tête pour observer l'étrangère.

Marlowe se rapprocha lentement, tendant prudemment une main.

— Elle a un faible pour le grattage d'oreille, dit Law.

Il fouilla dans sa poche et en sortit des bonbons à la menthe avant de les tendre à Marlowe.

— Et les petites friandises, à l'occasion, ajouta-t-il.

Rosemary poussa l'épaule de Marlowe avec bien plus de délicatesse qu'elle ne le faisait avec Emily, nota-il, surpris.

— C'est très mauvais pour les dents, tu sais, fit remarquer Marlowe sur un ton faussement critique tandis qu'elle enlevait l'emballage du bonbon et le tendait sur sa main bien à plat.

La jument prit délicatement le bonbon et le mâcha.

Coriander leva la tête et regarda Law par-dessus la croupe de Rosie, visiblement déçu par la distribution des friandises.

— Tu veux bien partager avec Cory ?

— Oui, répondit Marlowe en caressant un point derrière l'oreille de la jument.

Law passa sa main sur le flanc de Rosie pour la contourner et donner quelques bonbons à Cory.

Law vit que Marlowe se tenait juste devant Rosemary et caressait doucement son chanfrein.

Puis la jument fit quelque chose que Law ne lui avait jamais vu faire. Elle leva la tête, posa son encolure sur l'épaule de Marlowe et se tourna jusqu'à ce que le côté de sa tête soit pressé contre son dos.

Elles restèrent ainsi dans un silence qui ne fut interrompu que par le chant d'un oiseau.

Law était si captivé qu'il faillit sursauter quand Marlowe parla :

— Je veux essayer.

— Tu es sûre ?

Elle acquiesça.

Il s'avança vers le poteau pour détacher Rosemary, et régla les étriers.

— Besoin d'aide ? s'enquit-il.

Elle haussa les sourcils en attrapant le pommeau de la selle, enfonça la pointe de sa botte dans l'étrier et se hissa avec la grâce des guerrières elfes des romans de fantasy qu'il lisait quand il était petit.

— Je devine que ça veut dire non, fit-il remarquer en souriant.

Il libéra Cory et monta en selle à son tour.

— Il doit avoir du sang Clydesdale, fit remarquer Marlowe. Combien mesure-t-il ? Un mètre quatre-vingts ?

— Soixante-dix, répondit-il en se penchant en avant pour faire semblant de couvrir les oreilles de Cory. Mais j'évite de le mentionner pour ne pas le froisser.

Elle leva les yeux au ciel et secoua la tête.

— Vous les hommes et votre obsession pour les mesures.
— Dit la femme dont toute la vie tourne autour des chiffres.
— Bien vu. Puis-je savoir où nous allons, maintenant ?
— Comment tu te sens ? demanda-t-il sans répondre à sa question. Ça te dit de faire une balade ? On ira lentement.
— Y aller lentement ne semble pas être notre fort, répliqua-t-elle avec un sourire espiègle. Alors, on y va ?

Encore une fois, ce que Law avait cru être l'une de ses meilleures idées se retourna contre lui.

De son point de vue derrière Marlowe, dans un passage trop étroit pour qu'ils avancent côte à côte, il observait son bassin se balancer au rythme des pas de Rosemary.

En avant.

En arrière.

En avant.

En arrière.

Marlowe se tourna vers lui, attendant visiblement sa réponse à la question qu'elle venait de lui poser et qu'il n'avait manifestement pas écoutée.

— *Comment* ? demanda-t-il en français avant de réaliser que la surprise lui avait fait utiliser la langue de son enfance.
— Je t'ai demandé si vous aviez d'autres projets de construction sur la propriété.
— On a parlé d'agrandir la distillerie. Remy pense que l'on devrait brasser de la bière artisanale et de l'hydromel, et j'espère que c'est juste la dernière de ses nombreuses lubies.
— Comme le fumoir et les véhicules de science-fiction ?
— Estime-toi heureuse de ne pas avoir été là quand il essayait de fabriquer du papier parchemin à partir d'arbres morts ! On pouvait sentir l'odeur à deux comtés à la ronde !
— C'est sympa de soutenir toutes ses idées comme ça.

Le chemin s'élargit et Cory vint se placer à côté de Rosie.

— Pourquoi je ne le ferais pas ? Il m'a soutenu quand la

distillerie n'était qu'un rêve lointain. C'est ce que l'on fait pour la famille, non ?

Une ombre passa sur le visage de Marlowe.

— Le soutien n'est pas de mise dans toutes les fratries, fit-elle remarquer.

— C'est une remarque générale ou qui concerne uniquement les Kane ?

Elle haussa les épaules.

— Je suppose que l'on apporte le soutien que l'on sait apporter, dit-elle.

— Cela veut dire que tes parents n'étaient pas très doués dans ce domaine ?

— Je n'ai pas dit ça, répliqua-t-elle, la mâchoire crispée.

— Il y a beaucoup de choses que tu ne dis pas, marmonna-t-il, ce qui lui valut un regard glacial.

— Parce que si je voulais parler de ça, je n'aurais qu'à engager l'un des meilleurs thérapeutes de Philadelphie.

Law pivota sur sa selle pour se tourner vers elle.

— Pourquoi ne l'as-tu pas fait ?

Elle poussa un soupir exaspéré.

— Parce que je vais *bien*. Je suis douée dans ce que je fais et je suis bien payée pour le faire. J'ai un mode de vie confortable, un cercle social de personnes brillantes et un accès au meilleur de l'art, de la culture et du divertissement. Pourquoi aurais-je besoin de l'aide d'un professionnel de la santé mentale ?

Il laissa passer quelques secondes avant de répondre :

— Parce que tu n'as pas l'air d'apprécier tout ce que tu as.

Rosemary s'immobilisa brusquement quand Marlowe tira sur les rênes.

— Qu'est-ce qui te donne le droit de faire des suppositions à la noix sur une vie à laquelle tu appartiens depuis moins d'une semaine ? rétorqua-t-elle sèchement.

— Alors je fais partie de ta vie ? s'enquit-il sur un ton taquin.

Il savait très bien que c'était vache de sa part, mais il aimait tellement voir le rouge lui monter aux joues.

— Tu sais très bien ce que je voulais dire, marmonna-t-elle.

— Je vois. Je ne fais pas partie de ta vie, mais je te connais assez pour déchiffrer le sens de tes paroles ?

— Le fait que tu aies le droit de pénétrer mon corps ne veut pas dire que tu as le droit de tripoter mon esprit.

Il la dépassa et fit pivoter Cory pour qu'il soit face à Rosie.

— Pour moi, ton esprit n'est pas séparé de ton corps, dit-il. Quelqu'un qui ne prend pas soin des deux ne mérite pas que tu gâches ton temps avec lui.

— Merci, docteur Law, dit-elle avec un air narquois.

Il la regarda et sentit de nouveau cette connexion magnétique qui l'avait empêché de détourner le regard, la première fois qu'il l'avait vue.

— Tu mérites mieux qu'aller juste bien, Marlowe. Je sais que cela ne me concerne pas mais, bon sang, arrête de te contenter du minimum et de laisser ces idiots penser que ça suffit !

— Pourquoi cela compte-t-il pour toi ? demanda-t-elle d'une voix calme.

Il lui donna la partie de la réponse qu'il pensait être la plus sûre pour eux deux.

— Parce que j'ai une nièce, et si un homme devait la traiter comme tu as été traitée, je ferai de sa tête de la bouillie, répondit-il. Comme j'aimerais autant mieux ne pas aller en prison pour meurtre, je m'assure qu'elle ne se retrouve pas dans ce genre de situation.

— Je ne suis pas ta nièce, fit-elle remarquer avec douceur.

— Tu as raison. En revanche, ma nièce veut être toi.

— J'en prends bonne note.

Il fit pivoter Coriander et ils reprirent leur route.

— Tu ne m'as toujours pas dit où on va, reprit Marlowe après un moment de silence.

— Parce qu'on est presque arrivés.

Ils chevauchèrent pendant une dizaine de minutes jusqu'à ce que Law emprunte un chemin plus petit qui s'enfonçait dans les bois.

Ils grimpèrent une colline à la pente douce.

— Fais attention aux rochers, dit-il. Cory et Rosie savent

généralement bien les aborder, mais leur vue n'est pas aussi bonne que dans leur jeunesse.

Ils arrivèrent bientôt dans une petite clairière avec un bassin d'eau vert bouteille au pied d'un affleurement rocheux.

— Une source ? demanda Marlowe.

— Une source chaude.

En mettant pied à terre, Law sentit une légère douleur dans les hanches due à la balade. Et certainement à autre chose.

— C'est cette découverte qui nous a attirés, quand on s'est installés, expliqua-t-il. Nous n'utilisons que l'eau de la nappe phréatique pour la distillerie.

Après avoir noué la longe de Cory à un arbre pas loin du bassin pour qu'il puisse boire, il posa les sacoches à son pied, puis s'approcha de Rosemary.

Il regarda Marlowe et lui proposa sa main.

Cette fois, elle l'accepta, mais descendit tout aussi élégamment qu'elle était montée. Ils se regardèrent dans les yeux pendant un instant, puis Law alla attacher la jument à côté de Cory.

Il ouvrit le paquetage et fouilla à l'intérieur avant de tendre à Marlowe un sachet contenant des carottes et des pommes coupées. Elle les prit et se dirigea vers les chevaux.

Pendant qu'elle était occupée à leur distribuer les friandises, il enleva son T-shirt et sortit le pique-nique que Mira et Grant avaient préparé pour lui, même s'ils avaient haussé les sourcils quand il leur en avait fait la demande.

Une bouteille de cabernet, une miche de pain blanc, du poulet fumé, du raisin noir, des olives, un petit plateau de fromages, du beurre, de la confiture, des fraises, des pommes et une tarte aux myrtilles. De quoi nourrir quatre personnes affamées !

— C'est quoi tout ça ? demanda Marlowe en revenant avec le sachet vide.

— Le déjeuner. Tu as faim ?

— Une faim de loup.

C'était pareil pour lui. Après leurs activités fougueuses de cette nuit, il s'était réveillé avec un grand creux. Ce matin,

Marlowe avait insisté pour qu'ils se contentent de seulement quelques tartines, mais il les avait digérées depuis longtemps.

— Assieds-toi.

Elle s'installa de côté sur la couverture.

— Tu as des assiettes dans ce sac magique ? demanda-t-elle.

— Non.

Il commença à ouvrir les boîtes et à les poser entre eux.

— Comment ça, « non » ? dit-elle les yeux écarquillés.

— Pas besoin.

— Et comment suis-je censée manger ? Sur mes genoux ?

— Il y a pire.

Il laissa ses yeux remonter avec plaisir le long de ses jambes jusqu'à l'ourlet de sa robe.

— Je suis sérieuse.

— Moi aussi.

— Alors, tu peux au moins me donner une fourchette.

— Pas de fourchettes non plus.

— Mais comment je vais...

Elle se tut, et Law vit dans ses yeux qu'elle commençait à comprendre.

— Non, non, non. Hors de question, dit-elle. Si tu crois que je vais utiliser mes mains...

— Bien sûr que non. Tu vas utiliser les miennes.

9

Marlowe avait l'eau à la bouche. De succulentes odeurs s'élevaient des boîtes que Law avait ouvertes. Ce repas lui faisait penser à ce que l'on trouve sur la table de la sorcière ou du géant dans les contes de fées.

C'était tentant, mais dangereux et interdit.

— Tu voudrais que je te laisse me nourrir... avec tes mains ? demanda-t-elle.

Peut-être que répéter la proposition de Law à voix haute la ferait paraître plus raisonnable ?

— C'est ça, répondit-il avec un sourire en coin.

Appuyé sur un coude, il mit une grappe de raisins devant sa bouche en une réplique presque comique de la sculpture du satyre allongé dans les jardins de Fair Weather Hall qui la faisait rougir quand elle était petite.

— Je n'ai pas si faim que ça en fait, murmura-t-elle.

Comme pour la punir de son mensonge, son estomac gargouilla bruyamment.

— Menteuse.

— Et si je n'avais juste pas assez faim pour manger dans des mains encore très récemment posées sur un cheval ?

Avec un sourire narquois, Law se leva et alla se laver les mains dans le bassin d'eau chaude et revint s'asseoir en lui présentant ses mains toutes propres.

Marlowe se persuada que c'était le repas et pas la preuve de sa prévoyance qui faisait monter sa température.

— Maintenant, ferme les yeux et ouvre la bouche, dit-il.

— Ah non ! Si j'accepte de manger dans tes mains, je dois au moins pouvoir voir ce que c'est.

Son bras effleura le sien tandis qu'il s'approchait d'elle.

— Et si je te le décris ? suggéra-t-il.

— Du coup, quel est l'intérêt d'avoir les yeux fermés ?

Surtout quand son torse parfait et parsemé de taches presque imperceptibles lui offrait une vue aussi délectable.

— Marlowe Kane, dit-il lentement en lui caressant le poignet. Un jour, tu seras à court de questions. Tu feras comment pour éviter les nouvelles expériences ?

— Il me semble que manger n'est pas une nouvelle expérience. Et tu sais quoi ? Je suis toujours vivante.

Law tendit la main vers la boîte de fraises, en prit une et la plongea dans le verre de cabernet. Lentement, il la passa sur la bouche de Marlowe et laissa le vin couler avant de caresser ses lèvres du bout des doigts.

— Il y a être vivante, murmura-t-il d'une voix grave près de son oreille. Et vivre. Ce n'est pas la même chose. Ouvre la bouche.

Le cœur battant, elle obéit.

— Bien. Maintenant, ferme les yeux.

Elle les ferma.

Il posa la fraise sur sa langue.

— Croque.

Ses dents s'enfoncèrent dans le fruit juteux. Elle ne savait pas si c'était parce qu'elle était privée de certains sens ou si ce fruit était simplement de meilleure qualité que ceux qu'elle pouvait trouver dans l'épicerie de luxe où elle faisait ses courses. Quoi qu'il en soit, elle n'avait jamais mangé une fraise aussi sucrée de sa vie. Elle la dévora en une bouchée.

Quand elle eut avalé, elle sentit le rebord frais d'un verre contre ses lèvres, et Law versa soigneusement un filet de vin dans sa bouche. Le vin enroba son palais comme du velours liquide au goût de fruit rouge, de bois et d'épice.

— Encore ? demanda Law.

— S'il te plaît.

Il lui donna une autre gorgée, puis elle entendit un bruit indiquant qu'il avait reposé le verre.

— Et maintenant, du pain avec du beurre et de la confiture mûre-rhubarbe de Grant.

— Le Grant du Blackpot ?

Imaginer cette armoire à glace aux cheveux roux en bataille faire de la confiture lui paraissait complètement incongru.

— En personne.

Quand il effleura sa lèvre avec le pain, elle ouvrit la bouche.

— C'est du bourbon que je sens, non ? fit-elle remarquer. Et de la lavande ?

— Affirmatif. Grant est un pro des infusions. Il aime s'amuser avec les arômes. Une autre bouchée ?

— Ce serait dommage de ne pas profiter d'un tel délice.

Il lui avait fait manger des olives, du poulet et des tranches de pomme avec du cheddar quand elle agita sa serviette en signe de capitulation et ouvrit les yeux.

La lumière la fit cligner et elle fut surprise par l'éclat du vert des feuilles et la profondeur du bleu du ciel.

Law aussi avait changé.

Ses yeux noirs étaient plus clairs et plus doux, et ses traits semblaient moins durs et inflexibles.

— Mais tu n'as pas encore goûté la tarte, dit-il.

Malgré la croûte dorée et la compotée rouge-violet à l'intérieur qui la séduisaient, elle secoua la tête.

— Si je mange une bouchée de plus, j'explose, dit-elle en se tapotant le ventre.

— Comme tu voudras.

Il coupa une part de tarte et en dévora la moitié en une bouchée.

Quand elle vit Law passer sa langue sur sa lèvre pour récupérer une miette, elle ressentit un autre genre de faim...

— Tu devrais au moins prendre un peu de poulet avant de passer à la tarte, tu ne crois pas ? reprocha-t-elle, détestant aussitôt son ton guindé et désapprobateur.

Il afficha un sourire indolent.

— Tu veux m'en faire manger ?

Elle allait prononcer un « non » par réflexe, mais s'en abstint. Il ne lui avait pas ordonné de le faire. Il lui avait demandé si elle en avait envie.

Était-ce le cas ?

En le voyant ainsi étendu, souriant comme le serpent du jardin d'Eden, elle fut surprise… d'en avoir *très* envie.

— Blanc ou cuisse ? demanda-t-elle.

— C'est une question piège ?

Elle leva les yeux au ciel.

— De la cuisse alors, dit-elle.

— Ça me va.

Il tendit la main vers sa jambe, mais elle la repoussa.

— Les mêmes règles s'appliquent à toi aussi, monsieur. Tu gardes les yeux fermés et tes mains pour toi.

— Je ne me souviens pas de cette dernière règle quand c'était ton tour.

Il s'installa sur la couverture. Une jambe tendue, l'autre repliée.

— Parce que tu sais que je me contrôle mieux que toi et que tu n'avais pas besoin de le préciser, dit-elle en arrachant un morceau de la cuisse de poulet. Ferme les yeux.

Avec un soupir exagéré, il obéit et ouvrit la bouche.

La vulnérabilité de cette posture la frappa. Law, cet homme toujours vigilant, semblait sans défense.

Face à elle.

Pour elle.

C'était un étrange privilège d'observer un homme sans être regardée en retour. De passer autant de temps qu'elle le voulait à remarquer ses cils incroyablement longs. La manière dont sa lèvre inférieure était plus charnue que la supérieure avec cet arc de Cupidon bien marqué. Ou comme son sourcil gauche…

— Si je reste comme ça, je vais gober des mouches, marmonna-t-il.

Elle posa vivement le morceau dans sa bouche.

Ensuite, elle lui donna une gorgée de vin et une tranche de pain généreusement couverte de beurre et de confiture.

— Un instant, dit-elle. Je vais avoir besoin d'une serviette avant de te donner la suite.

Il l'attrapa par le poignet avec une précision effrayante même s'il ne voyait rien.

— Hé ! s'exclama-t-elle.

Il porta sa main à sa bouche et embrassa le bout de ses doigts.

— Tu serres tes stylos trop fort, murmura-t-il.

— Comment peux-tu savoir ça ?

Quand il arriva à son petit doigt, il retourna à son index et passa sa langue sur les creux dans la pulpe de son doigt.

— À cause de ça. Tu vas finir par abîmer tes nerfs, si tu ne fais pas attention.

Marlowe sentit son cœur battre dans ses oreilles.

— Et je ne pourrai plus lancer de hache ? s'enquit-elle.

— Entre autres choses.

— Quelles autres choses ?

Il passa sa langue le long du creux entre son index et son majeur pour lécher la fine peau à l'endroit où ils se rejoignaient. Quand elle réalisa ce qu'il imitait, elle sentit ses joues s'enflammer. Inexplicablement, la chaleur descendit entre ses cuisses.

Puis il glissa ses doigts entre ses lèvres et les suça doucement.

Où avait-il bien pu apprendre à faire ça ?

— Il y a autre chose que tu voudrais que je mange ? demanda-t-il, les yeux toujours fermés.

— Non. Mais il y a quelque chose que moi, j'aimerais manger.

Encouragé par l'audace de Marlowe, Law s'allongea sur la couverture, les mains sous la tête. Il sentait son sexe grossir et commençait à être serré dans son boxer.

Elle caressa sa peau nue au-dessus de sa ceinture. Il entendit un clic métallique tandis qu'elle défaisait la boucle de sa ceinture, suivi par le bruit de la fermeture Éclair. Une fois son pantalon enlevé, elle l'incita à soulever les fesses alors qu'elle tirait sur l'élastique de son boxer pour le faire glisser sur ses jambes.

Puis elle s'éloigna de lui, et quand il jeta un coup d'œil, il vit qu'elle avait enlevé sa chemise en flanelle et que sa petite robe était remontée sur ses longues cuisses pâles. Elle vint s'agenouiller près de lui, le pot de confiture à la main.

— Hé, on ne triche pas, dit-elle. Tu ne devais pas regarder.

— Qu'est-ce que tu fais avec ça ?

— Tu verras, répondit-elle, un sourire mystérieux. Au sens figuré, bien sûr.

Il se remit dans sa position initiale en soupirant et ferma les yeux.

— Tu sais qu'on a des ours bruns en Virginie, n'est-ce pas ? fit-il remarquer d'un ton nonchalant.

Il tressaillit en sentant Marlowe étaler de la confiture sur son torse.

— Alors je vais devoir te manger avant qu'ils le fassent, murmura-t-elle.

Il la sentit bouger et retint son souffle quand sa langue chaude et mouillée lapa le chemin de confiture qu'elle avait tracé sur son torse, puis dessina un cercle autour de son téton. Elle léchait. Suçait. Mordillait doucement, puis plus fort. La douleur intensifiait son excitation tandis que sa bouche se déplaçait sur son torse et dans les creux de ses abdominaux.

Il tressaillit quand les cheveux de Marlowe chatouillèrent son sexe, puis il sentit la chaleur de ses lèvres au-dessus de lui et son souffle qui caressa sa peau sensible.

Impatient de prendre le contrôle, il passa une main dans ses cheveux soyeux.

— Non, non, jeune homme. Sans les mains, tu te souviens ?

— C'était *ta* règle.

— Et qui c'est qui commande en ce moment, selon toi ?

Elle serra son sexe un peu plus fort pour le prouver.

Il lâcha ses cheveux et attrapa la couverture à la place.

— Tu essaies de me rendre fou ?

— On n'en est pas loin, à ce que je vois.

C'était vrai. Quand elle prit son sexe dans sa bouche et commença à bouger, il était si excité qu'il aurait pu jouir là, tout de suite.

Mais il se retint.

Elle avait raison, il était fou. Dingue à cause du besoin de la toucher. De la sentir.

Incapable de résister plus longtemps, il l'installa à genoux sur lui et écarta son string.

En se glissant entre ses lèvres douces, il découvrit qu'elle était déjà mouillée.

Elle tenta de lui prendre la main.

— Ah non. Tu n'as rien dit à propos des doigts, déclara-t-il en les enfonçant un peu plus dans son intimité.

Son gémissement les fit basculer dans une danse de plus en plus intense. Ils se laissèrent tous deux emporter par le courant, de plus en plus profondément, jusqu'à ce que Law puisse la sentir se contracter par pulsations irrégulières qui annonçaient la tempête imminente.

— Je veux que tu sois sur moi quand je viendrai, dit-il en écartant ses cheveux pour bien voir son visage.

— Alors, prends ce que tu veux.

Pour lui, ce fut une invitation.

Une mésange chantait dans les arbres, le vent faisait bruisser les feuillages.

Marlowe s'assit sur ses talons et tendit l'oreille.

— C'est tellement… calme, fit-elle remarquer alors que Law continuait à la caresser.

— C'est pour mieux t'entendre crier.

Sans le quitter des yeux, elle releva sa robe suffisamment haut pour qu'il puisse voir sa propre main aller et venir entre ses plis gonflés.

Il sentit le feu circuler dans son sang.

Avant de le chevaucher, elle retira son string.

— Tout va bien ? demanda-t-il. Tu sais que tu n'es pas obligée de le faire.

Elle lui jeta un regard déterminé et enleva sa robe qu'elle jeta sur le côté.

— J'en ai envie, répondit-elle.

Law lutta pour rester parfaitement calme malgré son envie irrésistible de poser ses mains et sa bouche sur elle. Il voulait que ce soit sa décision à elle. Sa victoire. Il voulait trancher chaque lien qui l'avait obligée à être une autre femme que celle qu'elle était réellement : puissante, parfaite et sauvage.

— C'est bien, ma douce.

Il posa ses mains sur ses hanches pour la laisser descendre à son rythme.

Elle poussa un long soupir et descendit jusqu'à ce qu'il s'enfonce entièrement en elle. Le gémissement de plaisir qu'elle poussa lui arracha un grognement. Il caressa son clitoris.

Ils commencèrent alors une longue danse sensuelle.

Elle, en ondulant du bassin pour qu'il aille plus loin.

Lui, en poussant vers le haut jusqu'à ce qu'elle se resserre autour de lui comme un étau, succombe au plaisir et l'emporte avec elle.

10

Enivrés par le plaisir et complètement détendus, Marlowe et Law étaient allongés côte à côte, fixant le ciel, quand un bruit attira leur attention.

Ils virent alors Rosemary et Coriander qui les regardaient en secouant la tête comme s'ils les prenaient pour des fous.

Marlowe imagina leur allure, couverts de confiture, avec des miettes de pain dans les cheveux, et éclata de rire.

L'expression « fou rire » n'avait jamais été plus qu'une hyperbole pour elle, mais maintenant, à voir la mine des chevaux, elle ne pouvait s'empêcher de rire, au point d'avoir les larmes aux yeux.

Mais ces éclats de rire devinrent vite des sanglots.

— Hé. Qu'est-ce qui ne va pas ? s'enquit vivement Law.

Elle n'avait pas la réponse. Elle était juste humiliée d'avoir craqué devant un homme qui était à peine plus qu'un inconnu.

Elle se contenta de pleurer, recroquevillée en position fœtale, ne s'interrompant que pour reprendre son souffle.

Law ne lui posa pas d'autres questions.

Il n'essaya pas de l'arrêter.

Il se contenta de la serrer dans ses bras.

Petit à petit, la tempête passa.

Pelotonnée dans les bras de Law, ses sanglots cessèrent, et elle se força à respirer calmement.

— Je suis désolée, murmura-t-elle. Je ne fais jamais ça d'habitude.

— Ne t'excuse pas.
— Je ne sais pas ce qui m'a pris.
— Beaucoup de choses, probablement.

Law posa sa main sur son dos et la caressa doucement, et même si elle savait que c'était impossible, elle aurait juré pouvoir sentir sa chaleur atteindre son cœur.

C'était peut-être là le problème, entre cet homme et elle : cette fusion entre eux.

Toute la douleur, la déception, la solitude, la rage qu'elle gardait en elle depuis longtemps avaient débordé.

Elle se redressa et enfila rapidement sa robe.
— Bon, c'était absolument embarrassant, dit-elle.

Law s'assit à son tour et l'observa un instant avec attention.
— De pleurer ? demanda-t-il.
— De pleurer devant témoins en étant complètement nue.

Law regarda autour d'eux.
— Tu as de la chance, ma belle. Rosie et Cory ne sont pas très bavards. Et j'ai assisté à pire.
— Pire que *ça* ? s'exclama-t-elle, incrédule.
— Bien pire, oui.
— J'en doute sérieusement.
— Eh bien, déjà, tu n'as jamais essayé de me rouler dessus en voiture. En termes d'emportements émotionnels, je trouve que c'est pire.

Marlowe résista à l'envie de lui demander des détails, mais s'en abstint.
— Et tu te moquais des personnes avec qui *je* suis sortie ?
— Non, répondit-il en s'accroupissant pour plonger une main dans le bassin. Juste du genre d'hommes. On se baigne ?
— Je pensais que l'on devait attendre une heure après avoir mangé.

Law haussa un sourcil.
— Je ne le dirai à personne si tu enfreins cette règle, assura-t-il.
— C'est profond ?
— J'ai pied, fit remarquer Law en entrant dans l'eau.
— Et moi ?

Elle s'approcha du bord pour observer la surface de l'eau.

— Probablement pas, répondit-il. Mais tu auras de quoi t'accrocher. Tu viens ?

— Cette source alimente-t-elle la distillerie ?

Elle avait pris une douche très brève ce matin, mais elle devait admettre que l'idée de plonger dans de l'eau chaude des orteils au cou avait un petit goût de paradis.

— Bien sûr que non, répondit Law. Même si je pense que personne ne s'en soucierait, précisa-t-il en plongeant.

Quand il émergea, il nagea en longues brassées puissantes.

Les bras croisés sur ses seins, elle jeta un coup d'œil alentour et plongea un doigt de pied dans l'eau. L'eau étant plus chaude que celle d'un bain, elle s'immergea entièrement, se cramponnant toutefois à un rocher en attendant de voir si elle avait pied.

La chaleur l'enveloppa, délassant ses muscles.

— Fais attention, lui dit Law en nageant vers elle. Parlangua pourrait t'attraper.

— Parlan-quoi ?

— Parlangua. Le génie du bayou. Mi-homme, mi-alligator. Il a plein de dents et aime croquer les jolies femmes qui se baignent nues.

Elle poussa un petit cri quand il lui pinça la fesse.

— C'est ce que notre père nous racontait, en tout cas, expliqua-t-il.

— Je compte sur toi pour me protéger, alors.

Elle s'éloigna du bord d'une poussée et exécuta un crawl en *free style* qui aurait fait hurler son père.

— Mes frères se contentaient de me dire que j'étais si maigre que j'allais être aspirée dans les canalisations si je me rapprochais trop du centre de la piscine, reprit-elle. Enfin, c'était Mason qui le disait. Quand j'ai raconté ça à Samuel, il m'a patiemment expliqué que c'était scientifiquement impossible.

Elle se retourna et nagea un moment sur le dos. Quand elle se redressa, elle découvrit que Law souriait.

— Quoi ?

— C'est juste que je ne t'ai jamais vue aussi... sauvage, répondit-il en la rejoignant.

— C'est la chose la plus sauvage que j'aie faite de toute ma vie.

Il pencha la tête et lui sourit.

— La journée est encore longue, ma belle...

11

Marlowe était allongée sur la couverture, somnolente et amorphe, la tête posée sur le torse de Law. Après leur baignade, ils avaient rangé le pique-nique et s'étaient allongés, laissant la brise sécher leurs corps. Ils avaient fini par s'endormir et se réveillèrent quand le soleil couchant commençait à transformer le ciel en voile vermillon et doré.

— Tu penses qu'ils ont déjà envoyé une équipe à notre recherche ? marmonna-t-elle d'une voix endormie.

— Pas avant demain matin. Je les ai prévenus que si j'entendais un bip à un kilomètre à la ronde, je me mettrai en colère.

Elle leva la tête pour le regarder.

— Tu leur as dit *quoi* ?

— Que cette zone était interdite d'accès. Pas que tu allais étaler de la confiture sur ma...

— Pas un mot de plus, Renaud ! intima-t-elle en se levant.

Quand ils furent tous les deux habillés, elle roula la couverture pendant que Law allait chercher les chevaux.

— Je suppose que l'on doit rentrer, dit-il. Il ne faut pas que ces deux-là ratent l'heure du repas.

— Personnellement, ça ne me gênerait pas.

Law lui lança un petit sourire.

— À l'évidence, quelqu'un a un appétit qui s'est amélioré depuis son arrivée hier matin, fit-il remarquer.

Ce n'était que hier ?

Elle avait l'impression d'être ici depuis au moins une semaine.

Voire un mois. Peut-être en partie parce qu'elle avait eu plus de rapports sexuels au cours des vingt-quatre dernières heures que dans le dernier quart de l'année fiscale avec Neil.

Ils se mirent en selle et prirent le chemin du retour vers la distillerie.

Elle inspira profondément, emplissant ses poumons de l'air des bois en regrettant de ne pas pouvoir le garder en elle. De ne pas pouvoir s'emmitoufler dans cette ambiance paisible et la rapporter à Philadelphie.

— Qu'est-ce qui se passe dans ta tête, *chérie* ?

— Mmm ?

Elle se tourna vers Law et réalisa qu'ils étaient restés silencieux un long moment.

— Où étais-tu ? demanda-t-il.

— Comment ça ? Je suis là.

— Non. Tu es déjà à des centaines de kilomètres d'ici.

Déjà.

Ce mot évoqua pour elle la lame d'une guillotine qui s'apprêtait à être libérée. Une fin inévitable qui approchait à grands pas. Elle pensait qu'elle ressentirait du soulagement à l'idée de retourner à sa vie après y avoir été si brusquement arrachée. Bon sang, les vêtements qu'elle portait n'étaient même pas les siens !

Et pourtant…

— Regarde, dit Law.

Elle leva les yeux vers un spectacle qui la laissa sans voix.

Des lucioles. Des centaines. Voire des milliers. Flottaient comme des fées entre les arbres.

Ils restèrent silencieux tandis que les chevaux avançaient dans ce nuage scintillant. De minuscules lumières dansaient autour d'eux, clignotant de-ci, de-là. Au-dessus d'eux, autour d'eux et derrière eux. Elle sentit son cœur devenir si léger qu'elle craignait qu'il ne s'envole comme un ballon gonflé à l'hélium.

— N'est-ce pas incroyable ? murmura-t-elle.

Elle se tourna vers Law et sut qu'il n'avait pas regardé les lucioles. Il l'avait plutôt observée en train de les contempler.

— Oui, répondit-il après un court silence. Ça l'est.

Marlowe se réveilla en sueur tard le lendemain matin. Son esprit tournait comme une horloge. Mon père. Law. 4 Thieves. Kane Foods. Mon père. Law. 4 Thieves. Kane Foods. Elle essaya de se calmer, sans vraiment y parvenir, et décida de se lever. Elle s'habilla en silence et laissa un bref message à Law au cas où il se réveillerait pendant son absence.

Elle descendit, enfila les bottes en caoutchouc et une veste avant de sortir. Fière d'avoir refermé la porte sans le moindre grincement, elle étouffa un cri quand elle se retourna et vit un homme assis sur la balancelle du porche.

— Remy ? Que faites-vous ici si tôt ?

Il se pencha et posa ses coudes sur ses genoux.

— J'espérais tomber sur vous, en fait.

Elle commença à s'inquiéter. Remy s'était montré très discret au dîner de la veille alors que le Blackpot tournait à plein régime et qu'Emily pépiait comme un petit oiseau.

Mais elle ne le connaissait pas assez pour en déduire quoi que ce soit.

— Que pensiez-vous que je ferais, à 6 heures du matin ? s'enquit-elle.

— Vous sauver.

— Je déteste vous décevoir, dit-elle en choisissant d'adopter un ton enjoué malgré cette accusation, mais j'allais juste faire une petite promenade.

— Très bien, dit-il en se levant. Allons marcher.

Ils s'éloignèrent en silence. Le soleil n'était pas encore levé, et du brouillard flottait dans les vallons.

— Vous savez, quand Law a commencé à parler de construire une distillerie, j'ai pensé qu'il était fou, dit soudain Remy.

— C'était un projet plutôt ambitieux.

— C'est comme ça avec Law, murmura-t-il en affichant un

sourire nostalgique. Il a toujours été comme ça. Un grand rêveur. Quand les choses tournaient vraiment mal à la maison, on sortait par ma chambre et on grimpait sur le toit où on parlait d'avoir une terre, un jour. Avec un étang et des arbres pour y mettre une balançoire. Et de la place pour un cheval ou deux.

Ce n'était pas la première fois, mais Marlowe remarqua, dans sa façon de parler, une version plus concentrée de l'accent de Law. Le tableau qu'il décrivait, ces deux garçons essayant d'imaginer une vie meilleure, lui brisa le cœur.

— Avoir des rêves est louable, fit-elle remarquer. Mais être assez persévérant pour les réaliser, c'est encore mieux.

— Si c'est dans la bonne direction, oui. Sinon, c'est comme pisser face au vent.

Le tournant que prenait cette conversation mit Marlowe mal à l'aise.

— C'est une comparaison plutôt fleurie, dit-elle.

Il se tourna vers elle. Bien qu'il mesure quelques centimètres de moins que Law, ses épaules larges et son torse puissant le rendaient tout aussi impressionnant.

— Je vais vous poser une question, et je veux une réponse honnête.

— Je vous écoute, dit-elle en se préparant au pire.

Il ferma légèrement les yeux pendant une fraction de seconde tandis qu'il étudiait son visage.

— À quoi jouez-vous, mademoiselle Kane ?

— Je ne suis pas sûre de comprendre.

— Allez, *chérie*. Ça restera entre nous. Vous pouvez tomber le masque.

— Le *masque* ? répéta-t-elle en clignant des yeux.

— Vous débarquez ici, mangez à ma table, jouez à la princesse avec ma fille, puis vous séduisez mon frère.

— Vous êtes sérieux ?

— Il faut bien que l'un de nous le soit.

Il la fusilla d'un regard si méprisant qu'elle fit un pas en arrière.

— Je ne suis peut-être pas du genre cadre en costume, mais,

même moi, je sais que ce n'est pas comme ça que se passe un audit, normalement, dit-il sans la quitter des yeux.

Touché.

La culpabilité qui la tenaillait et qu'elle avait essayé d'étouffer ce matin commençait à se réveiller.

— Ce qui arrive à Law ne vous concerne pas, répliqua-t-elle, en essayant d'être ferme tout en restant polie.

— Bien sûr que si, riposta-t-il en se rapprochant. J'ai mis tout ce que j'avais dans 4 Thieves. Chaque putain de penny. Pas parce que je voulais un yacht ou un jet. Mais parce que je voulais que ma fille soit la première Renaud à pouvoir faire des études si elle le souhaite. Pour qu'elle puisse avoir un avenir et les choix que je n'ai pas eus.

En entendant la douleur et la fierté dans la voix de Remy, elle sentit qu'elle perdait pied. Elle se sentait si petite devant cet homme, elle qui avait toujours eu tout ce qu'elle voulait, qui avait fréquenté les meilleures écoles ; elle pour qui l'argent n'avait jamais été un problème.

— L'année dernière, Law a perdu la femme qu'il aimait, et à cause de ça, il a failli perdre l'entreprise pour laquelle il a travaillé si dur, reprit Remy en secouant la tête avec dégoût. Jamais de toute ma vie je n'ai vu un homme faire autant d'efforts pour se relever dignement d'une telle épreuve.

Elle contempla un instant la campagne environnante avant de dire :

— Je n'essaie pas d'interférer dans la vie de votre frère, Remy.

Au moins, cette partie était vraie.

— C'est marrant comme une personne peut être douée pour quelque chose sans même le savoir, fit-il remarquer d'un ton moqueur.

— Apparemment vous ne me faites pas confiance. Alors pourquoi ne pas en parler directement à Law ?

— Parce qu'il est bien trop têtu pour m'écouter. Et quand ça concerne les femmes, il a un angle mort d'un kilomètre.

— Je ne comprends pas bien ce que vous attendez de moi.

— Je veux la vérité. Depuis des mois, votre père nous fait

marcher, puis il vous envoie, après nous avoir fait passer par une procédure plus que zélée. Je veux que vous me regardiez dans les yeux et me disiez… qu'il ne vous a envoyée *que* pour un audit.

Dans d'autres circonstances, elle aurait répondu avec une remarque cinglante. Mais la franchise de cet homme la touchait.

— Mon père est un…

Elle marqua une pause pour chercher le bon mot, consciente qu'il n'y en avait pas qu'un.

— … un homme fier. Au cours de cette transaction, il n'a pas senti que 4 Thieves appréciait suffisamment l'opportunité que Kane Foods leur offrait. Alors il a pensé que je serais « capable d'analyser vos données financières de façon à mieux refléter votre niveau d'engagement », selon ses mots. Selon les miens, il a été clair sur le fait que c'était ce que l'on attendait de moi.

Remy la fixa avec attention comme s'il cherchait le degré de franchise dans ses propos.

— Je fais ce que l'on attend de moi, Remy.

Il afficha un air dégoûté. Ce n'est que là qu'elle remarqua qu'il était fraîchement rasé.

Il s'était rasé pour cette conversation. Ce qui, d'une certaine façon, rendait la situation encore plus dérangeante.

— *Chérie*, s'il y a quelque chose que je comprends, c'est l'influence que peut avoir un père. Positive ou négative.

Cette fois, le « chérie » ressemblait bien plus à celui qu'il employait quand il parlait à Emily, et pour une raison inconnue, Marlowe sentit ses yeux se brouiller de larmes.

— Je ne peux pas vous dire quoi faire concernant votre père, reprit-il. Mais je peux vous dire ce que je sais sur mon frère. Dites-lui ce que vous venez de me dire, et il ne vous regardera plus comme il le faisait au dîner, hier soir.

Elle le fixa sans un mot. Elle n'avait absolument rien de pertinent à contrer.

— Vous aurez ce qu'il vous faut pour finir ce que vous avez commencé, conclut Remy en lui adressant un regard dur avant de s'éloigner, la laissant seule et désemparée.

Elle alla voir Rosemary et Coriander et passa un petit moment avec eux. Leur simple présence la calma.

Puis, tout en réfléchissant à ce qu'elle allait faire, elle retourna vers la maison et entra discrètement.

À l'étage, elle trouva Law exactement dans la même position où elle l'avait laissé. Avec seulement un drap qui le couvrait jusqu'à la taille. Un bras puissant glissé sous l'oreiller, l'autre étendu, ses longs doigts écartés jusqu'à sa place inoccupée.

Son cœur se serra dans sa poitrine.

Law se réveilla avec les dernières volutes d'un rêve agréable en tête. Il bâilla et s'étira.

En tendant les bras sur le lit, il prit conscience de l'absence de Marlowe. Il sentit un grand vide en lui.

Deux nuits, et déjà son corps s'était habitué à la présence de cette femme.

Quelque peu inquiet, il s'habilla rapidement et descendit au salon.

Il fut soulagé quand il la trouva à genoux devant Layla, comme la veille. Mais cette fois, au lieu d'essayer de négocier pour une chaussure, elle murmurait des mots doux à la chienne en lui caressant les oreilles.

— J'ai comme une impression de déjà-vu, dit-il doucement pour ne pas la surprendre.

— Ah. Tu es réveillé.

Quand elle se redressa, il sentit son estomac se nouer.

Elle était aussi tendue que quand elle était arrivée, avant-hier matin. Les lèvres serrées, le regard fermé. Comme si tout ce qu'ils avaient vécu s'était évaporé. Ou, pire, n'avait jamais existé. Elle avait même remis la tenue dans laquelle elle était arrivée. À côté de la porte, son sac et sa sacoche d'ordinateur étaient prêts.

Son départ était écrit sur son visage. Ses joues pâles, ses yeux qui ne croiseraient pas les siens.

Il descendit l'escalier en prenant soin de garder un pas

régulier et calme malgré la réaction en chaîne de pensées qui clignotaient dans sa tête comme un sapin de Noël.

Il lui avait affirmé qu'il était capable de gérer n'importe quoi.

Il avait menti.

Elle allait partir, et la simple idée de ne plus la tenir dans ses bras lui arracha un morceau de cœur.

À quoi s'attendait-il ?

Qu'est-ce qu'une femme comme Marlowe Kane pourrait faire avec un homme comme lui ?

Pensait-il vraiment qu'il avait une chance ?

Non. Pas vraiment. Mais le penser était une chose. En avoir la preuve en était une autre.

Une partie de lui avait commencé à espérer. Quoi, il ne savait pas. Il ne voulait pas savoir.

— Tu t'en vas ?

Elle hocha lentement la tête et évita son regard.

Il croisa les bras sur son torse.

— Que s'est-il passé ?

— La réalité, Law. Se réveiller avec une messagerie pleine à craquer et des dizaines d'appels manqués. Tout ça pendant que l'on était dans les bois à se comporter comme des adolescents aux hormones en ébullition.

Tout en l'écoutant, Law étudia sa bouche, ses sourcils, tous ces endroits qu'il avait appris à observer pour décrypter ses émotions. Son bouleversement était réel, mais pas pour les raisons qu'elle évoquait.

— Marlowe, tu peux me parler, tu sais.

Il s'approcha d'elle et lui prit la main, mais elle la retira vivement.

— Je n'ai absolument pas envie de parler, dit-elle. Chaque fois qu'on le fait, tu grattes là où ça fait mal jusqu'à ce que je craque. Eh bien, bravo ! Mission accomplie ! Tu as assisté à un spectacle rare, hier. Maintenant j'aimerais revenir à ma vraie vie, où des mois entiers peuvent passer sans que l'on joue sur ma corde sensible comme sur un Stradivarius. Et toi aussi, tu veux retrouver ta vie.

— Quand tu seras partie, ce ne sera pas pareil pour moi.

Leurs regards se croisèrent et il sut qu'elle avait compris ce qu'il voulait dire.

— Ne fais pas ça, Law. S'il te plaît.

Elle avait raison.

S'il le lui disait et qu'elle partait quand même, il se sentirait stupide. Et surtout, il n'était pas prêt à revivre ce qu'il avait vécu.

— Tu sais ce qui sépare vraiment un grand whisky d'un truc infect ? l'interrogea-t-il. Ce n'est pas le moût, la première distillation ou la deuxième. C'est reconnaître quand tu as atteint ce qui mérite d'être préservé. Et malgré tout ce que tu dis là, je sais qu'il y a quelque chose entre nous qui mérite d'être préservé.

— À la différence de ta promesse de supporter la situation ? répliqua-t-elle en lui lançant un regard accusateur.

C'était justifié. Mais quand il avait affirmé ça, il pensait en être capable.

— C'était avant, répondit-il.

— Avant quoi ?

— Avant de réaliser que je préfère te dire ce que je ressens pour toi et le regretter plutôt que ne jamais savoir ce qui aurait pu se passer entre nous et le regretter.

Il vit la déception passer sur son visage. Les sourcils froncés. L'air absent. Les lèvres serrées. La collision d'informations indésirables.

Elle fit quelques pas en arrière et se laissa tomber sur le canapé en cuir.

— Law, tu ne ressens pas vraiment ce que tu penses ressentir pour moi.

— Je pense être meilleur juge que toi sur ce sujet, tu ne crois pas ?

— Non, répondit-elle en secouant lentement la tête. Je ne crois pas.

— Comment en es-tu arrivée à cette brillante conclusion ?

— Je sais que cette conversation ne mènera à rien.

— Je veux savoir.

Elle baissa un instant la tête, et quand elle la releva et plongea son regard dans le sien, il vit que son expression s'était adoucie.

— Ta mère est partie quand tu n'étais encore qu'un petit garçon. Ton père s'est avéré être un parent peu fiable, et tu as passé ton adolescence à essayer de te débrouiller dans une situation précaire en prenant soin des personnes autour de toi. Des personnes qui auraient dû prendre soin de toi. Quand tu as été assez vieux, tu as fréquenté de nombreuses femmes qui ont toutes profité de ta nature bienveillante. Aucune n'est restée très longtemps. Jusqu'à Jessica. Elle, elle est restée avec toi pendant plusieurs années. Ce qui t'a fait penser que tu avais enfin trouvé quelqu'un qui te soutiendrait comme tu as toujours soutenu tout le monde. Puis elle t'a poignardé dans le dos pendant que tu t'épuisais à la tâche en essayant de bâtir un avenir, non seulement pour elle, mais pour toute ta famille.

Law avait l'impression d'être cloué sur place et que des cigales chantaient dans ses oreilles. Bien sûr que c'est lui qui lui en avait parlé. Mais sans s'attarder. Et non seulement elle l'avait écouté, mais elle avait cherché l'essence de sa vie au-delà des mots.

— Puis tu m'as rencontrée, poursuivit-elle. Je n'ai pas besoin que tu subviennes à mes besoins, financièrement parlant, alors, si j'accepte de rester quelques jours, ce doit être à cause de l'homme que tu es et pas de ce que tu peux faire pour moi. Tu aimes la sensation que cela te procure, et tu prends cela pour tes sentiments pour moi.

En essayant tant bien que mal de comprendre comment la famille Renaud en était arrivée là, Law avait tiré certaines de ces conclusions. Mais elles n'avaient jamais eu un goût aussi amer.

Il avait travaillé dur sur lui, cette année, et avait réussi à retrouver la force et la sérénité qui l'avaient quitté après le départ de Jessica. En quelques mots, Marlowe avait tout détruit.

— Tu es lâche, dit-il, la colère grondant en lui.

Elle se redressa, se préparant manifestement à défendre son point de vue.

— Pardon ?

— Tu fais tout ce que tu peux pour te convaincre que la seule raison pour laquelle tu as accepté de rester est d'assouvir une envie passagère, alors que la vérité, c'est qu'il y a une partie de toi qui est si malheureuse que tu serais prête à tout risquer pour éviter de retourner à ta vie exiguë et oppressante de Philadelphie.

Elle le regarda, bouche bée, et lui lança un regard furieux.

— Tu ne sais rien de ma *vraie* vie, Law.

— Vraiment ? Tu veux rejeter la faute sur la négligence parentale ? Parlons de ton père et du fait que chaque homme que tu autorises à venir dans ton lit se transforme en déception. Parlons du fait que tu fais toujours exactement ce que l'on attend de toi, même quand ça détruit toutes tes chances de connaître le bonheur. Et quand...

— Arrête ! Je ne veux plus rien entendre !

Mais il ne pouvait pas s'arrêter. Elle allait entendre tout ce qu'il avait à lui dire. Qu'avait-il à perdre, de toute façon ? Elle allait partir.

— Le soir où on s'est rencontrés, tu m'as accusé de te déshabiller des yeux, poursuivit-il. Au moins, moi, j'ai admis que c'était vrai. Je te cherchais et toi aussi. Tu l'as fait dès que tu es arrivée ici. Et j'ai été trop heureux de te rendre service. De te donner toute la brutalité que tu voulais et te serrer dans mes bras tout aussi délicatement. De te laisser penser que c'était toi qui m'accordais une faveur en faisant l'école buissonnière alors que je te donnais la permission de faire ce que tu voulais déjà faire. Tout ça, je l'accepte. Ce que je n'accepte pas, c'est que tu t'enfuies et que tu prétendes qu'il n'y a rien à fuir. Parce que ce que j'ai ressenti pendant que tu étais ici me fait peur, mais au moins j'ai le cran de le dire.

Elle resta sans voix un instant, puis soudain ses yeux se brouillèrent de larmes.

Merde ! Il l'avait fait pleurer. Encore une brute dans la longue lignée tordue des Renaud.

— Il va falloir que tu me raccompagnes jusqu'à ma voiture, dit-elle sur un ton neutre, essuyant furtivement ses joues.

Trop las pour discuter, il monta dans sa chambre pour aller chercher les clés de la Varmint.

Quand il redescendit, Marlowe était près de la porte avec sa sacoche d'ordinateur, son sac et son trench. Toute trace de vulnérabilité avait disparu. Elle était redevenue Marlowe Kane, de Kane Foods.

Il ne put s'empêcher de ressentir de l'admiration pour elle. Elle portait sa fierté comme une armure. La Valkyrie s'était relevée.

Leur trajet jusqu'au fumoir sembla durer deux fois plus de temps que d'habitude, et ils restèrent silencieux.

Quand il se gara près de sa BMW, Marlowe bondit de son siège avant même qu'il se soit complètement arrêté, comme si elle voulait s'éloigner de lui au plus vite.

— Merci, dit-elle sèchement en rejoignant sa voiture à grandes enjambées. Quelqu'un vous contactera une fois que j'aurai eu l'occasion de passer en revue les données que j'ai récoltées.

— Marlowe...

Son prénom roula dans sa gorge comme du gravier, et il semblait la supplier, ce qu'il n'avait jamais fait de toute sa vie.

Elle jeta un coup d'œil par-dessus son épaule.

— Tu mérites mieux qu'être juste bien, Law.

Puis elle déverrouilla sa portière, se glissa derrière le volant, démarra.

Et quitta sa vie.

12

Furieux, Law monta l'escalier menant au bureau où il trouva Remy.

— Qu'est-ce qu'il y a ? lui demanda ce dernier, l'air inquiet.

Law jeta des papiers portant l'en-tête de Kane Foods sur le bureau devant son frère.

— Vois par toi-même.

En observant son frère parcourir la page, Law put déterminer l'instant précis où Remy tomba sur la ligne qui avait fait monter sa tension artérielle en flèche.

Son frère se contracta comme s'il se préparait à recevoir un coup. Quand il eut tout lu, il se tourna vers lui, un mélange de colère et de consternation sur le visage.

— Kane Foods annule sa collaboration avec 4 Thieves ? demanda-t-il.

Le simple fait de l'entendre proclamer à voix haute fit redoubler la rage de Law. Il serra et desserra les poings à plusieurs reprises, résistant à l'envie de casser quelque chose ou de faire des trous dans un mur.

— On dirait bien, marmonna-t-il.

— Ils nous ont gardés comme des vers au bout d'un hameçon pendant des mois, nous ont fait subir toute cette fichue procédure d'audit pour finalement tout annuler ?

Remy tapa du poing sur son bureau, si fort que son mug se renversa.

Law était moins surpris par la tournure que prenaient les

événements, même si elle le rendait fou. Visiblement, les Kane étaient doués pour tourner le dos et abandonner.

Remy s'affaissa dans sa chaise et fronça les sourcils. Il avait pris dix ans en quelques secondes.

Law aurait presque préféré un accès de violence.

Le regard morne de son frère tandis qu'il contemplait la distillerie le remplit de regret.

— Vas-y, dit-il en se préparant à l'inévitable confrontation.

Depuis la visite de Marlowe, sept semaines plus tôt, Remy avait des horaires étranges. Il arrivait avant l'aube pour s'occuper de la paperasse et s'inventait des tâches n'importe où sur la propriété où Law n'était pas.

Il le soupçonnait de savoir quelque chose et espérait que cet événement les forcerait à en parler.

Remy leva la tête vers lui.

— Quoi ?

— Vas-y. Dis-le.

— Dire quoi ?

— Que je suis un idiot parce que je comptais sur l'offre de Kane Foods. Que je suis le plus grand des hypocrites parce que je t'ai demandé de ne pas séduire Marlowe Kane, mais que je n'ai pas pu m'empêcher de poser les mains sur elle. Et maintenant, on va devoir faire marche arrière et trouver un autre investisseur pour nos projets. Et c'est à cause de moi.

Une ombre passa dans les yeux gris de Remy. Sa mâchoire se contracta.

— Je ne peux pas dire ça, marmonna-t-il.

Law alla s'affaler sur le canapé en cuir. Son accès de colère était passé, le laissant épuisé.

— Mais tu le penses, fit-il remarquer.

— Je pense que c'est une bonne chose que ce soit une distillerie, parce que j'ai besoin d'un verre.

Avec le couteau qu'il avait toujours dans la poche, Remy ouvrit un carton et en sortit une bouteille. Après en avoir versé une dose dans son mug, il versa la même dose dans un verre et le tendit à Law.

Même s'il n'était pas encore 10 heures, Law l'accepta et en but une gorgée. Le verre était froid contre ses lèvres. Le liquide explosif dans sa gorge. Cela lui rappela furtivement la dernière fois qu'il y avait eu du tonnerre.

Pendant la tempête. Avec Marlowe Kane.

Le bruit assourdissant de la pluie sur la tôle ondulée mêlé à ses cris de plaisir hantait encore ses oreilles.

— Il ne te manque jamais ? demanda Remy, le ramenant à l'instant présent.

— Qui ? Augustin ?

— Non. Zap.

Law regarda son frère, surpris par la déviation inattendue de leur conversation.

— Quel intérêt ?

— Je sais bien que c'était un voleur, un menteur et la raison pour laquelle on a tous fini en cabane avant même d'être en âge de boire.

Tous, sauf Law. Pas parce qu'il n'avait pas participé aux activités familiales illégales, mais parce que c'était le benjamin et que ses frères s'assuraient toujours qu'il ne se fasse pas prendre.

— J'attends toujours le « mais », fit remarquer Law en prenant une autre gorgée de whisky.

— Mais Zap avait toujours un plan.

— Je pense que, cette fois, il aurait été dépassé par la situation.

— Probablement. Mais cela m'aurait bien plu de le voir déverser un sac de fumier sur le pas de la porte de Parker Kane, fit-il remarquer avec un sourire mauvais.

Il était certain que cet homme n'ouvrait pas lui-même sa porte, mais imaginer le grand Parker Kane découvrant un tas de fumier devant chez lui aurait été jubilatoire.

Remy but sa dernière gorgée de whisky et, désignant le courrier de Kane Foods, demanda :

— C'est tout ce qu'ils ont envoyé ?

— Je n'ai pas vérifié.

À peine était-il arrivé à « au nom de Kane Foods International, nous sommes au regret de vous informer... » que son monde avait commencé à s'incliner sur son axe.

Remy tâta la grosse enveloppe FedEx et en sortit une enveloppe bleu pâle.

— C'est quoi ça ? s'enquit-il.

Il reprit son couteau et le fit glisser sous le sceau de cire incrusté d'un « K ». Il retourna l'enveloppe et découvrit une élégante écriture cursive.

— Il y a ton nom dessus, Law.

Il la lui lança comme un Frisbee.

Le cœur battant plus vite, soudain, Law sortit un carton d'invitation.

À la réception de mariage de Samuel Kane.

Voyant une petite flèche tracée à l'encre bleue dans le coin en bas, il la retourna. Il fixa les mots écrits à la main si longtemps qu'ils étaient gravés sur ses paupières quand il leva les yeux vers son frère.

— Qu'est-ce que c'est ? demanda Remy.

Law se leva et déposa le carton sur son bureau.

— Regarde.

— Pourquoi Samuel Kane t'enverrait-il une invitation à son mariage ?

— À la réception, précisa-t-il. Lis le dos.

Remy lut le texte, les sourcils froncés.

— « S'il te plaît, viens. Il faut qu'on parle. MK », lut-il à voix haute. Qu'est-ce que ça veut dire ?

Law ne savait absolument pas ce que Marlowe et lui pouvaient bien avoir à se dire aujourd'hui. Il s'était repassé leur dernière conversation un million de fois dans sa tête. Parfois en changeant ses mots. D'autres ceux de Marlowe.

Mais cela se finissait toujours de la même façon : il était désolé et elle partait.

— Ça veut dire que Marlowe Kane veut que je vienne à la réception de mariage de son frère, répondit-il.

— Frérot, si avec ça tu ne comprends pas ce qu'elle avait derrière la tête, je pense que c'est désespéré.

— Je ne suis pas sûr de comprendre où tu veux en venir.

— Pendant presque deux mois, tu as passé ton temps à te morfondre comme un adolescent amoureux sans recevoir la moindre nouvelle de sa part. Et là, elle pense qu'elle peut te convoquer comme ça et que tu vas accourir comme un petit chien ? Elle ne pouvait pas t'appeler ? T'envoyer un message ? Utiliser à peu près n'importe quel autre moyen de communication qu'une invitation au mariage de son frère dans la même enveloppe que le courrier annonçant que Kane Foods annule leur investissement ?

— Nous ne savons pas ce qu'elle...

— Réveille-toi, bon sang, Laurent ! s'exclama Remy en frappant le bureau avec la paume de sa main. Son père, c'est *Parker Kane*. Si tu ne réalises pas que Marlowe a fait exactement ce pour quoi il l'a envoyée ici, tu es plus naïf que je ne le pensais.

Naïf ?

Il préférait être traité de n'importe quel autre nom. Salaud. Crétin.

Mais *naïf* ? C'était la pire des insultes dans le vocabulaire de Zap. Un bonnet d'âne invisible signifiant que l'on se laissait berner. Humilier. Utiliser.

Remy connaissait la signification de cette insulte, et le fait qu'il la lui ait balancée à la figure si facilement signifiait que ce n'était pas la première fois qu'il le pensait.

— Qu'est-ce qu'elle a fait, exactement ? demanda-t-il, même s'il savait que c'était une question dangereuse.

— Tu as vraiment besoin que je le dise à haute voix ?

Les yeux de son frère brillaient avec un air menaçant et il avait baissé la tête tel un bélier prêt à charger.

— Oui.

— Bon. Comme tu veux. Tu as mis Parker Kane en colère. Tu n'as pas réussi à lui lécher correctement les bottes et lui dire que c'était un honneur pour nous d'avoir été approchés par Kane Foods. Alors il a envoyé Marlowe pour trouver quelque chose qui lui permettrait d'annuler son offre. C'était déjà une bonne leçon d'humilité, mais on dirait qu'il a décidé que l'on en avait besoin d'une autre, conclut Remy en se raidissant.

— Comment tu le sais ?

Son frère hésita un instant avant de répondre :

— Elle me l'a dit. Le matin où elle est partie.

— Tu… tu lui as parlé le matin de son départ ? murmura Law alors que les pièces du puzzle se mettaient en place.

Peu de temps après le départ de Marlowe, il était retourné dans sa chambre avec l'intention de changer ses draps. De se débarrasser du parfum de chèvrefeuille, de pluie et de soie de Marlowe. Quand il avait enlevé son oreiller, un message était tombé à ses pieds.

Je vais faire un tour. Je serai rentrée pour le petit déj'.

M

PS : C'est toi, mon petit déj'.

Il était resté là, hébété, se demandant ce qui avait changé entre le moment où elle avait rédigé ce mot et celui où elle était revenue de sa promenade.

Maintenant, il savait.

Il respira calmement plusieurs fois avant de demander :

— Et toi, qu'est-ce que tu lui as dit ?

Parce qu'il était sûr qu'il lui avait dit quelque chose.

— La vérité, répondit Remy en le regardant dans les yeux. Que j'étais prêt à supporter le fait que Parker Kane joue les marionnettistes avec elle pour qu'elle mette son nez dans nos rapports, mais pas ses mains dans le pantalon de mon frère.

Le sang de Law ne fit qu'un tour.

Les bagarres étaient un rite de passage pour les fils Renaud. D'abord pour tester leur force entre eux. Parce que le monde serait pire.

Remy et lui ne s'étaient battus qu'une fois.

À l'époque aussi, une femme était au cœur de leur conflit.

Leur mère.

Et des années plus tard, il ressentait les mêmes symptômes.

Les bras légers. L'estomac noué. Le goût métallique dans la bouche.

— Tu ne sais pas de quoi tu parles, marmonna-t-il, les dents serrées.

— Et maintenant, tu vas la défendre ? répliqua Remy.

— Non.

Il en était incapable. Mais il ne pouvait pas supporter d'entendre son frère parler d'elle de la sorte.

— Elle est venue ici, t'a pigeonné, puis *nous* a pigeonnés, dit Remy. À toi de savoir si tu veux l'admettre.

Law prit le temps de réfléchir avant de reprendre :

— Mon frère, toi et moi avons traversé beaucoup d'épreuves ensemble. Alors je veux que tu saches que je pense ce que je vais te dire.

— Je t'écoute.

— Si tu tiens à nouveau ce genre de propos sur Marlowe, on va avoir un problème.

— On a *déjà* un problème.

— On trouvera une autre offre pour l'agrandissement.

— Ça n'a rien à voir avec ce foutu projet, et tu le sais ! rétorqua Remy.

Il ne le savait que trop ! Il en portait le fardeau : la culpabilité. La culpabilité d'avoir fait confiance à Augustin quand Remy avait exprimé ses doutes.

La culpabilité de ne pas avoir écouté Remy quand ce dernier avait essayé de le mettre en garde contre Jessica.

La culpabilité pour les années de vie que son frère avait perdues à cause de lui.

Il se tourna vers la fenêtre et contempla les bâtiments de la distillerie. Leur fierté. Leur vie.

Quand il sentit que Remy venait le rejoindre, il se figea.

— Law, tu sais que, même si je le pouvais, je ne changerais rien à ce qu'on a fait cette nuit-là ? souligna-t-il sur un ton calme.

Il n'avait pas besoin de préciser de quelle nuit il s'agissait.

Law avait quatorze ans, Remy dix-neuf. Ils étaient séparés par la frontière arbitraire séparant l'adolescence de l'âge adulte.

C'était à la recyclerie Robichaud.

Ils avaient déjà frappé ici, mais seulement en partie.

C'était l'idée de Law d'entrer par le bureau pour voir s'ils pouvaient trouver assez de liquide pour s'acheter des tickets pour la Virginie.

Ils avaient atteint la caravane sans incident. Remy était occupé à crocheter la serrure du tiroir du bureau de Bleu Robichaud où ils l'avaient vu ranger l'argent. Law surveillait la cour jusqu'à ce que son œil soit attiré par la double-page d'un magazine accrochée au mur juste à côté du climatiseur.

Law était tellement fascinée par les femmes nues qu'il ne remarqua pas le faisceau de lumière qui passa par les stores jusqu'à ce que Remy l'attrape par le bras et le fasse passer par la fenêtre à l'autre bout de la caravane avec un seul mot : « Cours ! »

C'était ce qu'il avait fait.

Laissant Remy seul pour assumer les conséquences de leur acte.

— Même si ça t'a coûté cinq années de ta vie ? demanda Law.

— *Surtout* à cause de ça. Après être sorti, j'ai fait n'importe quoi pour rattraper ce que j'avais raté, et tu sais ce que ça m'a appris ?

— Non, mais tu vas me le dire.

— On ne peut pas effacer un passé comme le nôtre, frérot. Pas avec de l'alcool et des bécanes. Ni avec des business plans et des héritières milliardaires. Tant que tu n'assumeras pas ce qui coule dans tes veines, tu seras toujours ce petit garçon effrayé du bayou qui supplie qu'on lui laisse une place à table.

Un long silence s'installa.

— Je vais aller à cette réception, dit soudain Law.

Il l'avait su à la seconde où il avait lu le message de Marlowe ; les paroles de son frère n'avaient fait que le conforter dans sa décision.

— Je suppose qu'il est inutile que j'essaie de t'en dissuader.

— Tout à fait.

— Quoi qu'il arrive...

— On est ensemble, conclut Law.

Tout comme ils l'avaient fait tant de fois dans des contextes différents, ils se serrèrent la main et se tapèrent dans le dos comme ils en avaient l'habitude, étant jeunes.

Puis Law se rendit chez lui pour mettre quelques affaires dans un sac.

Le costume qu'il avait acheté à New York et quelques trucs en plus qu'il pensait être utiles au genre de réception de mariage auquel il s'attendait.

Il aurait sa place à table.

Parce qu'il avait besoin de savoir. Il avait besoin de regarder Marlowe dans les yeux et de lui poser les questions qui tournaient dans sa tête.

À propos de l'audit. À propos de l'investissement.

À propos de tout.

Positif.

Dans presque toutes les autres circonstances de la vie de Marlowe Kane, ce mot était le bienvenu.

Théorie comptable positive.

Ratio dette/fonds propres positif.

Sauf maintenant.

Après avoir fixé le petit bâtonnet blanc qu'elle tenait dans sa main tremblante un long moment, elle ferma les yeux si fort qu'elle vit des petits tourbillons blancs danser sous ses paupières. Quand elle les rouvrit, l'image dans la petite fenêtre rectangulaire à un bout du bâtonnet était toujours la même : un petit signe + accompagné de trois lettres en majuscules : OUI.OUI, elle était enceinte...

Elle s'assit sur la marche en marbre au pied de l'immense baignoire.

En ce samedi matin, des millions de gens s'affairaient. Personne ne savait que, pas loin d'eux, une vie avait irrévocablement changé.

La sienne.

Elle eut un sursaut d'espoir en se rappelant que certaines de ses amies avaient eu un faux positif. Les tests de grossesse vendus sans ordonnance n'étaient pas infaillibles, après tout.

Mais la lueur d'espoir s'évanouit quand une nouvelle vague de nausée lui souleva l'estomac. Elle se précipita vers les toilettes pour vomir les quelques gorgées de mimosa qu'elle avait réussi à avaler.

C'était devenu son nouveau rituel, ces derniers jours. Elle avait cru, au début, qu'elle était stressée à cause du mariage de Samuel et Arlie. Si elle était allée discrètement acheter un test de grossesse ce matin, c'était juste pour se rassurer et pouvoir se concentrer sur la réception.

C'était raté.

Quand elle se sentit mieux, elle rabattit la lunette et s'appuya contre le mur en fermant les yeux.

Seigneur ! Mais qu'allait-elle faire ?

La question s'appliquait autant au reste de sa journée... qu'au reste de sa vie.

Avec la cérémonie qui aurait lieu dans quelques heures seulement, elle ne pouvait pas rester accrochée à la cuvette des toilettes de cette suite de l'hôtel St. Pierre.

Dans la suite voisine, Arlie Banks, bientôt Arlie Banks-Kane, et ses demoiselles d'honneur bavardaient gaiement en se préparant.

Ce serait bientôt l'heure de la séance photos.

— Tout va bien là-dedans ?

Marlowe reconnut la voix chaude de Kassidy Nichols, la meilleure amie et témoin d'Arlie. Elles étaient ensemble à la Lennox Finch Preparatory Academy, bien que Kassidy n'ait qu'un an d'avance sur elle, Marlowe se souvenait qu'elle obtenait toujours des résultats impressionnants tout en enfreignant bien souvent les règles. Toujours prête à fournir une explication, il émanait de Kassidy un calme et une force naturels que Marlowe admirait alors secrètement à distance respectueuse.

— Oui ! répondit-elle avec trop d'enthousiasme. Je sors bientôt !

— Parfait.

Elle se mit à faire les calculs qu'elle aimait le moins.

N'ayant pratiquement rien eu qu'elle pouvait considérer comme un cycle menstruel depuis qu'elle s'était fait poser un implant contraceptif plusieurs années plus tôt, elle ne pouvait donc pas s'y fier pour calculer la date de la conception.

Ce qu'elle savait, c'était qu'elle n'avait fréquenté que deux hommes au cours de cette année, et ces relations avaient été espacées de deux mois.

Ce qui voulait dire que le père était... Law. Des perles de sueur coulèrent sur son front et dans son cou. Lentement, elle tendit le bras vers la barre dorée où pendaient des serviettes moelleuses et se leva.

Avec la démarche mal assurée d'une femme soûle, elle s'avança vers le lavabo et se força à se regarder dans le grand miroir bordé de marbre.

— Tu es enceinte de Law Renaud.

Un frisson parcourut tout son corps.

Sa main se posa sur son ventre, encore plat sous le tissu soyeux de sa robe de cérémonie vert sauge assortie à celles des autres demoiselles d'honneur. Fixant ses doigts, elle imagina la petite graine qui se développait là.

Enceinte.

Cela ne ressemblait pas à un mot.

C'était plus comme une formule magique ou plutôt un mauvais sort qui allait changer sa vie à jamais.

Elle sursauta quand quelqu'un frappa doucement à la porte de la salle de bains. Elle attrapa rapidement le test de grossesse et le glissa dans le petit sac en soie qui contenait les cadeaux qu'Arlie avait distribués aux demoiselles d'honneur.

— Je peux entrer ? demanda Kassidy.

Marlowe retoucha rapidement son maquillage avant d'ouvrir la porte.

Kassidy se faufila à l'intérieur, referma la porte derrière elle et posa une grosse trousse de toilette sur le meuble du lavabo.

En examinant leurs reflets dans le miroir, Marlowe ne put s'empêcher de remarquer le contraste saisissant.

Kassidy, ce chef-d'œuvre de courbes harmonieuses.

Marlowe, plus grande et aux formes plus anguleuses.

Comment une grossesse changera-t-elle ce corps ? Comment une grossesse la changera-t-elle, elle ?

Des questions commençaient déjà à tourner et à retourner dans sa tête comme des vêtements dans un sèche-linge.

Kassidy ouvrit sa trousse et en sortit plusieurs produits.

— Marlowe, sois franche avec moi. À quoi avons-nous affaire ? Gueule de bois, intoxication alimentaire, crise d'angoisse... nausées matinales ?

Ce n'est que quand elle vit l'éclat malicieux dans les yeux de Kassidy qu'elle réalisa qu'elle plaisantait. Mais c'était trop tard pour empêcher son visage de pâlir.

— Oh merde, marmonna Kassidy en posant une main chaude sur le coude de Marlowe pour la guider vers le tabouret en velours près du lavabo. Tu es aussi blanche qu'un fantôme.

Une fois qu'elle fut assise, elle se sentit mieux.

— J'ai... oublié de manger ce matin, dit-elle, un peu gênée de mentir à Kassidy. J'ai la tête qui tourne.

— Je m'en occupe.

Kassidy fouilla dans son sac et en sortit une barre protéinée et une petite bouteille d'eau.

— Prends ça.

Marlowe obéit. Elle n'avait pas eu conscience qu'elle avait soif, et elle but la moitié de la bouteille d'un trait. La barre protéinée ressemblait à de la sciure au beurre de cacahuète, mais son estomac ne se rebella pas.

— Merci, dit-elle entre deux bouchées. Tu ne m'as pas... entendue, n'est-ce pas ?

— Du tout, répondit Kassidy en fouillant dans son sac pour en sortir un flacon de gélules.

— Alors comment as-tu...

— Su que tu t'étais enfermée ici parce que tu étais malade ?

Je l'ai senti. Je crois que ce rôle de témoin de mariage m'a dotée d'une sorte de radar.

— Tu emportes toujours ta pharmacie avec toi ?

— Seulement certaines aides médicinales qui pourraient s'avérer utiles un jour comme aujourd'hui. J'ai du Doliprane, du Maalox, de la vitamine V…

— Vitamine V ?

— Du valium, précisa Kassidy avec un sourire en coin. Que j'ai été tentée de glisser dans le café de l'organisateur de mariage à quatre occasions, ce matin.

Marlowe afficha un petit sourire, contente de penser à autre chose qu'à sa grossesse.

— Tu veux quelque chose pour la nausée ? lui proposa Kassidy.

Marlowe allait accepter quand elle réalisa qu'elle ne savait pas du tout ce qu'elle pouvait prendre ou pas en étant enceinte.

— Des bonbons au gingembre, précisa Kassidy en agitant un petit sachet. Vegans, bio et naturels.

— Merci.

Après lui avoir donné un bonbon, Kassidy en prit une poignée qu'elle posa sur le meuble.

— En réserve, dit-elle.

Le petit geste attentionné de Kassidy apaisa la tension de Marlowe.

— La décision d'Arlie était sage, Kassidy. Tu fais un témoin formidable.

— Tu t'attendais à autre chose ? répliqua Kassidy avec un sourire éblouissant.

— Pas une seconde. Bon. Je pense que je suis prête pour aller me changer.

— Pas avant que j'aie arrangé ton maquillage.

— Je crains bien que mon cas soit désespéré.

Se tournant vers le miroir, Marlowe se contempla un instant, perdue.

— Pour de simples mortels, peut-être, dit Kassidy. Attends-moi.

Kassidy sortit et revint quelques instants plus tard avec

une mallette bleue qui lui rappela une autre mallette. Celle de sa mère.

Elle sentit ses yeux picoter et s'efforça de se ressaisir.

Elle avait eu une mère.

Mason et Samuel tenaient d'elle leurs yeux de jade. Elle, ses cheveux clairs.

C'était une femme sage et chaleureuse qui écoutait patiemment ses malheurs sans conséquences d'adolescente et lui donnait toujours des conseils avisés avec le plus grand sérieux.

Quel conseil avisé sa mère lui aurait-elle donné concernant sa situation actuelle, si elle était encore là ?

— Voyons voir, dit Kassidy en relevant délicatement le menton de Marlowe pour étudier son visage et évaluer les dégâts.

Elle ouvrit la mallette et sortit un étalage de cosmétiques allant de l'anticerne au mascara waterproof.

Par chance, Marlowe avait eu la prévoyance d'en appliquer ce matin, vu qu'elle avait tendance à pleurer pour un oui ou un non ces deux dernières semaines. Encore un détail qui prenait plus de sens à la lumière de sa récente découverte.

— Ah là là, murmura soudain Kassidy en tamponnant une éponge à maquillage sous ses yeux fermés. Arlie et Samuel. Après tout ce temps. Qui aurait pu le croire ?

Certainement pas Marlowe. Elle n'aurait jamais cru que Samuel se marie un jour, vu que Kane Foods était le principal objet de sa dévotion depuis toujours. Et encore moins qu'il prenne Mason comme témoin. Après toutes ces années qu'ils avaient passé soit à s'ignorer, soit en conflit, ce changement rapide et radical lui avait donné le tournis.

Et le sentiment d'être seule.

— C'est fou, non ? fit-elle remarquer.

Elle déballa le bonbon au gingembre et le mit dans sa bouche. Le goût épicé déploya aussitôt ses arômes sirupeux et elle se sentit très vite revigorée.

Un vrai miracle.

— Tu crois aux âmes sœurs ? demanda Kassidy.

Elle déposa l'éponge puis prit un gros pinceau qu'elle mit

dans de la poudre avant d'essuyer l'excédent sur un mouchoir et de l'appliquer doucement sur le visage de Marlowe.

Marlowe sentit ses épaules se détendre tandis que le pinceau doux effleurait son front et ses joues.

Elle ne s'était pas sentie aussi détendue depuis...

Inutile d'y penser.

— Si cela existe, on aurait une chance sur dix mille de trouver la sienne, répondit-elle. À condition d'être né à la même époque. Si ce n'est pas le cas, les chances diminuent.

— Je vois que le sujet de l'amour te tracasse aussi.

La délicieuse sensation du pinceau cessa et fut remplacée par des picotements sur ses arcades sourcilières.

— Et toi ? Tu crois aux âmes sœurs ? s'enquit-elle.

Kassidy lâcha le crayon khôl qui tomba bruyamment dans sa mallette.

— Je crois en l'énergie, répondit-elle. Et que tout le monde vibre à un niveau différent. Pour moi, quand tu rencontres quelqu'un dont l'énergie correspond à la tienne, l'attirance qui en résulte peut donner l'impression que c'est ton âme sœur.

— Mmm.

— La même chose s'applique au coup de foudre, poursuivit Kassidy. Je pense que ce n'est pas tant de l'amour qu'une dose de dopamine et d'adrénaline insufflée par l'énergie.

Des images de Law appuyé avec arrogance contre le mur de la salle de bal, le soir où elle l'avait rencontré, défilèrent dans sa tête.

— Et si tu es attirée physiquement par une personne, mais que tu ne peux pas la supporter quand elle ouvre la bouche ? demanda-t-elle.

— Oh ! ça...

— Ça quoi ?

— Dans ce scénario, il y a deux possibilités.

Marlowe sentit le souffle de Kassidy sur ses joues tandis qu'elle refaisait son trait d'eyeliner d'une main sûre.

— Je t'écoute.

Ce n'était qu'à moitié vrai, car son esprit avait déjà commencé à s'éloigner... De la suite présidentielle, de l'hôtel, de la ville... Il était maintenant dans une clairière paisible où l'herbe avait été arrosée de ses larmes alors qu'elle était dans les bras de Law.

— Soit tu prends du bon temps, puis bloques le numéro et brûles tous tes souvenirs, soit tu cherches une maison en banlieue et te renseignes sur les écoles maternelles du quartier, expliqua Kassidy.

Les écoles maternelles...

Pouvait-elle s'imaginer dans ce monde-là ? Sa BMW garée parmi toutes celles des parents venus récupérer leur enfant à la fin de la journée d'école ?

— Voilà ! annonça Kassidy. Je pense que tu es officiellement prête pour la séance photos.

Marlowe ouvrit les yeux et se regarda dans le miroir. Kassidy avait redonné de la vie à ses lèvres et à ses joues en faisant disparaître sa pâleur. Elle avait même réussi à faire en sorte que ses paupières paraissent moins gonflées.

— Kassidy, tu es une bonne fée !

— Une bonne fée qui apprécie les martinis et les week-ends avec un avocat très talentueux du bureau du procureur.

Kassidy recula d'un pas pour examiner son travail et fit la moue.

— Il manque quelque chose..., murmura-t-elle. Attends ! Je sais.

Elle fouilla dans son sac de Mary Poppins et...

— Bingo !

Elle prit quelques cheveux sur la tempe de Marlowe pour les attacher avec un peigne scintillant de style Arts-Déco incrusté de pierres.

— Années trente, expliqua-t-elle. Clairement fait pour toi.

Quelqu'un tapa à la porte et Charlotte annonça que l'organisateur de mariage arriverait dans quinze minutes pour les photos.

— Et si on sortait d'ici pour enfiler nos tenues de danseuses remplaçantes ? suggéra Kassidy. Si on n'est pas habillées à son arrivée, ce pauvre homme est capable d'avoir une crise cardiaque.

Marlowe prit une profonde respiration et se leva, heureuse de constater qu'elle allait beaucoup mieux grâce à Kassidy.

Une fois cette dernière sortie, Marlowe récupéra son sac sur le meuble, l'ouvrit et observa le test de grossesse, priant pour qu'il soit finalement négatif…

Le signe + était toujours là. Et d'un rose encore plus foncé.

Même si elle referma rapidement le sac, la petite croix resta gravée dans sa tête.

+.

Marlowe + 1.

Marlowe plus un immense secret qui allait bouleverser sa vie.

13

La grande salle de bal de l'hôtel St. Pierre avait été transformée en une forêt d'automne féerique pour la réception de Samuel et Arlie. Du cristal et des bougies décoraient chaque surface de ce lieu enchanteur et intime malgré la taille immense de la salle. Marlowe s'affala sur sa chaise à la table qu'on lui avait attitrée, avec l'impression qu'elle venait de chevaucher des heures sans s'arrêter. Par miracle, elle avait tenu toute la cérémonie sans avoir besoin de courir dans l'allée pour aller vomir dans l'une des compositions florales.

Elle n'avait pas eu autant de chance pour retenir ses larmes...

Elle avait d'abord pleuré en sortant de la salle de bains quand elle avait vu Arlie dans sa robe de mariée vintage Dior. Ensuite, en regardant Samuel, si beau dans son smoking, qui essayait tant bien que mal de contenir son émotion tandis que Mason, qui remplaçait le père décédé d'Arlie, escortait sa future belle-sœur jusqu'à l'autel. La troisième fois, ce fut en parcourant du regard la foule de visages et en surprenant son père dans un moment d'émotion, les yeux perdus dans le vague et le sourire aux lèvres. Elle ne l'avait pas vu dans cet état depuis longtemps.

Elle avait pleuré par intermittence durant presque toute la cérémonie.

Si elle survivait au dîner, elle pourrait se fondre dans la foule quand le bal serait lancé et se retirer dans sa chambre, où elle pourrait paniquer tranquillement toute seule.

Quand les invités commencèrent à s'installer, elle n'était plus si sûre de son plan.

La table des jeunes mariés était positionnée de telle façon qu'ils pouvaient discuter avec leurs invités proches.

À côté de Marlowe, une chaise restait vide. Sans doute un invité qui avait eu un empêchement de dernière minute.

Un serveur arriva avec une bouteille fraîche de sauvignon blanc du domaine de Willow Creek, qui appartenait à la famille Kane, pour accompagner le premier plat. Marlowe le laissa la servir de crainte que son refus n'éveille des soupçons.

— Tu vas bien ? lui demanda discrètement Arlie, une fois que d'autres serveurs eurent posé les entrées devant chaque convive.

Ayant troqué sa robe de mariée formelle contre une robe de soirée plus adaptée à la danse, la jeune mariée semblait quelque peu inquiète, et son regard se posa un instant sur le verre de vin intact de Marlowe.

Que répondre ?

Elle n'allait définitivement pas bien.

Les odeurs qui s'élevaient de son assiette avaient réveillé sa nausée.

Adressant à sa nouvelle belle-sœur un rapide hochement de tête, elle leva sa fourchette et la planta dans la salade de chou frisé et de légumes-racines rôtis joliment disposés. Elle prit une bouchée de pomme de terre croustillante et mâcha lentement.

Quand ils eurent terminé le premier plat, les assiettes furent débarrassées et on leur apporta des soupes.

Un velouté de potiron agrémenté d'huile d'olive et parsemé de fines herbes.

C'était l'une des soupes préférées de Samuel que la mère d'Arlie avait toujours incluse dans le repas d'automne qu'elle cuisinait pour famille et amis.

Une nouvelle fois, Marlowe sentit ses yeux se brouiller de larmes.

Elle les chassa rapidement et sourit en regardant Arlie.

Qui s'était figée, sa cuillère de soupe en l'air.

Marlowe sentit les petits cheveux de sa nuque se dresser.

Tout à coup, elle sut.

Law Renaud était derrière elle.

— Bonsoir, dit-il.

Un mot.

Un seul mot et Marlowe sentit ses tétons déjà sensibles durcir tandis qu'une vague de chaleur l'envahissait. Même après cette longue période qu'ils avaient passé séparés, son corps réagissait vivement à la présence de Law près d'elle. Elle n'osa pas se retourner pour le regarder de crainte d'être victime de combustion spontanée.

Tous les regards des convives proches se tournèrent vers elle, attendant qu'elle fasse les présentations.

Le cœur battant la chamade, elle évalua ses options et choisit la seule qu'elle pensait capable de désamorcer cette scène embarrassante.

— Vous voulez bien nous excuser un instant ?

Elle commença à se lever et tressaillit quand Law posa sa main chaude sur son épaule. Ce simple geste raviva des souvenirs totalement inappropriés à cet instant précis...

— Inutile de te lever, dit Law en tirant la chaise vide à côté d'elle pour s'y asseoir. Rien ne nous empêche de discuter ici.

Elle risqua un regard vers lui.

Il portait un costume bleu nuit bien coupé, un gilet assorti et une cravate. Il était aussi éblouissant que bouleversant. Avec ses cheveux noirs coiffés en arrière, ses traits durs et le bouc qui encadrait sa bouche, il ressemblait plus à un méchant sexy de film qu'à un invité à un mariage.

— Qu'est-ce que tu fais ici ? demanda-t-elle à voix basse.

Il fronça les sourcils, visiblement intrigué.

— Tu m'as invité, tu l'as oublié ?

— Pardon ?

Elle se tourna vers ses frères, ses repères, et découvrit la même expression de perplexité sur leurs deux visages.

Qu'est-ce que c'était que cette histoire ?

— Je ne sais pas du tout de quoi tu parles, dit-elle.

— De ça.

Law glissa sa main dans sa veste de costume et en sortit un carton crème.

Une invitation au mariage de Samuel et Arlie. Au dos, elle trouva un message.

S'il te plaît, viens. Il faut qu'on parle.

MK

MK.

Soudain, elle comprit.

— Qu'est-ce que tu as fait ? lança-t-elle en fusillant Mason du regard.

Ce dernier leva les mains en l'air comme pour dire « ne tire pas ».

— Ce n'est pas moi qui t'ai envoyé cette invitation, Law, dit-elle. C'est mon frère Mason. MK. Mason Kane.

— Techniquement, je n'ai rien fait pour qu'il croie que c'était toi, fit remarquer Mason. Il a juste vu les initiales et présumé que c'était toi.

— Tu en as fait des conneries, mais celle-là ! s'exclama Marlowe. Mason, je vais te...

— Alors c'est lui notre invité mystère, intervint Kassidy en tendant la main. Kassidy Nichols. Témoin de la mariée.

— Law Renaud. Carrément confus.

— Ce n'était pas du tout un hasard, fit remarquer Mason.

Marlowe lui fit répéter, croyant avoir mal entendu. Et puis elle comprit. Même l'usage de l'expression « invité mystère » par Kassidy prenait un tout autre sens.

— Vous étiez tous au courant ? murmura-t-elle.

Elle avait du mal à le croire. Elle fusilla du regard ses frères et leurs épouses, et sentit la colère la gagner en voyant que personne ne semblait honteux.

— Je n'arrive pas à croire... même pas à envisager que vous...

Son cerveau sautait comme un disque rayé. Elle ne trouvait pas les mots pour leur dire ce qu'elle pensait d'eux.

Et puis, soudain, elle se dit que c'était peut-être sa faute.

Parce que personne à cette table ne savait ce qui s'était vraiment passé entre Law et elle, au cours des deux jours qu'elle avait passé à 4 Thieves.

Seul Mason avait essayé de savoir.

Il avait posé les bonnes questions, acquiescé quand elle avait donné des réponses édulcorées. Oui, elle avait trouvé Law charmant. Oui, elle avait apprécié son séjour là-bas. Oui, elle aurait pu envisager de le revoir, si elle avait eu moins de travail.

Et Mason en avait tiré ses conclusions.

Soudain elle manqua d'air et prit une profonde inspiration.

— Attends ! J'ai un éventail, dit Kassidy en se baissant pour prendre un sac.

Elle fouilla à l'intérieur, et comme elle ne trouvait pas ce qu'elle cherchait, elle le renversa sur la table.

Marlowe regarda le contenu se déverser au ralenti. De la poudre. Du rouge à lèvres.

Un test de grossesse.

Le signe + et le OUI clairement visibles.

Dans l'agitation entre les séances photos, le cocktail et la réception, Kassidy avait dû prendre son sac par erreur. De toutes les choses malencontreuses qui s'étaient produites aujourd'hui, celle-là était... l'apothéose.

Comme aucune des femmes présentes ne se jetait sur le test pour le ranger avec des excuses gênées, tous les regards se tournèrent... vers elle.

Il allait falloir discuter.

Le monde autour d'elle sembla rétrécir. Le bourdonnement des conversations s'amplifia pour devenir insupportable. Les facettes de cristal sculpté renvoyaient les lumières des lustres en un tourbillon étourdissant. Le plafond vertigineux de la salle de bal se dressait comme la tente d'un cirque. Tous les visages autour d'elle semblaient porter des masques grimaçants.

L'espace d'un instant, elle se demanda où elle était.

— Marlowe ?

Elle redescendit sur Terre et regarda autour d'elle, se demandant qui l'avait appelée.

Elle tressaillit quand Law posa la main sur son bras.

Elle se tourna vers lui et décida de mettre fin à cette situation gênante.

— Je suis enceinte.

Il ne dit rien. Ne cligna pas des yeux. Il se contenta de demander :

— De moi ?

— Oui. Je l'ai découvert ce matin. Juste avant la cérémonie. C'est pour ça que je n'ai pas eu le temps de... J'avais prévu de...

— Peut-être que cette discussion pourrait être poursuivie ailleurs ? l'interrompit Samuel en s'éclaircissant la voix,

Suivant son regard, elle vit que leur père s'approchait de leur table.

— File, suggéra Arlie. Si quelqu'un pose des questions, on leur dira que c'était pour une question de discours de mariage.

Law se leva en même temps qu'elle. Priant pour que ses jambes ne la lâchent pas, elle se dirigea vers le fond de la salle.

Quand elle passa près de lui, Samuel prit sa main et la serra doucement. Elle lui sourit, reconnaissante pour ce petit geste de soutien.

Law et elle se frayèrent un chemin entre les tables pour sortir de la salle de bal, parcourir le couloir couvert d'une épaisse moquette et traverser l'entrée jusqu'à l'ascenseur.

Les portes en laiton brossé se refermèrent et ils se retrouvèrent seuls.

Marlowe Kane, l'héritière milliardaire.

Et Law Renaud, le père de son futur enfant.

14

Cet ascenseur ne pouvait-il pas aller plus vite ? se demanda Law en fixant les boutons brillants des premiers étages qui clignotaient trop lentement.

Il était comme un lion en cage.

Piégé avec une femme qui faisait bouillonner son sang.

Quand il était arrivé à la réception, il était resté un instant à l'entrée de la salle de bal, cherchant Marlowe des yeux.

Quand il l'avait vue, assise à table, il avait eu l'impression de manquer d'air.

Elle était sublime. Encore plus belle que dans ses souvenirs.

Les lèvres plus charnues, les yeux d'un bleu plus vif, ses cheveux dorés plus brillants et plus clairs. Plus élégante que jamais.

Avant de trouver le cran de s'avancer vers elle, il avait dû avaler deux shots au bar.

Après les révélations qui avaient suivi, il était bien content de l'avoir fait !

« Je suis enceinte. »

Son cœur ne s'était pas arrêté de palpiter depuis que Marlowe avait prononcé ces mots.

Ils ne s'étaient rien dit depuis qu'ils avaient quitté la table. Comme s'il était évident que le sujet ne pouvait pas être abordé dans un couloir ou un ascenseur.

De toute façon, il n'aurait su quoi dire.

C'était comme s'il avait été soufflé par une bombe. Et depuis l'annonce de Marlowe, deux questions l'obsédaient :

Avait-elle pris sa décision quant à la poursuite de sa grossesse ?

Est-ce qu'il voulait qu'elle le garde ?

L'ascenseur s'arrêta doucement avec un « ding » musical au 39e étage.

Il laissa Marlowe sortir la première… et le regretta. En voyant sa robe en soie bouger sur ses fesses quand elle marchait, un désir fulgurant le saisit. Le décolleté dans son dos descendait très bas, preuve qu'elle ne portait pas de soutien-gorge, ou en tout cas, pas un conventionnel.

Elle s'arrêta pour chercher dans son sac une carte qu'elle fit glisser dans le petit panneau noir sur la porte.

Il la suivit à l'intérieur et déplora que ce ne soit pas plus luxueux. Une immense suite aurait été préférable. Par exemple, avec un salon séparé où ils auraient pu discuter très loin du lit géant qui trônait au milieu de la chambre…

— Fais comme chez toi, dit-elle.

Elle enleva ses chaussures à talons et posa la carte magnétique sur la console de l'entrée à côté de son sac.

Il le fixa un instant, ressentant une envie soudaine d'en sortir le contenu. Et de tenir le test dans sa main.

Enceinte.

Alors qu'elle était sous contraceptif. Il ne lui avait pas demandé lequel, mais il était certain que si elle était confiante, il devait être fiable à plus de 99 %.

Bon sang ! Ce petit 1 % était vraiment emmerdant.

Marlowe s'avança vers le grand meuble en bois sous l'écran plat fixé au mur. Elle se pencha pour ouvrir les portes d'un minibar.

— Tu veux boire un verre ? proposa-t-elle.

— Si tu en prends un.

Sa poitrine se serra quand la main de Marlowe flotta au-dessus d'une petite bouteille de vodka, et il se détendit quand elle prit une bouteille de Perrier.

Encore une preuve qu'elle était réellement enceinte.

— Ça compte pour un verre, ça ? s'enquit-elle.

Elle décapsula la bouteille et en versa le contenu dans un verre.

— Vu que cette petite bouteille coûte probablement vingt dollars, je vais dire oui, répondit-il.

— Et toi ? Tu veux quoi ?

Même s'il aurait eu besoin de courage pour cette conversation, il n'allait pas boire de l'alcool devant elle.

— Ils ont de l'eau plate ? demanda-t-il.

— De l'eau de source des Alpes Suisses, ça te va ? répliqua-t-elle. Ou monsieur préfère-t-il en prendre directement au robinet ?

— Eau de source. Mais juste parce que ce serait impoli de te laisser seule à être snob.

— Dans un verre ou à la bouteille ?

— Tu veux dire que les gens versent vraiment de l'eau d'une bouteille en verre dans un verre en verre ?

— Certaines personnes, oui, répondit-elle en ouvrant la bouteille pour la vider dans un verre. C'est une expérience sensorielle entièrement différente.

— Certaines personnes comme toi ?

Leur conversation était des plus anodines, mais elle avait au moins le mérite d'apaiser une partie de la tension qui régnait entre eux.

— Tu me connais mal, répondit-elle en lui tendant son verre d'eau. Déjà, je n'aurais jamais ouvert le minibar.

— Vraiment ?

— Je suis contrôleuse des comptes, Law. Je suis contre par principe. L'idée de payer un Snickers quinze dollars m'offense profondément.

Elle fit tinter son verre contre le sien et but.

— Ce soir fait donc exception, fit-il remarquer.

— Tu ne crois pas que c'est normal ?

Elle poussa un long soupir et se laissa tomber sur le banc en cuir blanc aux pieds du lit.

Law s'assit dans un fauteuil proche.

— Alors, Law Renaud, qu'est-ce que l'on va bien pouvoir faire ?

Faisant rouler son verre entre ses mains, il étudia le motif subtil de trèfle à quatre feuilles sur la moquette.

— Tu penses qu'il y a une chance que le test soit faux ? s'enquit-il.

— Si je n'avais pas passé toute la matinée du mariage de mon frère et plusieurs jours avant à vomir tripes et boyaux, je serais plus encline à envisager cette possibilité.

Cette réponse lui fit l'effet d'une gifle. Être enceinte n'était pas toujours une partie de plaisir.

— Je suis désolé.

— Ce n'est pas ta faute, dit-elle en haussant les épaules. Enfin, si, tu y es pour quelque chose, mais tu ne l'as pas fait exprès.

Oh oui, il y était pour quelque chose, songea-t-il en essayant de ne pas replonger dans les souvenirs de leurs étreintes passionnées.

— Du coup, ça doit faire... quoi ? Sept semaines ?

— Neuf.

— Neuf ?

— En fait, on calcule à partir du premier jour des dernières...

Elle s'interrompit et le regarda avec un air interrogateur.

— Tu veux vraiment entendre tout ça ?

— Oui, répondit-il sincèrement.

— Le terme de neuf mois commence au premier jour du cycle, même si l'ovulation arrive généralement entre le douzième et le quatorzième jour et que l'on n'est fertile que pour une période de douze à vingt-quatre heures après la fécondation. Ce qui ne devrait pas arriver quand on a un dispositif contraceptif intra-utérin qui, pour moi, a été totalement inefficace.

Il entendit une pointe d'amertume dans ses derniers mots.

— Donc tu as dépassé les deux mois, fit-il remarquer.

Quand elle croisa une jambe sur l'autre, la fente de sa robe laissa apparaître un peu plus de son mollet.

Il serra un peu plus son verre en se souvenant comme sa peau était douce... Comme elle avait frémi quand il l'avait caressée...

— Il faudra faire une échographie pour en être absolument

certain, mais en se basant sur la date de… euh… l'audit, on doit être dans ces eaux-là, répondit-elle.

L'audit.

Dans ces eaux-là.

Ces mots éveillèrent en lui quelques soupçons.

« Elle t'a pigeonné, puis nous a pigeonnés », lui avait dit Remy.

Ce qui lui rappela les questions qu'il avait l'intention de lui poser avant l'annonce de sa grossesse.

Des questions qui avaient encore besoin de réponses.

— Tu penses que tu pourrais en passer une ?

— Au premier créneau disponible de mon gynéco. Je l'appelle lundi matin.

— Son agenda est plutôt chargé ou… ?

Il ne finit pas sa phrase, l'invitant à lui donner un renseignement qu'il n'avait pas spécifiquement demandé.

— Tu poses cette question parce que tu aimerais savoir si tu pourras m'accompagner ? demanda-t-elle d'un ton moqueur.

Ce qui lui fit l'effet… d'être un salopard.

— Si cela ne te dérange pas, j'aimerais bien, répondit-il.

— Pas du tout. Combien de temps prévoyais-tu de rester ?

— Je crois que l'on ne peut pas trop se fier aux prévisions.

— Tu es venu juste pour savoir de quoi je voulais te parler ?

— Pas tout à fait, admit-il. Il y avait quelque chose dont je voulais discuter avec toi aussi.

Elle agita son pied nu, faisant onduler le tissu léger de sa robe. Il ne put s'empêcher de suivre le frémissement le long de sa jambe, puis son corps jusqu'à ses seins. Définitivement libres. Il n'y avait aucun doute là-dessus.

Il se mordit la joue.

— L'invitation de Mason n'est pas arrivée seule, reprit-il.

Il s'attendait à ce qu'elle comprenne de quoi il parlait, mais il lut sur son visage qu'elle attendait ses explications.

Il chercha dans la poche de sa veste un bout de papier plié en quatre.

— Ton costume est plein de surprises, fit-elle remarquer en prenant le papier qu'il lui tendait.

Il l'observa avec attention pendant qu'elle lisait et vit le moment exact où elle se figea.

La lettre informant 4 Thieves de l'annulation de l'investissement de Kane Foods tomba par terre.

— Remy m'a parlé de la conversation que vous avez eue le matin où tu es partie, dit-il. Je sais que ton père t'a envoyée à 4 Thieves pour trouver la faille lui permettant de baisser son offre initiale. Pour nous donner une leçon.

Marlowe le fixa, bouche bée. Visiblement elle n'était pas au courant.

Ce n'était pas le scénario qu'il avait envisagé pendant qu'il se rendait à Philadelphie. Quelque chose avait changé dans l'heure qui avait passé depuis qu'il était entré dans le hall de l'hôtel St. Pierre. Il avait revu Marlowe pour la première fois depuis l'été. S'était assis à côté d'elle à table. L'avait regardée dans les yeux et avait su qu'elle portait encore en elle cette étincelle qu'ils avaient allumée ensemble.

Dans ce court laps de temps, il s'était enfin avoué la vérité. Il était amoureux d'elle.

Il était venu pour savoir s'il était vraiment un idiot. S'il était ce garçon stupide qui créait dans sa tête ce qui n'existait que dans son cœur. Qui s'était persuadé que Marlowe et lui avaient partagé quelque chose de réel. De sincère.

— Quoi que tu décides concernant ta grossesse, je te soutiendrai. Mais avant que je quitte cette chambre, il faut que tu saches ce que je pense.

Elle prit une inspiration saccadée et se leva. Un bras serré sur sa poitrine et l'autre sur son ventre, elle marcha jusqu'à la grande fenêtre, dos à lui. Il l'entendit renifler.

Il se leva et traversa la pièce, s'arrêtant assez loin d'elle pour lui laisser de l'espace, mais suffisant près pour s'assurer qu'elle pourrait l'entendre clairement. Parce qu'il n'était pas sûr d'avoir la force de se répéter.

— Marlowe, cela fait deux mois que tu es partie, et je n'arrive toujours pas à t'oublier. J'ai fait tout ce que je pouvais, mais rien n'a fonctionné. Même apprendre que Kane Foods n'investirait pas dans 4 Thieves. Même entendre mon frère me dire que tu avais couché avec moi pour cacher tes vraies motivations.

Il s'efforça de se détendre avant de poursuivre :

— Et puis ce soir, rien qu'en te voyant, j'ai tout oublié. Voilà le genre de pouvoir que tu as sur moi.

Elle prit une inspiration tremblante et se tourna vers lui. Deux larmes coulaient sur ses joues.

— Law…

— Laisse-moi finir et je ne t'en parlerai plus jamais.

Elle hocha la tête sans répondre.

— Si tu décides de garder ce bébé, je veux être là. Je ferai tout ce qu'il faudra. C'est ce que je veux.

Oui, il le voulait vraiment, même si la liste de toutes les raisons de ne pas faire perdurer le nom des Renaud défilait dans sa tête. Toutes ces générations qui avaient connu épreuves et douleurs, trahisons et peines. Devaient-elles se poursuivre ?

Mais il avait une chance d'offrir à son enfant tout ce dont il avait manqué.

La sécurité. Les conseils. L'affection. L'amour.

L'amour inconditionnel d'une mère et d'un père.

Une famille.

Il pressa son poing contre sa poitrine douloureuse et reprit :

— Mais si Remy avait raison et que tout ce qui s'est passé entre nous n'était qu'un plan orchestré par ton père, j'ai besoin de te l'entendre dire. J'ai besoin d'entendre ces mots de ta part parce que je pense que c'est le seul moyen pour que je fasse entrer dans mon crâne qu'il faut que je te laisse partir.

Elle resserra ses bras autour d'elle. Des larmes coulaient de ses yeux fermés.

Il ne put se retenir plus longtemps. Même s'il avait terriblement envie de la serrer contre lui pour sécher ses larmes, il se contenta de prendre son visage entre ses mains.

— *Je t'en prie*, Marlowe.

Elle ouvrit les yeux et allait parler quand on frappa à la porte.

Comme ils ne furent pas suivis par la voix d'une femme de

ménage qui s'annonçait, ils gardèrent le silence en espérant que la personne passerait son chemin.

Au lieu de cela, un bip indiqua que quelqu'un passait une carte devant le détecteur.

Law s'avança jusqu'à la porte pour dire ce qu'il pensait à l'intrus qui se permettait de telles libertés.

— Hé ! s'exclama-t-il alors que la porte s'ouvrait. Cette chambre est occupée.

— Je suis au courant.

Law se figea. Puis il s'écarta pour laisser passer le nouveau venu.

15

Malgré ses yeux voilés par les larmes, Marlowe regarda tour à tour Law et son père.

La journée l'avait tellement épuisée émotionnellement que l'idée qu'ils se rencontrent dans sa chambre d'hôtel ne l'effrayait pas tant que ça.

À cet instant, ils étaient engagés dans une sorte de concours de regards masculins. L'insurrection torride de Law contre la supériorité glaciale de Parker Kane. Law avait un avantage d'au moins sept centimètres et quinze kilos de muscles sur son adversaire. La puissance de son père résidait presque exclusivement dans son attitude impériale et son regard d'acier.

— Papa, que fais-tu ici ?

— Je me suis dit que j'allais venir voir comment tu allais, répondit-il, ne daignant lui accorder qu'un coup d'œil rapide. Tu as eu l'air ailleurs toute la journée et je ne comprenais pas ce qui pouvait te détourner de la réception de mariage de ton frère, en dehors d'être malade. Je vois maintenant que j'ai manqué d'imagination, conclut-il en toisant Law d'un air dédaigneux.

Elle connaissait son père mais, aujourd'hui, elle ne supportait pas sa réaction, mélange de fausse inquiétude, de critique voilée et d'hostilité. Sans oublier son regard qui la faisait se sentir coupable de tout ce qui n'allait pas en ce bas monde.

Son père était impressionnant.

Et efficace.

Même si elle connaissait la façon dont il manipulait les

autres, ses enfants compris, le fait est qu'elle se sentait vraiment coupable d'avoir raté de précieux moments d'un événement aussi important dans la vie de Samuel. Elle se sentait aussi peinée, en colère, confuse et terrifiée.

Terrifiée par ce qu'elle allait devoir dire aux deux hommes qui se tenaient devant elle. Terrifiée parce qu'elle savait que les questions qu'elle devait poser à son père répondraient à celles de Law, et pas comme il le voudrait.

Les jambes flageolantes et le cœur battant, elle alla se rasseoir sur le banc au bout du lit. Elle ramassa alors la page qui était tombée par terre et la montra à son père.

— Pourquoi l'intention d'annuler l'investissement dans la distillerie 4 Thieves a-t-elle été gardée secrète ? demanda-t-elle.

Son père haussa un sourcil, mais resta profondément calme.

— C'est pour *ça* que vous avez gâché la réception de mon fils ? demanda-t-il en se tournant vers Law. Est-ce une sorte de tentative malavisée pour contrer ma décision ?

— Il n'a rien gâché, papa. C'est Mason qui l'a invité.

Elle vit son père accuser le coup, mais comme toujours, cela ne dura qu'une seconde ou deux. Il reprit aussitôt son masque impénétrable avant de répondre :

— Nous savons tous que Mason est enclin à l'impulsivité...

— Je te repose la question, papa. *Pourquoi* as-tu fait envoyer cette lettre discrètement par nos avocats ? Même Samuel et Mason n'étaient pas au courant, sinon ils me l'auraient dit.

— Il me semble me souvenir que tu as spécifiquement demandé que tout ce qui avait trait à 4 Thieves soit confié à quelqu'un d'autre, depuis ton retour de l'audit, fit remarquer son père.

— Un audit dont les résultats indiquaient que 4 Thieves méritait *amplement* plus que ce qui avait été initialement prévu. C'est pour ça que tu as voulu annuler l'investissement, n'est-ce pas ? Parce que tu savais que tu n'aurais pas pu les convaincre de te donner une plus grosse partie de l'équation en échange de ton investissement étonnamment généreux ?

Son père releva la tête de cette manière hautaine qu'elle avait tenté d'imiter en vain dans les situations inconfortables.

— Je n'étais pas sûr que tes chiffres étaient...

— Ne t'avise pas de me dire que je ne suis pas une professionnelle, répliqua-t-elle vivement en se levant, animée par un mélange de colère et de tristesse. Tu sais que je suis très forte pour présenter des résultats en ta faveur, puisque je l'ai déjà fait.

Son père ne répondit pas, et le silence s'installa.

On arrivait à la partie où Law allait sortir de cette chambre. De sa vie. En emportant avec lui tous ces souvenirs merveilleux, mais qu'elle ne méritait absolument pas.

Elle étudia le visage de Law.

Vide. Neutre. Sans expression.

Elle ne savait pas du tout ce qu'il ressentait. Et le connaissant, cela l'inquiétait un peu.

— Je pense que c'est la vraie raison pour laquelle tu voulais te retirer de ce projet, non ? insista-t-elle auprès de son père. Pas à cause de ce que 4 Thieves aurait fait, mais à cause de ce que je n'ai pas fait.

— Marlowe...

Son père prononçait toujours son prénom comme si elle était frivole et dépensière.

— Je pense que l'excitation de la journée t'a un peu porté sur les nerfs, dit-il. Peut-être que tu devrais rester là et te reposer.

— Ne faites pas ça, monsieur Kane.

La voix grave de Law la fit sursauter. Jusqu'ici, il avait été comme une sentinelle qui surveillait en silence. Mais là il se rapprocha, les poings serrés.

— Ne pas faire quoi, jeune homme ?

— Ne rabaissez pas votre fille comme ça, répondit-il en croisant les bras sur son torse massif. Elle vous a posé une question. Répondez-y.

L'atmosphère s'alourdit et Marlowe eut du mal à respirer. Elle n'avait jamais vu qui que ce soit parler à son père de cette façon.

Parker Kane faisait peut-être plusieurs centimètres de moins que Law, mais il le regarda avec mépris.

— Je ne suis pas sûr de comprendre pourquoi vous êtes ici, fit-il remarquer.

« Ici » aurait pu s'appliquer à cette chambre d'hôtel, songea Marlowe, mais à l'inflexion de sa voix il voulait dire « sur la planète Terre ».

Là, son père allait trop loin.

— Parce que je suis enceinte de lui.

Son père recula comme si on lui avait jeté un verre d'eau glacée au visage. Il cligna des yeux à plusieurs reprises et pâlit.

Ce n'était pas comme ça qu'elle avait imaginé cette scène... quand elle imaginait encore ... À l'époque, Neil faisait partie du scénario. Elle faisait deviner la nouvelle à son père en lui présentant une succession d'indices comme une boîte de ses cigares préférés, une inscription à Harvard, *son* université, et un maillet de polo miniature. Et puis elle imaginait son visage heureux et surpris.

Qui n'était absolument pas celui-là.

— C'est une découverte récente, je suppose ? demanda-t-il sèchement.

— Oui. Ce matin.

Il sembla rassuré.

— Je sais que cela peut sembler être un événement catastrophique, dit-il sur un ton presque conciliant. Mais il y aura encore de nombreuses options qui se présenteront à toi une fois que tu auras pris ta décision.

— C'est déjà fait, papa.

Elle jeta un rapide coup d'œil à Law et précisa :

— Je vais avoir ce bébé.

— Allons ! Tu n'es pas sérieuse ! s'exclama son père.

— Je suis très sérieuse, répondit-elle en regardant Law qui semblait aussi soulagé qu'un homme qui recevait le pardon alors qu'il marchait vers la potence.

— Inutile d'être aussi impulsive, marmonna son père en agitant une main comme s'il pouvait effacer sa déclaration. Ce genre de décision demande du temps. Une réflexion consciencieuse. As-tu pensé à ce que deviendra ta carrière avec un enfant sur les bras ?

— Oui.

Et c'était vrai. Elle était convaincue que personne ne réfléchissait aussi vite et aussi bien qu'une femme avec un test de grossesse positif dans la main.

— Alors pense à ta vie personnelle, poursuivit son père. Trouver quelqu'un qui veuille élever l'enfant d'un autre peut s'avérer aussi difficile qu'élever un enfant seule.

Marlowe le regarda, effarée. Puis elle sentit une colère sourde monter en elle. Comment pouvait-il rejeter l'idée que Law puisse être présent à ses côtés pour élever leur enfant ? Et puis...

— Comment oses-tu me donner une leçon sur ce que c'est qu'être un bon parent ? dit-elle, la voix tremblante d'émotion.

Son père la fixa en clignant des yeux, visiblement outré par son effronterie.

Avant qu'il lui lance une pique blessante dont il avait le secret, elle enchaîna :

— Toi qui as ignoré, critiqué et rabaissé Samuel au point qu'il pense que le meilleur moyen d'attirer ton attention était de pousser son propre frère à se faire renvoyer de l'entreprise familiale. Toi qui prodiguais à Mason attention et louanges en le forçant à adopter un rôle qui correspondait à *ton* image, mais le rendait si malheureux qu'il a mis son monde à feu et à sang pour pouvoir le supporter. Toi qui, malgré le nombre de trophées et honneurs que j'ai remportés, ne m'as jamais regardée comme ta collaboratrice jusqu'à ce que je sois fiancée à ce *Neil Farnsworth Campbell*, articula-t-elle en insufflant du poison dans chaque syllabe de ce nom. Ce qui explique que je sois restée fiancée à lui pendant bien plus longtemps que je ne l'aurais dû. Pas parce que j'avais peur de le perdre. Parce que j'avais peur de *te* perdre, *toi*.

Elle sentit soudain des larmes couler sur ses joues, mais elle s'empressa de les essuyer comme un enfant furieux.

— Je ne sais peut-être pas comment cet enfant va affecter

ma carrière ou ma vie personnelle, mais il y a une chose dont je suis sûre. Avec Law comme père, mon enfant ne connaîtra *jamais* ce genre de peine.

Son père donnait l'impression d'avoir pris un coup de poing.

Law, tout aussi sonné, la regardait comme s'il ne l'avait jamais vue.

— C'est peut-être un accident, conclut-elle, mais ce n'est pas une erreur.

Son père croisa ses mains derrière son dos en soupirant et marcha vers la fenêtre, comme il le faisait chaque fois qu'elle ou ses frères le mettaient en échec.

— Je t'en prie, papa, dit-elle avec une véhémence qui la surprit. Je t'en prie, ne me tourne pas le dos. Pas maintenant.

Il se figea, aussi élégant et immobile que les nombreuses statues des jardins impeccables de Fair Weather Hall.

— Toute la journée, je n'ai pas arrêté de penser à comment ce serait si maman avait pu être là, reprit-elle. La robe qu'elle aurait portée. Comme elle aurait été belle, en dansant avec Samuel...

Sa gorge se serra et elle marqua une pause avant de poursuivre :

— J'ai aussi pensé aux questions que j'aurais pu lui poser. À ce qu'elle aurait pu me dire sur le fait d'être enceinte pour la première fois. Elle ne m'en a jamais parlé, précisa-t-elle en faisant un pas prudent vers son père. Tu te souviens, toi, de l'arrivée de Samuel et Mason ?

Son père se retourna vers elle et cligna des yeux plusieurs fois.

— Je travaillais en tant que superviseur dans l'entrepôt de Kane Confections à Hoboken, à l'époque, répondit-il, ses yeux embués reflétant la lumière dorée de la lampe près de la fenêtre. Elle m'a apporté mon déjeuner dans un panier de pique-nique. On s'est assis à une vieille table en pierre près de l'Hudson. Elle a sorti un Thermos de café. Au lieu de le verser dans son bouchon, comme d'habitude, elle a sorti un mug du panier. Il y était écrit...

Sa voix se brisa et il prit une respiration tremblante avant de conclure :

— ... Papa Numéro 1.

— Quand as-tu appris qu'elle attendait des jumeaux ? demanda-t-elle, heureuse que son père se montre enfin humain.

— À environ cinq mois de grossesse. Elle relisait *Le Faucon Maltais*. Quand on a appris que c'étaient des garçons, elle a dit qu'elle voulait appeler le premier né Samuel et le second, Mason. Elle trouvait que Perry sonnait trop guindé.

L'intuition qui avait guidé son choix émerveilla Marlowe.

— Des cerises couvertes de chocolat, murmura son père. Ces horribles cerises couvertes de chocolat que Kane Foods sortait toujours pendant les fêtes de fin d'année. C'est la seule envie de grossesse qu'elle a eue. J'en ramenais des boîtes à la maison.

Marlowe sentit sa gorge se serrer. Penser à ses parents si jeunes et amoureux était aussi étrange qu'imaginer son père superviseur en confection, malgré le fait que la fortune de Kane avait déjà été bien établie par deux générations, à cette époque.

Marlowe regarda Law. Toutes traces de colère ou de tension qu'il avait montrées depuis l'arrivée inattendue de son père avaient disparu. Son visage était à présent plus doux. Plus triste. Presque nostalgique.

— Je veux avoir cet enfant, papa. Je ne sais pas comment ça va évoluer exactement, mais je sais que ça ira.

— Tu t'es montrée exceptionnelle dans tout ce que tu as toujours entrepris, Marlowe, dit son père. Je suis sûr qu'il en sera de même pour ton rôle de mère.

L'homme qui avait été un dieu tyrannique dans sa mythologie personnelle resta de marbre quand elle se jeta sur lui pour l'étreindre.

— Merci, papa, murmura-t-elle en pressant sa joue mouillée contre sa chemise.

Il lui tapota le dos avant de la repousser doucement. Il retrouva sa contenance aussi rapidement qu'un chat.

— Bien, je pense qu'ils vont bientôt porter un toast, dit-il. Je vais vous laisser.

Marlowe lissa la cravate qu'elle avait dérangée dans la veste de son smoking.

— On arrive, dit-elle.

Elle vit qu'il avait remarqué le « on » avant d'acquiescer et de se diriger vers la porte.

Alors, à son plus grand étonnement, il s'arrêta devant Law et lui tendit la main.

Elle lut les pensées contradictoires dans les yeux de Law. Il n'avait absolument aucune raison de serrer la main de son père. Pas après la manière dont ce dernier l'avait traité. Il avait comploté contre lui et l'avait insulté.

Mais il la serra quand même.

Parce que c'était ce genre d'homme. C'était le genre de père qu'il serait. Et il fallait qu'elle le lui dise.

Une fois son père parti, un grand silence tomba.

Law était épuisé physiquement et vidé mentalement alors qu'il s'était contenté de rester au même endroit pendant tout le temps qu'avait duré la visite inattendue de Parker Kane. Mais cela lui avait demandé une telle maîtrise qu'il avait l'impression d'avoir couru un marathon.

Il avait dû patienter pendant que Parker Kane parlait à sa fille comme à une enfant, se taire pendant qu'il mettait en question le droit de Law de respirer le même air que lui.

Tout cela avait demandé de la maîtrise.

Mais pas autant que de devoir rester impassible quand Marlowe avait annoncé qu'elle avait l'intention d'avoir cet enfant. Il avait alors eu l'envie irrésistible de la serrer dans ses bras. D'être un bouclier entre elle et le monde.

C'était toujours le cas, mais il fallait qu'elle le veuille aussi.

— Tu vas bien ? demanda-t-il.

— Tu avais raison, dit-elle sans répondre à sa question. Quand tu as dit que j'étais lâche.

Il tressaillit même si elle avait prononcé ces mots avec bien plus de douceur qu'il ne l'avait fait alors.

— Je ne le pensais pas, tu sais.

— Si. Tu le pensais et tu avais raison. J'étais terrifiée,

avoua-t-elle en lui offrant un sourire nerveux. Je *suis* terrifiée, à vrai dire.

Était-il terrifié, lui ? Non. Mais il n'en était pas loin.

— Avoir un bébé est...

— Je suis terrifiée par *toi*, Law. Par ce que tu me fais découvrir me concernant.

— Marlowe, tu ne...

Elle leva une main pour l'arrêter.

— Tu as eu ton moment. Maintenant, laisse-moi le mien, dit-elle.

Il prit une grande inspiration et s'efforça de garder une expression neutre.

— Je t'écoute.

— Tu m'as demandé ce qui s'était passé entre nous pendant que j'étais à la distillerie. Tu dois savoir que je suis venue avec l'intention de faire exactement ce pour quoi mon père m'avait envoyée. Et j'aurais pu le faire en récoltant des renseignements. Remy avait raison sur ce point.

Law plissa les yeux quand elle mentionna son frère.

— J'ai envie de lui casser la figure pour ce qu'il t'a dit, marmonna-t-il.

— Il essayait de te protéger, Law. De protéger la distillerie et ses employés. Coucher avec toi était égoïste et irresponsable.

— Il me semble me souvenir que l'on était deux, dit-il d'une voix rauque.

— Mais on n'était pas deux à en subir les conséquences. C'est pour ça que je suis partie. Parce que ce que je ressentais pour toi était réel. Et je ne pouvais pas prendre ce que tu me donnais sans pouvoir te le rendre.

— Ce n'est pas ce que tu as fait.

— Je l'aurais fait. Sans le vouloir, mais je l'aurais fait. Je ne savais pas comment faire autrement. C'est ce que je voulais dire quand je t'ai dit que tu me faisais découvrir des choses sur moi-même. Quand je l'ai compris, cela m'a aidée à voir des choses te concernant aussi.

Elle s'approcha de lui et posa ses mains sur ses joues pour le forcer à la regarder dans les yeux.

— Le hic, c'est que je ne suis pas sûre que tu comprennes à quel point tu es fantastique.

Il n'avait pas rougi depuis le collège et n'aurait probablement pas reconnu cette sensation s'il n'avait pas eu les oreilles en feu.

Il ne sut que dire.

Heureusement, Marlowe reprit :

— Quand on pense à ce que tu as enduré enfant, ce que tu as traversé adolescent, ce que tu as construit adulte… Tu as survécu à toute la peine causée par ton père et tu as quand même trouvé la force dans ton cœur de pardonner à ton frère qui t'a trahi après avoir mis en danger l'entreprise que tu as bâtie à la force de tes bras. Te rends-tu compte comme c'est rare ? Comme *tu* es rare ?

Il sentit de la transpiration couler dans son dos, collant sa chemise contre sa peau. Il desserra sa cravate et écarta le col de son cou.

— Tu n'es vraiment pas obligée de faire ça, dit-il, plus ému qu'il ne voulait l'admettre.

Jamais personne ne lui avait parlé comme elle venait de le faire. Jamais personne ne lui avait fait de compliments.

— Je pense que tout enfant aurait beaucoup de chance de t'avoir, Law. Moi-même, j'aurais beaucoup de chance de t'avoir, dit-elle en baissant les yeux. Si tu veux toujours de moi.

Law lui releva le menton et approcha ses lèvres des siennes.

— Tu es déjà à moi, murmura-t-il.

Il glissa sa main dans ses cheveux soyeux et prit sa bouche avec avidité. Elle l'accueillit avec autant d'ardeur, et leurs retrouvailles furent un feu d'artifice de sensations.

— Il va falloir que l'on soit présentables en redescendant, dit-elle, haletante, en se reculant.

Essayant avec peine de dominer le désir qu'il avait d'elle, il se recoiffa d'un geste rapide.

— Pendant combien de temps ? demanda-t-il.

— Assez pour entendre les discours et prendre une tranche de gâteau…

Elle rajusta sa cravate et plongea son regard dans le sien.

— … que l'on pourra manger au lit, conclut-elle avec un sourire des plus sexy.

— Je prévois de profiter du dîner d'abord, dit-il en se rapprochant de son oreille pour effleurer son lobe délicat. PS : C'est toi le dîner.

Elle haussa un sourcil en prenant le bras qu'il lui tendait.

— Les sept plats ?

Law ouvrit la porte et la guida vers l'ascenseur.

— Le 7 a toujours été mon chiffre porte-bonheur.

Épilogue

Marlowe frissonna quand que le gel se répandit sur son ventre, aussi froid que la main de Law était chaude dans la sienne.

— Vous n'auriez pas pu le réchauffer avant ? s'enquit-il en se tournant vers la technicienne.

Perché sur le tabouret près de la table d'examen, il avait observé les préparatifs pour l'échographie avec un vif intérêt.

— Détends-toi, dit Marlowe en tendant le bras pour caresser sa joue crispée.

— Je suis détendu.

Quand il manqua de renverser un plateau d'instruments, Marlowe et la technicienne échangèrent un regard entendu.

Hélas, les espaces prévus pour ce genre d'examen étaient rarement faits pour accueillir confortablement un homme aux dimensions de gladiateur comme Law.

La technicienne leva la sonde et se tourna vers eux.

— Prêts ?

— Oui ! répondit vivement Law en se penchant en avant avec enthousiasme pour fixer l'écran encore noir.

À seulement deux mois de grossesse, il était encore trop tôt pour déterminer le sexe du bébé, alors Marlowe se doutait que son excitation était motivée par autre chose. Comme le fait de voir qu'il se passait vraiment quelque chose. Que le test de grossesse qu'il avait étudié avant le lever du soleil le lendemain du mariage de Samuel et Arlie disait bien la vérité.

Pendant les quatre jours qu'il avait passés à Philadelphie,

ils n'avaient que très peu quitté le lit. En partie à cause de la fatigue qui était tombée sur Marlowe après le mariage, mais aussi à cause de son envie débordante de sexe. Law n'avait eu aucune objection à lui rendre ce service, malgré les accès de nausées matinales qu'elle arrivait désormais à prévoir et qui, étonnamment, ne refroidissaient pas son ardeur même quand il lui tenait les cheveux pendant qu'elle vomissait.

L'écran afficha bientôt une image grise et blanche. La technicienne déplaça la sonde lentement sur son ventre légèrement arrondi. Tout à coup, une zone noire apparut au centre, et la technicienne arrêta la sonde en poussant un petit cri à peine audible.

— Quoi ? s'exclama Law, déchirant le papier sous son coude en se penchant pour mieux voir. Qu'est-ce qu'il y a ?

— Là, dit la jeune femme en pointant l'écran avec le bout de son doigt ganté. Vous voyez ?

— Non ! Qu'est-ce qu'il y a ? C'est grave ?

Marlowe, elle, avait vu.

Dans cette poche noire flottait non pas un, mais deux têtards gris en forme de haricot.

Des jumeaux.

Maintenant, Law avait compris, lui aussi. Il lui lâcha la main et se leva aussi lentement qu'un homme complètement sonné. Pendant un instant, son large dos lui boucha la vue sur l'écran, puis il se tourna vers elle, l'air abasourdi.

— Des jumeaux, annonça la technicienne comme ils ne dirent rien. De *vrais* jumeaux.

Marlowe plaqua la main sur sa bouche et laissa échapper un rire et un sanglot mélangés. Law prit son autre main et l'embrassa avec ferveur avant de la poser contre sa joue.

Laissant la sonde où elle était, la technicienne en prit une seconde qui ressemblait plus à un micro plat cette fois, et la posa en dessous de la première, plus près du centre de son ventre.

Marlowe les entendit. Deux battements distincts à un rythme décalé. Comme s'ils se répondaient.

Médusée, elle fixa d'abord l'écran, puis l'homme à ses côtés.

L'émerveillement avait effacé plusieurs années de son visage et elle vit ce à quoi il devait ressembler enfant. Ses cheveux noirs ébouriffés par la brise du bayou. Un large sourire qui faisait remonter les coins de ses lèvres.

Elle ressentit alors un élan protecteur différent de tout ce qu'elle avait déjà connu.

— Veux-tu m'épouser, Law ?

Il mit du temps à quitter l'écran des yeux pour la regarder.

— Qu'est-ce que tu as dit ?

— Veux-tu m'épouser ?

Il la regarda, visiblement étonné et se demandant ce qu'elle avait dit, puis son visage s'illumina.

— Tu es sérieuse ?

— Tu m'as déjà vue ne pas l'être ?

La technicienne reposa les sondes, essuya le gel sur le ventre de Marlowe et s'excusa poliment avant de quitter la pièce en souriant.

— Ce n'est pas comme ça que c'est censé se passer, dit Law. Il n'y a pas de bague. Et je n'ai même pas…

— Demandé ma main à mon père ?

— Je n'irais pas jusque-là.

Une certaine animosité pointait dans sa voix, bien qu'elle soit bien amoindrie. Law n'en voulait presque plus à Parker, mais il ne recherchait pas sa présence pour autant.

Ce dernier s'était radouci. La perspective de devenir grand-père, sans doute. Il s'était même avéré un allié inattendu, proposant à Law d'utiliser un jet de Kane Foods quand il avait besoin de se rendre à la distillerie.

Ce que Law avait refusé.

Elle ne savait pas encore ce qu'elle voulait pour sa carrière, mais concernant Laurent Renaud, elle n'avait aucun doute.

— Voudrais-tu t'installer à Fincastle ? s'enquit Law. Ou tu feras les allers-retours ? Ou…

— J'ai toujours pensé que la campagne était un bon endroit pour élever des enfants.

Elle sourit en voyant l'expression de son visage.

— Tu ferais ça ? demanda-t-il comme si c'était une décision complètement folle.

— Pour toi, oui. Et pour nos enfants. Ils pourront vivre dans un endroit où il y a des arbres pour avoir des balançoires, se baigner dans un étang…

— Et peut-être faire du cheval.

— Et avoir une cousine super douée en whisky avec qui jouer, conclut-elle avec un petit sourire.

Law se pencha et la fixa avec le même regard torride qui l'avait enflammée la première fois qu'elle l'avait vu.

— Marlowe Kane, t'épouser est la seule chose que j'attendais depuis toujours.

Vous avez aimé ce roman ?
Retrouvez sur Harlequin.fr les premiers volets
de votre série « Les héritiers Kane » :

1. *Scandaleux projet*
2. *Une semaine dans ses bras*
3. *Une brûlante liaison*

SHIRLEY JUMP

Sentiments inattendus

Traduction française de
LAURENCE LENGLET

PASSIONS

HARLEQUIN

Titre original :
THEIR UNEXPECTED CHRISTMAS GIFT

1

Joyeux Noël !

Nick Jackson eut soudain une envie folle d'arracher la banderole déployée dans la grand-rue de Stone Gap. Toute la ville était en train de revêtir ses habits de fêtes. Montés sur des échelles, des elfes – en réalité des employés de la mairie vêtus de ridicules costumes à clochettes – accrochaient des guirlandes aux lampadaires. Les commerçants collaient des pères Noël ventrus et de faux flocons de neige sur leurs vitrines. D'autres diffusaient déjà des chants de Noël alors qu'on n'était même pas en décembre.

Enfant, Nick aimait Noël, comme tous ses camarades, même si ses parents n'étaient pas du genre à se lever à l'aube pour distribuer les étrennes. Pour eux, cette fête devait garder un côté utilitaire, et ils privilégiaient toujours les cadeaux pratiques. Mais pour un enfant de trois, cinq ou sept ans, l'univers avait encore une dimension magique, et tout pouvait arriver. C'était à son entrée au collège que Nick avait renoncé aux miracles.

Mais avant cela, il y croyait encore. Chaque année, à Noël, il se réveillait à l'aube et tirait du lit ses frères Carson et Grady. Tous trois se juchaient sur les tabourets du bar de la cuisine, rêvant de trouver sous l'élégant sapin familial des objets vraiment cool, comme une voiture de course ou un skateboard. Les trois garçons attendaient ainsi pendant l'interminable petit déjeuner ponctué par les soupirs de la cuisinière, qui pestait d'être trop peu payée pour faire des crêpes le matin de Noël.

Et puis leurs parents se réveillaient et, en cinq minutes, les cadeaux étaient distribués. Il n'y avait jamais aucune surprise. Ils recevaient les livres, bottines ou pulls que leurs parents avaient achetés pour eux. Il n'y avait jamais de Lego ou de voitures télécommandées.

Nick avait fini par comprendre qu'il ne connaîtrait jamais ces scènes familiales chaleureuses au coin du feu qui se déroulaient chez les voisins ou dans les téléfilms. C'est pourquoi il s'était promis de prendre sa revanche lorsqu'il serait adulte. Oui, il aurait une jolie maison avec un jardin, un labrador et il ferait lui-même des crêpes pour ses enfants tous les dimanches matin. Et à Noël aussi. Il avait même imaginé sa petite amie Ariel dans le rôle de son épouse… Mais alors qu'il s'apprêtait à la demander en mariage, elle l'avait quitté pour son meilleur ami.

Le lendemain, Nick s'était envolé pour Stone Gap, en Caroline du Nord, pour enterrer sa grand-mère et réfléchir à sa triste situation. Après les funérailles, il avait, à sa surprise, hérité d'une belle somme d'argent. Il avait donc quitté son emploi et décidé de rester à Stone Gap, sans la moindre idée de ce qu'il allait faire ensuite.

Après s'être apitoyée sur son sort un mois durant à grand renfort de whisky, Della Barlow, propriétaire et cheffe de La Bonne Auberge, était tombée malade. Nick l'avait remplacée en cuisine, séduisant la clientèle par ses lasagnes à la béchamel et ses crêpes fines comme de la dentelle. À la fin de sa semaine de remplacement, Nick avait repris sa vie en main. Il serait chef cuisinier. Comme il l'avait toujours voulu.

Il aurait pu chercher un autre emploi dans l'informatique comme concepteur de systèmes de sécurité. Après tout, il avait de l'expérience dans ce domaine après avoir travaillé chez Tech Analysts avec son frère Carson. Mais ce travail, qui aurait dû être provisoire le temps qu'il mette de l'argent de côté pour se lancer comme chef traiteur, s'était prolongé un, deux et puis… quatre ans.

Il avait rencontré Ariel, et quitter cet emploi rémunérateur était devenu une mauvaise idée. Ses compétences en cuisine s'étaient émoussées, faute de pratique, et il avait commencé à penser qu'il était trop âgé pour changer de voie. Jusqu'au jour où, à trente ans, il s'était retrouvé dans la cuisine de La Bonne Auberge à Stone Gap. À son retour, Della lui avait proposé un emploi et Nick avait retrouvé un but, même si, au plan personnel, sa vie ne ressemblait toujours à rien. Comme le lui rappelait la saison de Noël.

— Hé, Nick ! J'ai oublié de te souhaiter un joyeux Noël ! lui lança Matty Gibson, tandis que Nick sortait de son épicerie.

C'était un grand type, maigre et dégingandé, avec un crâne chauve caché sous une casquette de base-ball délavée. Dans sa jeunesse, il avait failli faire carrière dans ce sport avant de se blesser et de rentrer à Stone Gap pour reprendre l'épicerie de son père.

Nick grimaça un sourire. Matty aurait pu au moins attendre décembre pour lui souhaiter un joyeux Noël.

— Ouais, toi aussi.

— Et que vas-tu faire avec tout ça ? demanda Matty, désignant d'un signe de tête le sac en papier que portait Nick. Personne ne m'achète jamais de bocaux d'artichauts. En fait, j'en ai commandé parce que Sadie, du salon de coiffure, m'a dit un jour qu'elle adorait ça. Tu sors avec elle ?

Presque tout le monde à Stone Gap savait que Matty avait le béguin pour la propriétaire du salon de coiffure. Il l'avait invitée à dîner deux fois, mais elle avait toujours refusé. D'après Matty, c'était à cause de sa réputation de joueur. Sadie voulait un homme stable avec un avenir. Matty avait eu beau l'assurer de sa totale fiabilité sur ce point, elle n'avait jamais changé d'avis. Mais Matty ne s'était pas découragé.

— Pas du tout. Ce soir, je vais faire un poulet braisé avec des artichauts et des tomates cerises, répondit Nick. Rien d'extraordinaire.

Matty se mit à rire.

— J'ai du mal à le croire quand tu utilises des mots comme braisé. En tout cas, ça fait chic, tu as de la visite ou quoi ?

— Non. C'est juste pour moi et les clients qui demanderont à dîner. Mais il n'y a pratiquement personne à l'auberge.

Il aurait pu inviter quelqu'un à partager son dîner, pensa-t-il, mais il ne s'était pas fait de vrais amis à Stone Gap, il avait juste des connaissances. Et dans cette liste, personne n'était assez proche pour qu'il l'invite dans la chambre qu'il occupait à l'arrière de l'auberge. Ce soir, il serait donc en tête à tête avec ses artichauts.

— Ça fait beaucoup de travail pour un dîner en célibataire, reprit Matty en secouant la tête. Moi, en général, je me réchauffe une pizza surgelée, je pose mes pieds sur le pouf et, hop, je regarde le match. C'est vrai que ces derniers temps, je n'ai pas grand-chose d'autre à faire, ajouta-t-il en jetant un regard vers le salon de coiffure. Bref, amuse-toi bien. À plus tard.

Nick le salua, puis fourra le sac de provisions dans la cabine de son pick-up. En s'éloignant du centre-ville, il remarqua que la température avait baissé depuis le matin. Manifestement, l'hiver était arrivé. En général, il ne faisait pas assez froid en Caroline du Nord pour qu'il neige, ce qui convenait parfaitement à Nick. Il n'avait jamais apprécié les hivers extrêmes lorsqu'il vivait dans le nord. De plus, ajouter de la neige n'aurait fait qu'accentuer la proximité de Noël, et il n'avait pas besoin de ça.

Nick se gara derrière l'auberge, où une porte menait à la cuisine et à sa chambre. Il aurait pu demander à Grady, qui avait hérité de la maison désormais vide de leur grand-mère, s'il pouvait y loger, mais il avait trouvé plus simple de rester à l'auberge et de s'installer dans ce petit espace qui n'avait aucun lien avec sa vie. Et avec le message que sa grand-mère avait glissé à son intention dans l'enveloppe contenant son testament...

Une heure plus tard, il avait rangé les provisions, fait la vaisselle du matin et organisé le coin salon. Après la semaine chargée de Thanksgiving, la grande demeure à colonnades serait presque vide pendant deux semaines, avant la ruée de Noël. Della en avait profité pour prendre quelques jours de congé, laissant Mavis Beacham, son associée, et Nick en charge de l'auberge.

Il n'y avait pratiquement aucun client, à l'exception d'un homme âgé venu rendre visite à sa fille et à ses petits-enfants en ville et deux femmes accompagnées d'un bébé qui étaient arrivés la veille. Une blonde et une brune, à peu près de son âge. Il n'avait aperçu la brune qu'une ou deux fois, mais c'était une de ces femmes à la beauté éblouissante dont la présence semblait persister longtemps après qu'elle avait quitté une pièce.

Nick n'avait pas eu l'occasion de leur parler, puisqu'elles avaient souhaité que leurs repas soient déposés devant leur porte. Il nota mentalement de leur demander si le bébé avait besoin d'une alimentation spéciale, outre le lait maternisé. Il ne s'y connaissait pas du tout en bébés, mais il aurait pu lui faire une compote de bananes, ou une variante.

Il lui restait quelques heures avant de commencer à préparer le dîner. Les deux femmes quitteraient l'auberge dans la soirée, et l'autre client, M. Grissom, avait déjà rejoint sa famille. Nick était le seul membre du personnel présent. Mavis passerait le lendemain matin, et ils discuteraient du programme de la semaine après le petit déjeuner. Il aimait que sa vie soit devenue une routine entre courses, cuisine et nettoyage.

Nick entra dans la douche attenante à sa chambre. L'eau chaude soulagea la tension dans ses épaules et le mit de meilleure humeur pour la soirée. Lorsqu'il en sortit, il entendit un bruit dans la cuisine. Il n'était pas rare que les clients y viennent se confectionner un encas, et il n'y prêta pas attention. Alors qu'il enfilait un jean et un T-shirt, il crut entendre un claquement de porte dans le hall puis un crissement de pneus dans l'allée.

Nick prit encore quelques minutes pour se coiffer et ranger la salle de bains avant de descendre. Alors qu'il se trouvait dans l'escalier, il entendit un léger bruit qui amplifia à mesure qu'il descendait. Il lui fallut un moment pour comprendre que c'étaient des pleurs. Et que ces pleurs provenaient d'un panier blanc posé entre la salière, la poivrière et les sets de table à fleurs.

Correction : d'un panier blanc contenant une couverture rose et sous laquelle se trouvait…

… un bébé qui pleurait. Un véritable humain miniature. Sur la table de la cuisine. Un dimanche après-midi.

Il n'avait pas vu le bébé avec lequel les deux clientes étaient arrivées la veille. Il l'avait simplement entendu pleurer. Mavis, en revanche, avait déclaré que c'était le « bébé le plus mignon qu'elle ait vu depuis bien longtemps ». Mais Nick supposait que c'était bien ce bébé. Ce n'était pas comme si les bébés tombaient du ciel en Caroline du Nord.

Il inspecta les lieux. Mais il n'y avait personne d'autre dans la pièce. Personne dans le couloir non plus. Absolument personne.

Il se souvint du claquement de la porte d'entrée, du crissement des pneus dans l'allée. Il s'attarda dans la cuisine et attendit. Les deux femmes allaient sûrement revenir. Mais rien ne se produisit. Le bébé continuait à pleurer doucement.

— Hé ! s'écria Nick. Votre bébé est là !

Pas de réponse. Il attrapa le panier, le tenant aussi délicatement qu'une bombe nucléaire, et se précipita dans le hall.

— Hé, euh… mesdames… euh… ? cria-t-il dans les escaliers avant de réaliser qu'il ne se rappelait pas de leurs noms. Vous avez oublié le petit !

Nick grimpa l'escalier quatre à quatre. Ses pas résonnaient dans la maison vide. Il s'arrêta devant la chambre Charlotte louée par les deux femmes et toqua à la porte. Entrebâillée, celle-ci s'ouvrit avec un léger grincement.

— Euh… bonjour, je voulais juste vous informer que vous aviez laissé votre bébé en bas… Il pleure pas mal, peut-être qu'il a faim ou qu'il a besoin d'être changé, expliqua Nick avant de se rendre compte que le bébé était sans doute une fille au vu de la couverture rose.

Silence. Nick jeta un œil dans la pièce, mais ne vit personne. Juste la chambre vide. Et pas le moindre bagage.

Il était peu probable que les deux femmes aient oublié un

bébé en partant, même si elles étaient très pressées. Nick redescendit, espérant trouver en bas l'une des deux femmes qui se serait confondue en excuses d'avoir oublié l'enfant. Mais il était seul avec le bébé, qui pleurait plus fort maintenant.

Il se pencha et souleva délicatement la couverture.

— Salut, toi. Qu'est-ce que tu fais là ?

Malgré son visage déformé par les pleurs, c'était à l'évidence une très belle petite fille avec des joues roses et potelées, des yeux bleus vifs et des boucles blondes. Cela dit, Nick n'avait eu que rarement l'occasion de voir d'autres bébés de près.

— Reste ici une seconde, dit-il au bébé, qui continua à pleurer.

Nick explora rapidement le rez-de-chaussée : salon, salle à manger, véranda, bureau, toilettes. Il n'y avait personne nulle part.

— Où est ta mère ? demanda-t-il au bébé, qui bien sûr ne répondit pas. Qu'est-ce que je vais faire de toi ?

Le téléphone de Mavis passa directement sur messagerie. Della ne répondit pas non plus, mais ça n'avait rien d'étonnant puisqu'elle était en croisière avec son mari. En désespoir de cause, il appela sa mère, qui répondit à la quatrième sonnerie d'un ton exagérément enjoué :

— Aaahhh, mon cher Nicolas !

— Maman, j'ai… un problème.

— Écoute, je vais arriver au tribunal. Ça ne peut pas attendre ? répliqua-t-elle d'un ton soudain agacé.

Nick regrettait déjà d'avoir passé cet appel, mais cela lui avait semblé être la meilleure option, sur le coup. Quand on trouvait par hasard un bébé chez soi, le mieux à faire n'était-il pas de demander conseil à sa propre mère ?

De nouveau, il lorgna le bébé. Par chance, la petite fille avait arrêté de pleurer. Mais tôt ou tard, elle recommencerait, et elle aurait besoin d'être nourrie, changée, et puis d'être éduquée pour devenir adulte. Autant de priorités qui n'étaient absolument pas dans les cordes de Nick.

— Euh, non. C'est un problème urgent.

— Tu ne pourrais pas appeler ton père ou l'un de tes frères ? En fait, ton père participe à ce procès et j'ai promis d'y assister...

Sa mère avait-elle oublié que son père et lui ne s'adressaient plus la parole ? C'était toujours le cas lorsqu'elle voulait se débarrasser de lui.

— Maman, quelqu'un a laissé un bébé chez moi et je ne sais pas quoi faire.

Il y eut un long silence.

— Dis-moi que c'est une blague, Nicolas ! Qu'est-ce que tu as fait ? Tu as mis une fille enceinte ?

Il leva les yeux au ciel, excédé. Il aurait dû s'en douter. Sa mère ne semblait pas avoir de sentiments. Qu'elle puisse éprouver de la sollicitude pour un bébé inconnu était presque risible. D'ailleurs, sa première réaction avait été de l'accabler de reproches et de le rendre responsable de la situation.

Certaines choses ne changeaient jamais. Elle avait été la personne la moins maternelle qui soit et avait traité ses trois fils comme des versions miniatures de leur père, les préparant à entrer dans l'entreprise familiale en leur faisant étudier le droit. Pour atteindre ces objectifs, ses frères et lui avaient bénéficié de nounous, de chauffeurs et de professeurs particuliers. Mais lorsque Nick avait choisi une voie différente, toute trace de chaleur ou de préoccupation à son égard avait disparu.

Qu'est-ce qui lui avait fait imaginer qu'un simple appel téléphonique changerait la donne ?

— Je n'ai rien fait, maman. Ce n'est pas grave. Désolé de t'avoir dérangée.

— Nick, si tu te retrouves vraiment avec un bébé sur les bras, appelle les pompiers, ou un service comme ça. En tout cas, ne touche pas à cet enfant, ou tu pourrais être poursuivi si un accident arrivait. Les pompiers sauront quoi faire. Il y a des refuges...

Comme toujours, Catherine Jackson s'en remettait à la loi. Elle avait raison, mais curieusement ce n'était jamais ce qu'il attendait de sa part.

— D'accord, merci, maman, je vais suivre ton conseil.

Nick raccrocha et se mit à faire les cent pas dans sa cuisine. Du fond de son panier, le bébé ne le quittait pas des yeux.

Qu'allait-il faire ? Il aurait pu appeler Colton Barlow à la caserne de pompiers et lui demander de prendre en charge le bébé, comme sa mère l'avait suggéré. Mais confier la petite à quelqu'un qu'il connaissait à peine, surtout à l'approche de Noël, paraissait... sans-cœur et presque inhumain.

De plus, il était certain que cela n'était qu'une erreur et que les deux femmes n'allaient pas tarder à revenir.

Les yeux du bébé se remplirent de larmes. Bon sang, elle allait se remettre à pleurer. Il fouilla délicatement sous la couverture, en quête d'une tétine ou d'un biberon, ou de quoi que ce soit qui puisse permettre d'identifier l'enfant. Mais il n'y avait rien. La petite le fixait toujours, les yeux humides.

— Hé, désolé. Je vérifiais juste s'il y avait un document, une étiquette ou quelque chose. Même Paddington en avait une.

Mais le bébé n'en avait pas. Elle se remit à pleurnicher et serra les poings. *Ne pleure pas, je t'en supplie, ne pleure pas.*

— Ma pauvre petite, je n'ai rien pour toi. Je ne sais même pas quoi faire de toi.

Le reniflement fit place à un hoquet, puis à un gémissement. Elle agita les mains, puis se mit à pédaler furieusement, repoussant la couverture et révélant de minuscules chaussettes et une grenouillère rose imprimées de petits moutons.

— Oh ! bon sang, lança-t-il en la prenant dans ses bras.

Elle était plus lourde que prévu, et quand il la souleva, elle cessa de pleurer et le regarda fixement.

— Euh, bonjour toi...

La petite cligna des yeux et ses joues se mirent à rougir. Soudain inquiet, Nick la fit pivoter légèrement et lui renifla le derrière. Rien. Dieu merci. S'il avait dû changer la couche, ça aurait été un massacre. Peut-être allait-il devoir faire une recherche sur Internet pour apprendre à s'occuper d'un bébé.

À cet instant, il aperçut le coin d'une feuille de papier dépassant du fin matelas au fond du panier. D'une main, il l'extirpa et la déplia. La missive était soigneusement écrite à la main : « S'il te plaît, prends soin d'Ellie aussi bien que tu as pris soin de moi. Je sais qu'elle aura un bon foyer avec toi. Je t'aime, Sammie. »

Sammie. C'était le prénom d'une des deux femmes, il s'en rappelait maintenant. Qui était l'autre femme qui l'accompagnait ? Son prénom commençait par un V. Ou peut-être un K. Merde. Il n'arrivait pas à se souvenir.

— Ellie ? dit-il, et le bébé cligna des yeux. Où est ta maman, et la dame qui était avec elle, ta tante, peut-être ?

Ellie tenait déjà la tête droite, ce qui était un bon signe, il le savait. Cela signifiait qu'elle n'était pas trop jeune, ni assez vieille, cela dit, pour qu'il lui fasse un sandwich au beurre de cacahuète... Il allait donc devoir trouver une idée rapidement pour la nourrir.

— Hé, tu as déjà des dents ?

La petite se mit à gémir. Nick l'attira contre son épaule et se mit à lui prodiguer des caresses circulaires sur le dos. Il avait vu quelqu'un faire ça dans un film et, apparemment, c'était le genre de gestes qui calmait les bébés. Et ça marchait. En quelques secondes, la petite fille non seulement cessa de pleurer, mais fit bien pire encore.

Elle se blottit contre Nick, s'agrippa au col de sa chemise... et se mit à gazouiller.

— Je n'ai rien pour être un père, petite.

Les grands yeux bleus croisèrent les siens. Mince. Il avait toujours eu un faible pour les yeux bleus.

— Ne te fais pas d'idées, ajouta-t-il.

Elle continua à le regarder, perplexe. Pour un bébé, elle était plutôt cool. Et elle sentait la fraise et la banane. Trop chou. *Mince.*

— Qu'est-ce que je vais faire de toi ?

À cet instant précis, la porte principale s'ouvrit et la jeune femme brune arrivée la veille à l'auberge fit son entrée. Il était temps.

Serrant le bébé contre sa poitrine, Nick attrapa le panier de sa main libre et se dirigea vers le hall. À chaque pas, il sentait croître son exaspération. Comment cette femme avait-elle pu laisser une enfant seule et partir, même si elle était revenue quelques minutes plus tard ? C'était complètement irresponsable. Si cette femme était le genre de mère qui oublie son enfant sur une table de cuisine, peut-être ne devrait-il pas le lui rendre sans poser quelques questions. Ou appeler les flics.

— Il était temps que vous reveniez, madame. Vous...

— Pourquoi teniez-vous Ellie dans vos bras ? Où est Sammie ?

Sa colère s'évapora en partie lorsqu'il s'immobilisa devant la jeune femme. Elle était magnifique avec ses cheveux coiffés en chignon bas, ses lunettes de soleil, son tailleur bleu marine et ses talons. Un poing sur la hanche, elle agitait un trousseau de clés et tenait un grand sac à main. Elle était vraiment élégante pour une femme qui se baladait avec un bébé de deux mois.

— Où elle est ? Comment voulez-vous que je le sache ?

Nick souleva le panier et se dirigea vers la cuisine, pour le reposer sur la table.

— Si vous êtes le genre de personne à perdre les proches – sans parler des bébés – qui vous accompagnent, alors je ne suis vraiment pas sûr de vous rendre la petite.

La jeune femme l'ignora et, passant devant lui, se dirigea vers le panier avant que Nick puisse l'en empêcher.

— Ellie ! Tu vas bien ? souffla-t-elle d'un ton anxieux, écartant la couverture comme pour compter les doigts et les orteils de l'enfant.

Nick n'y crut pas une seconde. Soulevant le panier d'un coup sec, il le mit hors de portée de la jeune femme.

— Quel genre de mère êtes-vous, de toute façon ? Et qui a dit que vous aviez le droit de la toucher ? Je devrais appeler les flics. Je l'ai trouvée là, sur cette table, vous l'aviez abandonnée dans ce panier. N'importe qui aurait pu entrer et vous la voler, vous savez.

La femme écarta les mains,

— Merci d'avoir pris soin d'elle. Maintenant, si je pouvais avoir le panier...

Nick aurait dû la congédier, mais il réalisa soudain qu'il ne connaissait sans doute pas toute l'histoire.

— Je ne vous laisserai pas partir avec ce bébé. J'appelle les flics tout de suite. Je ne suis pas né de la dernière pluie.

Joignant le geste à la parole, il sortit son téléphone et se mit à tapoter le clavier.

— Je ne suis pas la mère du bébé...

— Raison de plus pour que j'appelle la police, voleuse de bébés.

— Je suis sa tante. C'est ma sœur, Sammie, qui est la mère irresponsable, déclara-t-elle avant de se tourner vers le bébé. N'est-ce pas que tu reconnais ta tante Viv ? fit-elle avec un grand sourire.

Nick rangea son téléphone. Les deux femmes étaient sœurs, et le bébé était la nièce de cette femme. C'était logique, mais ça n'expliquait toujours pas pourquoi il avait retrouvé le bébé abandonné là.

— Vous auriez une pièce d'identité ?

La jeune femme sourit. Bon sang, elle avait un beau sourire. Large et légèrement plus haut d'un côté que de l'autre. Elle avait un petit espace entre les incisives que Nick aurait pu trouver charmant dans d'autres circonstances.

— Une pièce d'identité ? Pour Ellie ? Aucun bébé de trois mois n'en a, vous savez...

Ellie avait donc trois mois. Raison de plus pour la protéger...

— Pas pour elle. Pour vous. Prouvez-moi que vous êtes la tante de cette enfant.

— Je n'ai aucun document qui prouve que je suis sa tante... vu que je ne la connais que depuis vingt-quatre heures. Quand nous avons pris la chambre hier soir, je vous ai présenté mon permis de conduire et ma carte de crédit, et...

Elle s'interrompit. Sortant son portefeuille de son sac, elle se mit à jurer.

— Merde, Sammie... Elle a dû prendre ma carte bancaire quand j'étais sous la douche..., s'exclama-t-elle, excédée.

— Je vous rappelle que vous devez toujours payer la chambre.

À peine eut-elle franchi le seuil de ses lèvres que la menace lui parut bien trop faible. Après tout, Sammie et Viv – un prénom qui allait comme un gant à cette jeune femme – avaient tenté d'abandonner un bébé, non ?

— Ne vous inquiétez pas pour ça, soupira-t-elle en rangeant son portefeuille avant de tendre, de nouveau, les mains. Donnez-moi le bébé.

D'accord, elle était peut-être sa tante. Tout cela semblait plausible. Sa sœur était clairement une mère irresponsable. Mais quelle assurance avait-il que cette femme serait une meilleure nourrice ? Viv avait certes l'air d'un être humain responsable, mais bon... Quoi qu'il en soit, c'était toujours une inconnue, et ce bébé n'était pas assez âgé pour parler... Nick sentit qu'il devait faire une vérification au préalable.

— Eh bien, je ne peux pas vous laisser partir avec elle, pas avant que je sois sûr que vous êtes vraiment sa tante et que vous êtes capable de prendre soin d'elle.

Viv croisa les bras sur sa poitrine.

— Je n'irai nulle part sans Ellie.

Ils étaient dans une impasse. Car Nick non plus n'avait pas l'intention de céder. Il regarda la petite, avec ses grands yeux bleus si confiants et innocents, et il sut qu'il devait absolument la protéger. C'était lui qui l'avait trouvée après tout et, comme pour un chiot perdu, il devait s'assurer que l'endroit où elle irait serait sûr et accueillant. Il avait commencé à s'attacher à la gamine – *à Ellie, bon sang* – et jusqu'à ce qu'il trouve la bonne attitude à adopter...

C'est alors qu'une idée lui traversa l'esprit, la seule qui lui semblait naturelle, dans ce cas précis.

— Vous voulez rester dîner ?

2

Viviane se trouvait dans la cuisine d'un inconnu, assise à côté de la plus grosse bêtise de Sammie. Pas Ellie, bien sûr. La petite était adorable, elle n'avait rien demandé à personne, et, en plus, elle sentait bon la banane, exactement le genre de chose qui mettait Viviane mal à l'aise.

S'il avait fallu désigner les deux personnes les moins capables d'être mères, les deux sœurs Winthrop auraient sans conteste remporté la palme. Viv, dont la vie entière tournait autour de sa carrière, et Sammie, sa capricieuse cadette, qui avait fui le lycée et passait son temps à fuguer. Sammie qui considérait les lois comme de vagues lignes directrices, le sens des responsabilités comme une option et la contraception comme une plaisanterie. Sammie qui avait abandonné son bébé de trois mois à l'auberge pendant que Viviane assistait à une réunion de travail à Durham, avant de lui envoyer un texto pour annoncer qu'elle partait…

Mais cela n'avait, hélas, rien d'étonnant. Sammie n'avait jamais été quelqu'un de stable ou de fiable. Elles n'étaient même pas vraiment sœurs. En réalité, Sammie était la fille d'un des petits amis de la mère de Viviane. À leur rupture, il était reparti avec Sammie puis l'avait ramenée quelques années plus tard, lorsqu'elle avait neuf ans, parce qu'elle était devenue « trop difficile ». Du jour où elle avait trouvé Sammie en larmes, son ours en peluche râpé dans les bras, Viviane avait juré de protéger la fillette. Blotties toutes les deux dans le lit de Viviane, elles avaient juré de ne jamais se quitter. Et quand elles seraient grandes, d'être de bonnes mères et de choisir de bons pères pour leurs enfants.

Viviane avait fait de son mieux pour tenir ces promesses. Elle n'avait pas eu d'enfant, ni même rencontré de pères potentiels, mais elle avait essayé de rester proche de Sammie, de la pousser à faire des études et de l'orienter vers un métier. Mais Sammie n'avait jamais supporté la moindre contrainte. Un beau jour, à dix-huit ans, elle était partie faire sa vie, ne réapparaissant épisodiquement que pour déposer des bombes dans les bras de Viviane, dont la dernière en date était ce bébé de trois mois.

Viviane avait parfois l'impression de venir d'une autre planète. Contrairement à sa mère et à Sammie, elle avait un diplôme, une carrière, un appartement et une vie prévisible et responsable. Elle avait pris la décision de ne pas se marier, de ne pas avoir d'enfants et de rester dans sa zone de confort – son métier d'avocate. À quatorze ans, elle avait fait avec Sammie cette promesse folle d'être une bonne mère mais, à trente ans, Viviane avait compris qu'elle n'était pas faite pour ça et qu'elle ferait mieux de s'en tenir à sa carrière. Sauf que, maintenant, elle se retrouvait dans cette ville où elle n'avait pas mis les pieds depuis au moins quinze ans, avec un bébé tombé du ciel, et elle se demandait pourquoi, au bout de tout ce temps, elle était toujours là à soutenir Sammie.

Elle avait prévu de consacrer le week-end à reprendre contact avec Sammie, qu'elle n'avait pas vue depuis plus d'un an. Sauf que celle-ci était arrivée à l'auberge, la bouche en cœur et un bébé dans un panier. « Surprise ! » s'était-elle écriée. À ce moment-là, tous les plans avaient changé.

Viviane savait qu'elle aurait dû lui en vouloir. Mais à chaque fois qu'elle regardait l'adorable visage d'Ellie, elle comprenait pourquoi elle avait tout lâché cet après-midi pour se précipiter à Stone Gap quand Sammie lui avait envoyé ce texto : « Je ne peux pas assumer ça. Je suis désolée. J'ai laissé Ellie à l'auberge. S'il te plaît, occupe-toi d'elle. » Non, la petite n'était responsable de rien, son seul tort était d'avoir une mère qui n'était pas prête.

Cependant, la disparition de Sammie posait un énorme problème à Viviane. Elle non plus ne pouvait pas assumer ce rôle parce qu'elle n'avait pas l'instinct maternel ni la moindre expérience pratique. Mais aussi parce qu'elle avait un travail exigeant. Le cabinet d'avocats où elle travaillait ne la surnommait pas « La Reine des résultats » pour rien. Elle avait un procès à préparer et un appartement, à Durham, en pleine rénovation. Or un bébé avait besoin de soins 24 heures sur 24. Non seulement Viviane allait devoir engager une nounou, mais encore louer un appartement plus grand pour les loger.

— Vous voulez un café ?

Elle avait presque oublié la présence de son interlocuteur. D'ordinaire, elle n'aurait pas quitté des yeux un homme aussi séduisant. Grand, mince, brun, tout sourire, avec des yeux sombres de la couleur d'un bon expresso. Certes, il s'était montré vraiment protecteur avec Ellie, ce qui avait agacé Viv mais l'avait, aussi, un peu attendrie. Même maintenant, il les surveillait, elle et le bébé, visiblement inquiet et peut-être même soupçonneux.

— Avec plaisir. Et merci pour l'invitation à dîner, mais il faut vraiment que je reprenne la route.

— Avec la petite ?

— Eh bien, je ne peux évidemment pas la laisser ici, répondit Viviane en se levant.

Peut-être pourrait-elle commander un Uber avec un siège bébé, puis revenir chercher sa propre voiture plus tard. Ou appeler une amie pour qu'elle vienne la chercher. Sauf que ses amies étaient toutes aussi obsédées qu'elle par leur carrière et qu'elles habitaient toutes à au moins une heure de route. En réalité, Viviane n'avait aucune solution pour l'instant, une situation dans laquelle elle détestait se trouver. Malgré tout l'homme assis en face d'elle avait l'air cool et posé, et très à l'aise avec Ellie.

— Je... Je ne connais même pas votre nom.

Pourquoi avait-elle dit ça ? Elle n'avait pas besoin de connaître son nom. En quoi cela allait-il l'aider à rentrer à Durham ? Elle devrait partir, maintenant.

— Je m'appelle Nick, dit-il. Nick Jackson. Voilà. Maintenant je ne suis plus un inconnu.

Elle sourit à cette remarque. Mais au fond elle n'en menait pas large. Comment allait-elle gérer Ellie et le travail ? Et que ferait-elle si Ellie pleurait ou avait besoin de quelque chose ? Très à l'aise dans un tribunal, Viviane était complètement perdue face à un enfant.

— Et moi, je m'appelle Viviane Winthrop. Je suis avocate en droit civil, et Ellie est la fille de Sammie, ma sœur de cœur irresponsable qui l'a abandonnée ici. Je l'avais invitée à l'auberge pour le week-end, je voulais passer du temps avec elle. Sammie est arrivée avec un bébé dont j'ignorais l'existence, et puis elle a disparu. Ce qui est typique de sa part. Elle fait ça depuis l'époque où nous étions en foyer d'accueil ensemble.

— En foyer d'accueil ? répéta-t-il en haussant un sourcil, comme si cette révélation avait de nouveau éveillé ses soupçons.

— Sammie et moi avons eu une enfance difficile, disons que notre mère n'était pas très fiable. Parfois nous habitions avec elle, mais la plupart du temps nous étions placées.

Viviane tripota l'anse de sa tasse de café, évitant le regard de Nick. Elle n'avait aucune envie de s'éterniser sur le sujet. Moins elle pensait à son enfance, mieux elle se portait.

— Bref, reprit-elle, vous n'aviez pas parlé de dîner ?

— Comme ça, vous restez ? Vous me faites un peu confiance alors ?

— En fait, j'ai vraiment faim, répondit-elle.

Lorsqu'elle lui rendit son sourire, elle eut soudain l'impression que ça ne lui était pas arrivé depuis des siècles. Toute sa carrière était marquée par le sérieux, la détermination et l'obstination dans la salle d'audience. À elle seule, elle générait d'importants bénéfices pour le cabinet. Ce sérieux et cette détermination à toute épreuve lui avaient permis de gravir rapidement les échelons au sein du cabinet Veritas Law et de gagner plusieurs affaires à plusieurs millions de dollars contre de grandes entreprises.

Sa dernière affaire, cependant, était plus personnelle. Elle concernait le gardien de nuit de son immeuble. Avant de se reconvertir, Jerry Higgins travaillait dans une conserverie, où une nouvelle machine dotée d'un interrupteur défectueux lui avait écrasé le bras. Le fabricant de l'équipement avait refusé de couvrir les frais médicaux de Jerry lorsque l'assurance de la conserverie avait conclu que la machine était en faute, et non l'employeur, ce qui avait laissé Jerry sur la paille.

Depuis qu'elle avait rencontré Jerry, Viviane s'était investie de toutes ses forces dans la préparation du procès car elle avait l'impression de mener un juste combat. Même maintenant, elle brûlait de se remettre au travail. Pour clore ce dossier, elle devait le déposer et programmer les prochaines dépositions. Jerry, sa femme et ses enfants comptaient sur elle pour leur sauver la mise.

Viviane jeta un coup d'œil à Ellie, si innocente, si fragile dans ce panier en osier, et elle sut qu'elle n'irait nulle part sans avoir trouvé une solution pour sa nièce. Elle n'était peut-être pas faite pour être maman, mais elle trouverait quelqu'un pour s'occuper d'Ellie. Elle appellerait la garderie du cabinet, trouverait un logement le temps que les travaux soient terminés chez elle et se mettrait ensuite à la recherche de Sammie. En songeant à sa propre liste de choses à faire déjà longue comme le bras, ces nouvelles tâches lui parurent totalement au-dessus de ses forces.

De plus, c'était dimanche. Il ne lui restait que quelques heures avant de reprendre sa vie de folie. Mais d'abord, il y avait ce dîner avec cet homme qui semblait calme et fort, ce qu'elle n'était absolument pas en cet instant. Peut-être qu'en prenant le temps de dîner elle se sentirait mieux…

— Je n'ai pas mangé de repas fait maison depuis… une éternité, lâcha-t-elle. Mon appartement est en travaux. Je ne sais pas ce que vous aviez l'intention de cuisiner, mais en tout cas, ça me met l'eau à la bouche.

— Eh bien, laissez-moi vous montrer ce que vous auriez raté.

Nick se leva et, tandis qu'il sortait les ingrédients du réfrigérateur, Ellie se mit à pleurer.

Viviane se leva et se mit à marcher de long en large dans la cuisine. Mais la petite ne se calmait pas.

— Bon sang, mais qu'est-ce qui lui arrive ?

Nick semblait tout aussi démuni.

— Aucune idée. Peut-être qu'il faut lui changer sa couche. Ou alors elle a faim. Vous avez ce qu'il faut ?

Viviane le dévisagea comme s'il venait d'une autre planète.

— Comment pouvez-vous imaginer une chose pareille ? Bien sûr que je n'ai pas ce qu'il faut. Je ne suis pas sa maman, et Sammie ne m'a pas envoyé une liste d'affaires à acheter. Dans son SMS, elle m'a juste dit qu'Ellie était à l'auberge et qu'elle était partie…

— Elle n'avait pas un de ces sacs à langer ?

Le visage de Viviane s'éclaira.

— Si. Elle avait un sac avec du lait en poudre et quelques couches. Je vais voir si elle l'a laissé.

Elle courut à l'étage et revint avec le sac. Mais celui-ci paraissait bien mince.

— Il y a une couche et du lait en poudre, mais la boîte est presque vide. Je ne suis pas experte, mais je pense qu'on n'ira pas très loin.

Elle soupira. Une fois de plus, Sammie avait laissé sa sœur tout gérer à sa place.

— Je connais quelqu'un qui pourrait nous dépanner, fit soudain Nick en prenant son téléphone.

Coinçant l'appareil contre son oreille, il se mit à émincer des oignons tout en faisant signe à Viviane de prendre le bébé, dont les cris s'étaient mués en gémissements.

— Hé, Mac, salut, c'est Nick Jackson. Je me demandais si tu aurais des couches et comment on appelle ça…, commença-t-il en jetant un regard désespéré à Viviane pour qu'elle prenne le bébé.

Prendre le bébé ? Et si elle faisait une bourde ? Et si cela la faisait pleurer encore plus fort ? Viviane tenta de resserrer la couverture – saucissonner un nourrisson ne permettait-il pas de l'apaiser ? – mais cela ne marcha pas. Posant un doigt sur ses lèvres, elle se mit à lui faire « chut », mais les cris d'Ellie devinrent de plus en plus stridents.

Nick se boucha une oreille.

— Oui, du lait maternisé. Et des biberons... C'est pour un bébé de quel âge ? fit-il à l'attention de Viviane en levant un sourcil interrogateur.

— Trois mois, souffla-t-elle, ce qui était la seule information fiable qu'elle avait sur ce bébé.

— Oui, un bébé de trois mois. Non, pas le mien, Mac. C'est une longue histoire. En tout cas, merci, mon pote. Tu me sauves la vie.

Il raccrocha et se tourna vers Viviane.

— Mac sera là dans un petit moment.

— Mac ?

Ellie continuait à pleurer, et Viviane ne savait toujours pas quoi faire.

Qu'est-ce qui n'allait pas chez elle ? Dans un tribunal, elle aurait été au taquet. Elle savait toujours exactement quoi faire. Tout comme Nick, apparemment, dans une cuisine. En revanche, face à un bébé, elle était complètement perdue.

— Oui, le fils de Della Barlow. Della est la co-propriétaire de cette auberge, avec Mavis. Vous n'avez pas croisé Della parce qu'elle est en vacances en ce moment, expliqua Nick en prenant Ellie dans ses bras et en se mettant à la bercer contre son torse, comme s'il faisait ça tous les jours.

Une seconde plus tard, Ellie mit son pouce dans sa bouche et ses cris se muèrent en pleurs.

Viviane décida de faire comme s'il était absolument normal qu'un homme qu'elle n'avait jamais vu de sa vie soit en train de calmer sa nièce. Sauf qu'au fond elle se sentait complètement en dessous de tout. En tant que tante, n'aurait-elle pas dû être capable de gérer ce genre de situation ?

— Les Barlow sont des gens très sympas, au cas où ça vous

inquiéterait. Je travaille comme chef cuisinier à l'auberge depuis un mois et je les ai tous rencontrés.

Presque inconsciemment, Nick s'était mis à se balancer d'avant en arrière, et les yeux d'Ellie étaient sur le point de se fermer.

—Vraiment ?

Viviane était un peu jalouse de sa nièce. Stressée comme elle l'était, elle aurait eu bien besoin de quelqu'un pour la réconforter.

— Vous êtes vraiment doué avec les bébés, fit-elle.

— C'est à peu près toute l'étendue de mes capacités parentales. Pour changer une couche ou préparer un biberon, il faudra demander à quelqu'un d'autre, répondit-il en riant.

Pas à elle, espéra Viviane. Car ses capacités étaient aussi limitées que les siennes. Voire plus. Elle changea de sujet.

— Alors que me préparez-vous pour le dîner, chef Nick ?

— Poulet braisé aux tomates cerises et aux artichauts, répondit-il sans cesser de bercer Ellie.

— Ça a l'air génial. C'est vous qui avez fait les œufs Bénédicte de ce matin, non ? Ils étaient délicieux. La plupart du temps, je me nourris de pop-corn ou de sandwichs.

— Ce n'est pas une façon de vivre. Je pense que la nourriture est l'un des plus grands plaisirs de la vie.

La façon dont il prononça cette phrase la troubla infiniment. Ce qui était insensé. Viviane était une femme pratique, pas de celles qui se pâment ou se laissent submerger par des fantasmes. Non, ça c'était Sammie, qui croyait aux contes de fées et aux princes charmants, même si elle était bernée une quantité de fois par des types qui étaient plus des grenouilles que des princes : des escrocs au chômage qui voulaient profiter d'elle.

— Oh ! mon Dieu ! Ellie s'est endormie, chuchota Viviane. Comment avez-vous réussi si facilement ?

— Je ne sais pas. J'ai juste suivi mon instinct.

Peut-être manquait-il à Viviane les brins d'ADN nécessaires, car elle n'avait aucun instinct en ce qui concernait les bébés. Elle n'avait aucune idée de ce qu'il fallait faire, hormis acheter les objets indiqués dans les « Suggestions de cadeaux à une nouvelle maman » des sites commerciaux sur Internet – vêtements, couvertures, poussettes hors de prix – ce qu'elle avait d'ailleurs fait cette nuit pendant que Sammie et Ellie dormaient, faisant livrer le tout à l'adresse de Sammie. Acheter était en fait la seule façon pour Viviane d'assumer son rôle de tante.

Nick se dirigea vers le couffin. Ellie laissa échapper un gémissement.

— Mince. Je dois la coucher pour cuisiner, mais j'ai peur de la réveiller.

— On pourrait mettre le panier dans le salon, comme ça elle ne sera pas dérangée par les bruits de cuisson.

— Il ne faut pas la laisser seule, à mon avis, répondit Nick en continuant à bercer la petite.

Il jeta un œil au poulet sur le comptoir, puis au panier, et son regard se reposa sur Viviane. Bon sang, elle avait de beaux yeux et un beau sourire.

— Je suis d'accord pour la poser dans le salon, mais je pense que vous devriez rester avec elle. Juste au cas où.

Ce serait l'occasion de vérifier son téléphone, de lire ses e-mails et peut-être d'enlever ses chaussures un instant. Après le dîner, elle pourrait appeler un Uber équipé d'un siège bébé, rentrer chez elle et... trouver un plan.

Oui, mieux valait partir... Car passer la soirée à se pâmer en regardant un bel homme bercer un bébé n'apporterait aucune solution au problème qu'elle devait résoudre de toute urgence.

3

Nick ne se laissait pas facilement émouvoir. Mais la vue de Viviane endormie, étreignant le coussin sur lequel elle avait posé la tête, le laissa rêveur.

C'était vraiment une très belle femme.

Il laissa errer son regard sur ses cheveux noirs, dont une partie s'était échappée du chignon planté sur sa nuque, puis se rappela ses grands yeux bleus qui évoquaient l'océan Atlantique à quelques kilomètres de là. Son regard erra aussi sur ses jambes interminables, puis sur les escarpins noirs à talons disposés par terre, côte à côte, tels des soldats jumeaux blottis l'un contre l'autre. Le panier du bébé était placé sur le tapis, en contrebas de l'endroit où elle avait mis la tête. Ellie ronronnait doucement dans la pénombre, et l'une des mains de Viviane reposait sur le dessus du panier dans un geste protecteur.

Dans d'autres circonstances, se dit Nick, cela aurait été l'image même de la famille parfaite. Maman endormie sur le canapé, bébé à proximité et le dîner mijotant sur le feu. Mais tout cela n'était qu'une illusion, très éphémère de surcroît. Ce n'était pas sa famille. Il n'existait aucun lien entre eux. Après le repas, Viviane serait partie, et le bébé aussi.

Il n'allait pas se mentir. Cette perspective le déprimait un peu. Peut-être à cause de toutes ces années passées au sein d'une famille aussi dépourvue d'émotions qu'un rouleau d'essuie-tout. Ou peut-être était-ce l'approche des fêtes qui le rendait plus sentimental, ou bien le fait d'être de retour à Stone Gap, à deux pas de la maison de sa grand-mère et de tant de souvenirs d'enfance. Nick n'en savait rien, mais une chose était sûre : il avait envie de faire durer ce moment.

Viviane remua, cligna des yeux, puis se redressa d'un coup. Une liste de tâches à accomplir et une pile de dossiers soigneusement étiquetés glissèrent de ses genoux. Il entrevit un agenda ouvert, hérissé de marque-pages de couleur. Tout à l'heure, il l'avait entendue téléphoner, à chaque fois sans faire la conversation ou échanger une plaisanterie mais concentrée uniquement sur l'objet de son appel. Ce n'était que lorsqu'elle s'était endormie qu'il avait vu apparaître le côté vulnérable de l'avocate de haute volée.

— Je suis désolée de m'être endormie. Je ne voulais pas...

— Ce n'est pas grave. Vous avez eu une sacrée journée. Comme moi et Ellie, d'ailleurs.

La petite dormait toujours, minuscule et angélique dans son panier blanc. S'il avait eu un enfant, il aurait aimé que ce soit celui-là. Ellie avait l'air facile, facile à satisfaire, facile à à aimer.

— Je ne voulais pas vous réveiller, mais Mac va arriver dans une minute.

— Ah, oui, Mac..., dit-elle en se levant, avant de lisser sa jupe et de se passer une main dans les cheveux. Zut, ce chignon est mort...

— Complètement, sourit Nick.

Viviane retira les pinces qui maintenaient le chignon, et ses longs cheveux se répandirent sur ses épaules.

Waouh...

Avec les cheveux lâchés, Viviane était une autre femme.

Sexy. Tentante.

Tordant ses longues mèches, elle se refit un chignon en un tournemain, et Nick fit de son mieux pour ne pas laisser transparaître sa déception.

Manifestement, Viviane était l'efficacité faite femme. Une femme capable de relever tous les défis, sauf peut-être celui de se laisser aller, ou de s'amuser un peu. Elle était aussi fermée qu'une villa d'été en plein hiver.

Viviane avait dit qu'elle était avocate d'affaires. Il aurait dû s'en douter, vu le genre de tailleur qu'elle portait, sans parler des escarpins et de la mallette. S'il y avait un type de femme dont il ne voulait pas dans sa vie, c'était bien une avocate. Même sexy avec les cheveux lâchés.

Ses parents avaient toujours pensé que leurs diplômes de droit leur donnaient tous les droits, justement. Le droit d'imposer leur volonté aux autres, de faire passer leur carrière avant leurs enfants. Et même avant leur mariage. Ils s'étaient toujours plus comportés comme des colocataires que comme des amoureux. Si la vie avec une avocate ressemblait à ça, alors non merci.

On frappa doucement à la porte. Nick hésita un instant, encore perdu dans ses visions de Viviane les cheveux défaits. Puis, sortant de sa transe, ouvrit la porte. Mac entra, suivi de Savannah. Leur bébé était niché dans ce qui ressemblait à un sac à dos fixé à la poitrine de Savannah.

Mac et Savannah étaient mariés depuis plusieurs années, mais c'était le genre de couple qui se tenait encore la main en public et se lançait des sourires en cachette. Nick avait toujours aimé ça chez eux.

— Oh ! mon Dieu ! C'est elle ? Tu permets que je regarde ton bébé ? fit Savannah, émerveillée, en se dirigeant droit vers le couffin.

Nick leva les mains en signe de défense.

— Elle s'appelle Ellie. Et ce n'est pas mon bébé.

— En tout cas, votre fille est adorable, reprit Savannah, cette fois à l'attention de Viviane.

— Oh ! ce n'est pas ma fille non plus, répliqua celle-ci.

— Ne me dis pas que tu as volé un bébé, Nick ! s'esclaffa Mac.

— C'est compliqué, répondit-il.

Car il préférait rester discret sur l'étrangeté de la situation : une femme qui laisse son bébé sur la table de la cuisine et envoie sa sœur le récupérer, laquelle sœur reste dîner.

— Tu as apporté les trucs ? demanda-t-il comme s'il était en train d'acheter de la drogue et de récupérer des fournitures pour bébé.

— Oui, fit Mac en lui passant un sac imprimé de girafes et de zèbres. Nous avions un sac à langer de trop, alors on y a mis tout le nécessaire : couches, lingettes, crème anti-irritations, lait en poudre, biberons...

— Waouh, waouh, waouh, c'est beaucoup trop... Nous ne préparons pas le débarquement de Normandie. Je ne garde ce bébé que pour quelques heures.

— Comment se fait-il que tu n'aies aucune affaire, dans ce cas ? demanda Savannah, perplexe.

— C'est une longue histoire, répondirent en chœur Viviane et Nick.

— D'aaaccooord ! fit Mac. Bon, nous, on a un atelier bébé. Eh oui, Nick, je suis devenu ce genre de père, ajouta-t-il en regardant sa femme, puis son bébé, avec tant d'amour que Nick sentit son cœur se serrer douloureusement. Si vous avez besoin d'autres choses, n'hésitez pas, hein ?

Lorsque Mac et Savannah eurent pris congé, Nick regretta de ne pas les avoir invités à dîner. Mais vu que son dîner pour un s'était déjà transformé en dîner pour deux, il n'était pas sûr d'avoir de quoi cuisiner pour quatre.

Cela dit, cela faisait plaisir de recevoir du monde, il s'en rendit compte. Depuis la rupture avec son ex, il s'était tellement replié sur lui-même que le fait de recevoir des gens, et pas seulement des clients de l'auberge, des gens avec qui il interagissait réellement, était... agréable. Bien plus qu'il ne l'aurait imaginé.

Peut-être aurait-il dû faire ce que lui avait demandé sa grand-mère Ida Mae, à savoir d'apporter à son fils, c'est-à-dire le père de Nick, le carton qu'elle avait laissé pour lui. *Ça te fera du bien de mettre les choses à plat avec ton père,* avait écrit sa grand-mère. *Et à lui de prendre conscience de ce qui compte vraiment dans la vie avant qu'il ne soit trop tard.*

Nick n'était même pas allé à la maison chercher le carton en question et n'avait jamais pris son téléphone. Son père avait fait une apparition rapide et presque silencieuse à l'enterrement, échangeant peut-être une douzaine de mots avec ses deux autres fils, mais aucun avec lui. C'était comme ça depuis dix ans. Depuis le jour où il avait su que Nick avait utilisé la moitié de ses frais de scolarité pour se payer une école de cuisine. Il revoyait encore le dégoût se peindre sur le visage de son père avant qu'il ne tourne les talons. Aujourd'hui encore, ses mots résonnaient à ses oreilles : *Que tu te sois mis en tête de gagner ta vie en faisant un métier aussi médiocre que cuisinier, je ne le comprendrai jamais. Quelle déception !*

Il chassa de son esprit ces pensées dérangeantes. Cela lui avait peut-être pris dix ans, mais il vivait aujourd'hui de sa passion. Certes, il ne gagnait pas aussi bien sa vie que lorsqu'il travaillait avec Carson, mais son salaire était plus que correct. Et il était heureux.

Pas vrai ?

— Qu'est-ce que c'est que tout ça ? fit Viviane en jetant un œil à l'intérieur du sac. Il y a tellement de choses qu'on a l'impression que c'est ultra compliqué de s'occuper d'un bébé.

Nick se mit à rire.

— Je n'y connais peut-être rien aux enfants, mais ce dont je suis sûr, c'est que ce n'est pas une impression : un bébé, c'est compliqué. Peut-être pas aussi compliqué qu'une femme, mais presque.

Viviane posa le poing sur sa hanche.

— Les femmes sont compliquées ?

Il aimait voir cette étincelle en elle. Nick ne doutait pas un instant que c'était la Viviane aux cheveux lâchés. Sans restriction. Spontanée. Séductrice.

— Pas toutes les femmes.

— Alors de quel genre de femmes parlez-vous ? fit Viviane, haussant un sourcil et esquissant un sourire.

Bon sang qu'elle était belle. Mais aussi intéressante. Il se rapprocha. Elle portait un parfum attirant, mystérieux, profond, sexy. Comme un jardin après le coucher du soleil. Ellie dormait toujours et, dans l'auberge silencieuse, ils semblaient être seuls au monde.

— Les femmes comme toi, répondit-il, passant au tutoiement sans même en avoir conscience. Avec des talons, un tailleur et un chignon.

— C'est comme ça que je m'habille pour le travail. Qu'est-ce qu'il y a de mal à ça ?

— C'est très... professionnel. Pourquoi te donnes-tu tant de mal pour cacher ta beauté ?

— Vous... euh... tu, bredouilla-t-elle, les yeux écarquillés, tu penses que je suis belle ?

— Allons donc, je dois pas être le premier à te le dire.

Une femme aussi belle, intelligente, sûre d'elle devait sûrement avoir des dizaines d'hommes à ses pieds.

— Je... je ne sors pas beaucoup, et je n'ai pas beaucoup d'histoires, répondit-elle d'un ton embarrassé. Les hommes avec qui je travaille ne disent jamais rien de tel. Probablement parce que je gagne plus d'affaires qu'eux, mais quand même.

Il se mit à rire.

— Je parie que tu es un pitbull au tribunal. J'ai vu ta stratégie de combat sur ton bloc-notes. C'est évident que c'est ton point fort.

— Si évident que ça ? fit-elle, rougissante.

— Oui. En revanche, t'occuper d'un enfant qui pleure, ça non. Tout à l'heure, on aurait dit que tu aurais préféré avoir une crise cardiaque plutôt que de la prendre dans tes bras.

Viviane se mit à rire. Bon sang, qu'elle avait un beau rire... Dommage qu'elle soit avocate. Pour lui, ces gens-là voulaient toujours avoir le dernier mot et tout contrôler. Deux choses que Nick n'avaient jamais pu admettre.

— Je suis vraiment nulle avec les enfants..., admit-elle.

L'espace d'un instant, cet aveu lui fit oublier toutes ses réserves. Elle était si belle, avec son chignon défait et son air embarrassé. Il savait ce que c'était que de douter de soi, de se demander si l'on disait ce qu'il fallait. Soudain attiré comme par un aimant, il la rejoignit.

— Voilà, dit-il. C’était si difficile ?

— Quoi donc ?

— De montrer ta vulnérabilité. De fendre la cuirasse, dit-il en souriant. Tu devrais vraiment faire ça plus souvent.

— Peut-être..., fit-elle en captant son regard. Peut-être que je suivrai ton conseil.

Nick se pencha encore, presque assez près pour la toucher..., puis Viv fit de même et leurs lèvres se touchèrent. Il se mit alors à l’embrasser, accentuant peu à peu la pression pour qu’elle s’ouvre à lui. Lorsqu’elle entrouvrit les lèvres, il glissa la main derrière sa tête et, attrapant au passage quelques mèches folles qui s’étaient échappées de son chignon, il l’embrassa avec autant de douceur que de tendresse.

Et là, Viv se mit à pleurer...

4

Viviane ne trahissait jamais la moindre faiblesse. Cela aurait été une erreur fatale en salle d'audience. Elle était fière de savoir masquer ses émotions. C'était ce qui faisait d'elle une adversaire redoutable. Mais à la seconde où Nick et elle s'étaient embrassés, c'est comme si la digue s'était rompue, et elle avait fondu en larmes.

Cet homme – un parfait inconnu – avait eu accès à un aspect d'elle-même que personne n'avait jamais vu. La Viviane peu sûre d'elle, hésitante, démunie, qui en était réduite à demander de l'aide. Et malgré cela, il l'avait trouvée belle, attirante, et ils s'étaient embrassés.

Elle s'écarta de Nick et recula de quelques pas. Il était beau à tomber par terre avec son mètre quatre-vingts et son côté sombre et un peu torturé. Elle s'essuya les yeux et respira profondément pour tenter de réguler son cœur qui battait la chamade. *Qu'est-ce qui ne va pas chez moi ?*

Il n'y avait rien de mal à embrasser quelqu'un, se dit-elle. D'autant que ce baiser avait été phénoménal. Tendre, lent, léger, comme si elle était un dessert qu'il voulait savourer. Elle huma l'odeur réconfortante du plat qu'il préparait. Elle eut une envie folle de poser la tête contre son torse.

— Je suis désolée...

Elle prit le temps de se recentrer et de ramener son cœur et son esprit dans la réalité. Une réalité où elle ne se sentait pas complètement dépassée par un bébé de trois mois et un homme brun aux yeux couleur expresso qui lui disait qu'elle était belle.

— D'habitude, je ne pleure pas, ajouta-t-elle.

— C'est moi qui devrais m'excuser. J'ai cru..., souffla-t-il, secouant la tête et réussissant à paraître à la fois embarrassé et contrit. Argh... Je suis désolé.

— Mais pas du tout... Je n'ai pas pleuré parce qu'on s'est embrassés. J'ai pleuré parce que...

Parce que tu as vu un coin de moi-même que je n'ai jamais montré à personne. Parce que tu m'as rappelé tout ce à quoi j'avais renoncé dans ma vie. Parce qu'en l'espace d'une seconde j'ai basculé dans un autre monde.

Elle ne dit rien de tout cela à voix haute. Au lieu de quoi elle se contenta d'une demi-vérité :

— Je suis stressée. Pour la première fois de ma vie, je me sens complètement coincée.

Elle soupira et se laissa tomber sur le canapé. C'était plus facile que de regarder Nick et de rêver qu'ils s'embrassent à nouveau. Peut-être était-ce la fatigue du travail, ou bien le compliment que Nick avait fait sur son physique, ou encore le défi que représentait Ellie dans sa vie... Toujours est-il qu'elle avait l'impression d'être tombée sur une autre planète. Elle se sentait vulnérable comme une proie à découvert. Ce n'était pas une sensation agréable. Les murs qu'elle avait érigés depuis des années semblaient s'effriter. Mais elle avait beau tenter de colmater les brèches, c'était comme tenter de stopper un raz-de-marée avec un bout de carton.

Ellie s'était réveillée et regardait Viviane, l'air de dire : « Fais quelque chose, tante Viv ». Mais qu'aurait-elle bien pu faire ? Elle était dans une impasse et allait forcément tout foirer. Ellie avait besoin d'une mère, pas d'une tante débordée de travail et incapable de changer une couche.

— J'ai un client qui compte sur moi pour le défendre face à un fabricant d'équipements défectueux. Je dois me préparer au procès, ce qui signifie des heures, des nuits et des week-ends de travail. Mon appartement est en pleine rénovation.

Je n'ai ni la place ni le temps de m'occuper d'un bébé. Mais je ne voudrais pas engager quelqu'un que je ne connais pas pour garder Ellie, parce que...

Elle secoua la tête. *D'où venaient toutes ces larmes ? Qu'est-ce qui n'allait pas chez elle ?*

Nick s'assit à côté d'elle.

— Parce que quoi ? demanda-t-il d'une voix douce.

De nouveau, elle sentit ses défenses se fissurer.

— Sammie et moi avons passé notre vie à vivre chez des inconnus et nous avons juré qu'une fois adultes nous ne ferions jamais ça à nos enfants.

Les mots étaient sortis dans un murmure, comme si elle ne voulait qu'effleurer les secrets qu'elle gardait dans son cœur depuis toujours. Ces vulnérabilités qu'elle cachait derrière ses tailleurs, ses talons et son côté strict.

Elle avait passé son enfance en familles d'accueil, au rythme des hauts et des bas de sa mère dépendante à l'alcool. Certaines familles avaient été formidables, d'autres vraiment horribles. Certaines refusaient de la nourrir si elle ne terminait pas une liste interminable de corvées. Ou pensaient que la ceinture était le meilleur moyen de communication. Et puis il y avait eu les familles qu'elle aimait et qu'elle devait quitter après quelques semaines de bonheur, qui restaient comme un mirage dans son esprit.

Bien avant le début de ces placements, Viviane avait pris Sammie sous son aile et s'était juré que sa fragile petite sœur pourrait toujours compter sur elle, qu'elle ne l'abandonnerait jamais. Il avait fallu se battre avec le système et les règles, mais Viv avait fait de son mieux pour tenir sa promesse jusqu'à ce qu'elle décroche son bac et entre à l'université. Elle avait cru que Sammie finirait par trouver un emploi et devenir autonome. Elle s'était trompée.

— Alors ne le fais pas. Ne prends pas quelqu'un que tu ne connais pas.

— Mais je n'ai pas le choix ! Je dois faire mon travail, et je ne peux pas laisser Ellie seule à la maison avec les ouvriers. Cela dit, il y a une garderie au bureau...

— Reste ici ce soir. Laisse-moi t'aider.

Laisse-moi t'aider. Quatre mots que Viviane n'aurait jamais cru avoir envie d'entendre à ce point. Elle jeta un œil à sa nièce, à la pile de fournitures pour bébés dont elle ignorait le mode d'emploi, puis revint vers Nick.

— À quelle heure est le dîner ?

Nick avait préparé des quantités de repas au cours de sa vie. Le fait d'être dans une cuisine à doser, remuer et goûter l'apaisait. Dès qu'il commençait à cuisiner, le reste du monde disparaissait. À chaque fois.

Jusqu'à ce qu'il invite Viviane à sa table. Elle n'était même pas dans la même pièce en ce moment – elle surveillait le bébé dans le salon et essayait de lui donner un biberon – ce qui signifiait que Nick aurait dû pouvoir se concentrer sur les artichauts et la sauce tomate.

Au lieu de cela, pendant que le poulet mijotait dans sa sauce composée de vin et de bouillon, il se surprenait à écouter Viviane qui parlait au bébé à côté. Sa voix douce, presque un murmure, le captivait. Bizarrement, il ne se souvenait même plus de sa recette, alors qu'il avait mitonné ce plat des milliers de fois, au point qu'il finit par aller consulter la liste des ingrédients sur Internet et oublia une minute plus tard ce qu'il venait de lire.

Elle le déconcentrait. Cela ne pouvait pas être une bonne approche.

— Mmm, ça sent bon.

Il faillit se couper le pouce en entendant sa voix. Viviane se tenait dans l'embrasure de la porte, le couffin au bout du bras. Lorsqu'il avait jeté un œil au salon, un instant plus tôt, elle était en train de donner le biberon à Ellie couchée. Elle avait donc préféré ne pas la prendre dans ses bras. Il savait vaguement que les bébés devaient faire leur rot après un biberon. Quant à savoir comment s'y prendre... il n'en avait aucune idée.

Visiblement, elle non plus. Et vu le nombre de « beurks » qu'il avait entendus lorsqu'elle avait changé la couche d'Ellie, il en déduisait que Viviane était aussi à l'aise avec un bébé qu'avec une grenade. Se sentant aussi démuni qu'elle, il ne lui fit pas la moindre remarque.

— Merci. C'était une recette de ma grand-mère, répondit-il, contenant son émotion.

Viviane entra et fit un geste vers la table en érable.

— Ça te dérangerait que je travaille un peu là, tout en te regardant cuisiner ?

— Pas du tout. Vas-y.

Il avait rarement de la compagnie en cuisine. En général, Della et Mavis s'occupaient des clients et de l'entretien. Et quand l'auberge était vide, personne ne s'intéressait vraiment à ce qu'il faisait. Quant à savoir à quand remontait la dernière fois qu'une jolie femme s'était assise à sa table... Eh bien, ce devait être il y a des siècles.

Son ex-petite amie Ariel ne venait pas souvent chez lui, et il n'avait que rarement cuisiné pour elle. Après une journée chargée au bureau, elle préférait souvent s'acheter « à emporter » chez un traiteur. Elle ne l'invitait d'ailleurs que très rarement à dormir chez elle. Maintenant qu'il y pensait, leur relation ressemblait davantage à une relation de commodité. Sans joie et sans surprise. Comme s'ils se contentaient de passer d'une étape à l'autre, comme prévu.

Enfin, jusqu'au jour où il avait reçu ce message de Jason. Mais en y repensant, une fois la colère dissipée, il avait surtout ressenti un profond soulagement. Soulagement de ne pas être allé jusqu'au mariage. Avec ses parents, il avait vu à quoi ressemblait un mariage malheureux... Ce n'était pas du tout la façon dont Nick envisageait son avenir.

Ce qui lui rappelait également que Viviane, en qualité d'avocate, ne serait jamais plus qu'une convive d'un soir. Elle lui avait déjà dit en termes très clairs qu'elle accordait une grande importance à sa carrière. Comme ses parents, son travail consumait sa vie. Or Nick se méfiait des accros du boulot, en particulier dans le domaine du droit.

Viviane s'assit à la table, posant Ellie dans son panier sur la chaise à côté de la sienne. Et comme pour confirmer les craintes de Nick, elle sortit son énorme agenda en cuir noir et son ordinateur portable. Pendant un moment, il n'y eut que le bruit de ses doigts sur le clavier et les doux gazouillis du bébé. Finalement, Viviane s'étira et jeta un coup d'œil à Nick.

— Alors, où en est ce poulet ?

— Comme nous sommes deux alors que je pensais être seul, j'ai ajouté des linguini frais que j'ai préparés hier.

— Tu fais tes propres pâtes ? Je sais à peine faire bouillir de l'eau.

— Ce n'est pas si difficile. C'est presque… thérapeutique de faire des pâtes et du pain. Pétrir, c'est très zen.

Viviane se mit à rire.

— S'il y a une chose dont j'aurais bien besoin, c'est d'un peu de zénitude !

C'est vrai qu'elle paraissait très tendue. Tout comme il l'était lui-même deux mois plus tôt, lorsqu'il travaillait avec Carson, et qu'il détestait ce qu'il faisait.

— Mes parents étaient tous deux avocats, répondit-il. Je suis bien placé pour savoir à quel point ce métier est stressant. Ça les a rendus très exigeants et même tyranniques à notre égard. Aujourd'hui, mon frère Grady dirige sa propre entreprise, dont mon autre frère et moi assurions la sécurité informatique. Aucun de nous trois n'est entré dans le cabinet d'avocats de nos parents, du coup mon père pense que nous sommes des ratés, sauf peut-être Grady, parce qu'il y a beaucoup de zéros sur son chèque de paie. Je pensais que mon travail était stressant, mais celui de Grady l'est dix fois plus.

Cela faisait des semaines qu'il n'avait pas prononcé autant de mots en une seule fois. Qu'est-ce qui lui prenait de raconter sa vie à une femme, avocate de surcroît, qu'il connaissait à peine ?

— Et maintenant, tu cuisines ?

Le son de sa voix donnait l'impression qu'elle le considérait peut-être comme une sorte de déclassé. C'est vrai qu'il avait perdu en salaire et en avantages, mais ses journées étaient beaucoup moins tendues et le matin, il sortait du lit, l'esprit fourmillant d'idées de menus, d'ingrédients et d'envies, au lieu d'être affreusement stressé à la perspective de la journée qui l'attendait au bureau.

— Oui, ça me rend heureux, je crois.

— Tu crois ?

À l'aide de pinces métalliques, il mélangea les pâtes et la sauce. Il goûta rapidement, puis ajouta une pincée de sel. Le repas était prêt. Prenant deux assiettes blanches dans un placard, il déposa un petit monticule de pâtes au centre, le garnit de tranches de poulet et d'un peu de légumes, puis ajouta une tranche de pain maison sur le côté.

Tout cela pour éviter de répondre à sa question de savoir s'il était heureux ou non. C'était trop compliqué, et Nick n'avait pas envie d'expliquer quoi que ce soit de compliqué en cet instant.

— Le dîner est servi, dit-il, posant l'assiette devant elle avec une légère courbette, puis en lui tendant des couverts enroulés dans une serviette en papier. Je peux porter le bébé dans l'escalier, si tu veux dîner dans ta chambre.

D'un côté, il aurait voulu qu'elle le prenne au mot et le laisse à sa solitude. Mais une partie de lui brûlait qu'elle dîne avec lui.

— Je n'ai aucune intention de dîner dans ma chambre. Je sais que je l'ai fait plusieurs fois, mais c'était pour travailler pendant que Sammie faisait la sieste, expliqua Viviane avant de retrouver sa placidité et d'effacer toute émotion de son visage. Si tu es d'accord, j'aimerais rester ici. J'ai besoin de compagnie, car j'ai eu une sacrée journée.

Nick ne mangeait jamais avec les clients. Il aimait prendre ses repas seul ou, de temps en temps, avec Della ou Mavis. Ou il allumait la télé dans sa chambre et laissait un feuilleton ou un film, même sans intérêt ou déjà vus une centaine de fois, meubler le silence. Il pouvait ainsi se morfondre ou ruminer, sans avoir à répondre à des questions concernant son bonheur ou son malheur. Ou s'attarder sur la raison pour laquelle il évitait d'honorer la demande que lui avait faite sa grand-mère avant sa mort.

— Euh, oui, bien sûr, dit-il en prenant la deuxième assiette et en s'asseyant en face de Viviane.

Le bébé s'était rendormi, ce qui était à la fois une bonne et une mauvaise chose. Une bonne chose parce que c'était synonyme de tranquillité ; une mauvaise parce qu'il allait devoir converser avec Viviane sans espoir d'y échapper.

Elle attaqua aussitôt son repas.

— Oh ! mon Dieu, c'est incroyable ! gémit-elle, envoyant l'esprit de Nick sur un chemin très éloigné du présent.

— Euh, tu as une petite..., dit-il en tendant la main vers elle, avant de se rappeler qu'il n'était pas là pour choyer les clientes. Même si celle-ci était vraiment très belle.

Viviane essuya la goutte de sauce qui s'était égarée sur son menton. Sans son aide. Dommage.

— Désolée, dit-elle. D'habitude, je ne mange pas aussi salement. J'ai juste très faim et c'est très bon.

— Merci. J'ai rarement l'occasion d'avoir un retour sur mes plats. La plupart du temps, je suis plutôt en train de récurer pendant que les clients mangent.

En un éclair, Viviane avait déjà englouti deux autres bouchées.

— Je n'ai rien mangé depuis le petit déjeuner... Je ne savais pas que j'étais aussi affamée...

— Tu arrives à sauter le repas de midi ? J'en serais bien incapable.

Elle haussa les épaules.

— Je mange très rarement en journée. Quand je le fais, c'est devant mon ordinateur. Je suis si occupée que souvent j'oublie.

— Mon ange, si tu arrives à avaler devant un écran, c'est que tu ingurgites des plats bien insipides, fit-il en riant.

L'ange en question passa entre eux. Pourquoi cette appellation lui avait-elle échappé ? Mystère. Peut-être parce qu'elle était employée dans la région. Viviane le dévisagea avant de replonger dans son assiette et de changer de sujet.

— Donc tu es devenu chef cuisinier après un passage en

informatique. Je m'en réjouis pour toi. C'est vrai que c'est plus gratifiant. Mais comment as-tu atterri ici ?

— J'ai passé une partie de mon enfance ici, à Stone Gap. Nous rendions visite à notre grand-mère environ une fois par mois et une semaine en été. Sa maison se trouve au bord du lac Stone Gap, c'était mille fois mieux que le Mausolée.

— Le Mausolée ?

— La maison de mes parents, à Raleigh. C'est tellement énorme qu'ils avaient installé un système d'Interphone pour qu'on puisse se localiser. Mes parents détestaient le bruit et la maison était donc presque toujours silencieuse. D'où le nom Mausolée.

— Nous avons eu des enfances très différentes, remarqua-t-elle. Je n'ai connu le calme que lorsque j'ai eu les moyens de louer un appartement. C'est peut-être pour cela que je vis toujours seule.

Ce qui impliquait qu'elle n'avait pas de mari ou de petit ami..., déduisit Nick, se demandant ce que ça pouvait bien lui faire. Sauf qu'il ne pouvait oublier qu'ils s'étaient embrassés et qu'il rêvait de recommencer.

— J'ai vécu avec mes frères ou près d'eux toute ma vie, jusqu'à ce que je revienne à Stone Gap. Je travaillais avec eux, je dînais avec eux... Nous formions une sorte de tribu quand nous étions jeunes, et ça n'a pas changé à l'âge adulte.

— Jusqu'à aujourd'hui, ajouta-t-elle en découpant un gros morceau de poulet. Pourquoi ?

— Mon plan de vie a changé, répondit-il avant de prendre une longue gorgée d'eau. Je sortais avec une collègue depuis quelques années. J'avais prévu de la demander en mariage et de partir en lune de miel en Jamaïque. Il s'est avéré qu'elle avait déjà ses propres projets : me larguer et partir en vacances avec mon bras droit et meilleur ami.

— Aïe.

— Ouais... Je travaillais tellement que je n'ai même pas remarqué qu'ils s'étaient rapprochés. Le lendemain du jour où ma demande en mariage s'est transformée en rupture, ma grand-mère est morte. Je suis venu ici pour les funérailles et je ne suis jamais reparti.

— C'est triste comme une mauvaise chanson country, sourit-elle. Ne me dis pas que tu conduis aussi un pick-up.

— En fait, si. Mais seulement parce que c'est pratique. Pas pour transporter mes fusils et mon chien.

— Je m'en réjouis, répondit-elle, tout sourire.

— Tu l'as déjà dit. Deux fois.

— Parce que j'apprécie cette conversation. J'avais oublié ce que c'était de parler avec une personne normale.

Il se demanda si c'était un compliment.

— Avec quelqu'un d'autre qu'un avocat, tu veux dire ?

— Exactement. Tout ce que nous savons faire, c'est nous disputer.

C'était tellement vrai. Nick le savait d'expérience. Le bon côté des choses, c'est que ses parents préféraient se déchirer l'un l'autre plutôt que de crier sur leurs enfants. Le moins bon, c'est qu'ils ne semblaient pas du tout se soucier desdits enfants. Même pour leur crier dessus. En réalité, la plupart du temps, ses parents semblaient survoler la vie familiale et n'interagissaient que très peu avec leurs fils. Viviane, manifestement, était différente.

Hormis le temps qu'elle avait passé à travailler, elle s'occupait du bébé et s'impliquait dans la conversation, beaucoup plus qu'il ne l'aurait cru. Lui qui s'était toujours dit qu'il ne sortirait jamais avec une avocate commençait à douter de sa détermination.

C'était insensé. Elle n'était là que depuis quelques jours. Ils ne sortaient pas ensemble. Ils ne faisaient que partager un dîner dans la cuisine. Et il y avait un bébé entre eux. Au sens propre comme au figuré.

— Dis ça à mes parents, tu veux ? reprit Nick. Ils n'ont jamais su comment nous parler, à nous les garçons, ni même comment se parler entre eux. De plus, nous avons été une grande déception pour eux car aucun de nous n'a fait carrière dans le droit.

Nick était en réalité celui qui avait le plus essayé de plaire à ses parents. Il avait tenu un peu plus d'un mois en faculté de droit. Après quoi, il avait abandonné et leur avait menti pendant six mois.

— Je parie que les clients de l'auberge sont ravis que tu aies renoncé au droit. Moi je le suis, en tout cas, dit-elle en avalant sa dernière bouchée. Est-ce que tous tes plats sont aussi délicieux ?

Il haussa les épaules.

— Je pense que oui. En fait, je cuisine uniquement ce qui me fait envie.

Il avait toujours abordé la cuisine à l'instinct. Il avait un diplôme de cuisinier, mais il inventait et modifiait ses recettes au gré de ses envies.

— Eh bien, j'en reprendrai bien encore, s'il en reste, déclara-t-elle en se levant.

Nick se leva au même moment.

— Laisse-moi faire, dit-il, tendant le bras pour prendre son assiette.

Ils avaient fait le même geste exactement en même temps, et leurs mains se heurtèrent. Nick faillit lâcher l'assiette avant de la rattraper in extremis. Simultanément, Viviane s'accrocha à son bras pour se stabiliser.

Ses lèvres s'entrouvrirent et elle écarquilla les yeux sous l'effet de la surprise.

— Euh... désolée.

— C'est ma faute. Laisse-moi..., commença-t-il avant d'oublier ce qu'il voulait dire et de se ressaisir au bout de quelques secondes... euh... t'aider à te resservir.

— Merci, fit Viviane avant de se rasseoir promptement et de sortir son téléphone pour lire ses textos.

Toute légèreté avait disparu de ses traits, remplacée par l'intense concentration propre aux accros du travail. Exactement ce que Nick ne pouvait pas supporter.

5

Depuis sa naissance, Viviane Winthrop faisait tout ce qu'elle pouvait pour être parfaite. Enfant, lorsqu'elle vivait avec sa mère dépendante à l'alcool et aux analgésiques, Viviane veillait à tout. Et se disait que, si elle faisait les lits, le ménage et la vaisselle, sa mère boirait et râlerait peut-être moins. Si elle ramenait d'excellentes notes, peut-être que sa mère l'emmènerait au parc en guise de récompense.

Hélas, tous ses efforts n'avaient jamais rien changé. La propreté de la maison ne lui avait jamais valu le moindre éloge. Et ses excellentes copies n'avaient jamais été fixées au mur. Sa mère s'était enfoncée toujours plus dans son addiction, jusqu'au jour où les autorités avaient décidé de confier Viviane et Sammie à des inconnus. Chaque fois que sa sœur et elle étaient envoyées dans une famille d'accueil, elle espérait qu'en voyant l'état de la maison se dégrader sa mère la regretterait et viendrait les reprendre.

Un psychologue aurait probablement dit que Viviane essayait de mettre de l'ordre dans une vie chaotique, mais cette quête de perfectionnisme était devenue un trait fondamental de sa personnalité et avait fait d'elle une avocate ultra-performante. Elle préparait toujours ses dossiers en temps et en heure, avait le bureau le mieux rangé et organisé du cabinet et se plongeait dans chaque affaire comme si le sort du monde en dépendait. Elle avait toujours été méticuleuse, en un mot parfaite dans tous les aspects de sa vie.

Jusqu'à ce week-end. Jusqu'à ce que Sammie s'enfuie, laissant Ellie sur la table de cuisine d'une auberge. Confiant à Viviane la seule responsabilité qu'elle ne pouvait absolument pas assumer. Un bébé.

D'autant plus qu'elle devait faire une recherche de jurisprudence pour le dossier qu'elle devait présenter à son client mardi matin. Ce qui occasionnerait nécessairement de la réécriture… sans parler des courriels auxquels elle devait répondre et qui se multipliaient comme des lapins.

À cet instant, Ellie se mit à se tortiller, au bord des larmes. Eh bien, elle n'était pas la seule.

— Allons, un petit effort, Ellie, s'il te plaît. Tu sais bien que je suis nulle, dit Viviane à sa nièce en essayant de la changer. Si tu pouvais juste, disons, ne pas bouger pendant trente secondes, peut-être que je pourrais te mettre cette couche et alors tu serais contente et je pourrais travailler. S'il te plaît ?

À ces mots, Ellie se mit à s'agiter et à crier de plus belle. Sans se laisser décourager, Viviane lui glissa, pour la quatrième fois, la couche sous les fesses, puis fixa un des côtés à l'aide de l'adhésif. Au même moment, Ellie serra les poings et se mit à pédaler de toutes ses forces, et Viviane fixa le second adhésif au mauvais endroit, laissant apparaître une ouverture béante à l'entrejambe. Consciente du risque de fuite, Viviane décolla l'adhésif et, se concentrant pour immobiliser doucement le bébé, réussit à le défaire et à le repositionner au bon endroit.

— Pffiou. Je vais avoir besoin de vacances après ça…, soupira Viviane, se laissant tomber sur le lit et faisant rouler Ellie vers elle.

Elle essaya ensuite de lui donner le reste de son biberon, mais la petite ne cessait de secouer la tête, visiblement au bord de la crise de nerfs.

— Allons, Ellie, terminons ce biberon.

Mais rien n'y fit. La petite n'était-elle pas censée avoir faim ? Mais c'était peut-être elle qui s'y prenait mal… Après une énième et vaine tentative, Viviane déposa les armes. La petite ne buvait pas et n'avait absolument pas l'air fatigué.

— Hum... et si on marchait un peu, proposa Viviane d'un ton enjoué.

Après s'être rapidement attaché les cheveux en queue-de-cheval, Viviane souleva Ellie et se mit à faire les cent pas dans la chambre avant de réaliser une fois de plus qu'elle ne faisait sans doute pas ce qu'il fallait. Pourquoi la petite était-elle si raide contre elle alors qu'elle se blottissait contre sa mère lorsque celle-ci la prenait dans ses bras ? Si Ellie continuait à pleurer comme ça, elle allait réveiller le vieil homme qui logeait dans la chambre au bout du couloir, si ce n'était déjà fait.

Comment Sammie avait-elle pu penser qu'une tante serait une meilleure mère qu'elle ? Au moins, Sammie avait ce lien naturel avec son bébé et déjà trois mois d'expérience. Alors que Viviane se sentait complètement perdue. Si au moins, elle avait eu un manuel ou un professeur pour la guider, comme en faculté de droit... Mais dans cette petite chambre, la seule chose qu'elle aurait pu faire aurait été une recherche Internet. Mais d'une seule main, c'était presque mission impossible.

— Hé, que dirais-tu de ça ? fit soudain Viviane en sortant une tétine du sac à langer et en la pressant contre les lèvres d'Ellie.

Mais une fois de plus, le bébé se tortilla, se mit à pleurer et refusa d'ouvrir la bouche. Viviane était-elle à ce point dénuée d'instinct maternel qu'elle n'arrivait même pas à faire accepter une tétine ?

— Bon sang, qu'est-ce qui t'a pris, Sammie ? soupira-t-elle à voix haute avant de fourrer la tétine dans la poche de son sweat.

Puis, attrapant le biberon à moitié vide, elle descendit au rez-de-chaussée. Peut-être que, dans la cuisine, les pleurs d'Ellie dérangeraient moins l'autre locataire. Et Nick, dont la chambre n'était pas si éloignée de la sienne.

Décidément, elle pensait beaucoup trop à cet homme... alors qu'elle aurait dû penser à son travail. C'était la première fois qu'une chose pareille lui arrivait... Comment pouvait-elle être aussi déconcentrée ? Était-ce à cause du dépaysement, du bébé, ou de ce baiser qu'elle n'arrivait pas à oublier ? Les trois à la fois ? Elle n'aurait su le dire, mais toujours est-il que Nick Jackson occupait presque toutes ses pensées.

L'unique lampe allumée pour la nuit dans la cuisine projetait un halo doré sur la cuisinière, la table et le carrelage blanc. Quelques heures plus tôt, Viviane était assise à cette même table, dégustant l'un des meilleurs repas de sa vie, avec l'un des hommes les plus séduisants avec qui elle ait jamais dîné. Nick était incroyablement à l'aise et spontané dans sa façon de bouger et de parler, et surtout dans sa façon d'embrasser.

Les pleurs d'Ellie la ramenèrent bien vite à la réalité. Viviane se mit à faire le tour de la table tout en faisant sauter légèrement le bébé dans ses bras. Mais Ellie ne ne fit que s'énerver davantage, brandissant ses petits poings au visage de sa tante. Découragée, Viviane se laissa tomber sur un tabouret, serrant sa nièce contre sa poitrine.

— Besoin d'aide ?

Nick se tenait dans l'embrasure de la porte, vêtu d'un pantalon de pyjama en flanelle et de... rien d'autre. Il avait le torse joliment musclé... Même au tréfonds du désespoir, Viviane ne put s'empêcher de le remarquer.

— Elle n'arrête pas de pleurer, dit-elle en essuyant ses propres larmes avant que Nick ne puisse les voir. Au bout d'à peu près sept cents tentatives, j'ai enfin réussi à lui mettre sa couche correctement. Et maintenant, elle refuse son biberon... sûrement parce que je m'y prends comme un manche... et que je la traumatise...

Nick traversa la pièce en trois enjambées et posa la main sur la sienne.

— Chut... Ellie a trois mois. Il faut des années pour traumatiser un enfant.

— C'est vrai, souffla Viviane en esquissant un sourire.

— Peut-être que ça fait beaucoup de perturbations dans sa vie... C'est pour ça qu'elle est aussi grincheuse.

Viviane jeta un coup d'œil à sa nièce qui se tortillait toujours, l'air malheureux. Elle pensa alors à sa sœur et à elle-même, et à l'inquiétude qui les tenaillait chaque fois qu'elles étaient envoyées en famille d'accueil. Se pouvait-il que les bébés éprouvent, eux aussi, ce genre de sentiment ?

— Tu crois ?

— Les bébés aiment avoir un cadre, expliqua Nick. Avec des horaires fixes. Vivre dans un monde prévisible les sécurise.

— Où as-tu appris ça ? fit-elle, impressionnée.

Nick haussa les épaules.

— J'ai lu un peu ce soir. Je n'arrivais pas à dormir et je me suis dit que si je lisais des forums sur les bébés, je pourrais peut-être t'aider davantage. Si, bien sûr, tu veux que je t'aide.

— C'est..., fit-elle, submergée de soulagement, l'offre la plus gentille que quelqu'un m'ait jamais faite.

— Oh non, mon ange, ce n'est rien.

Encore cette expression. C'était si agréable qu'elle sentait vaciller sa résolution à se tenir à l'écart de cet homme de passage. Une fois de plus, les larmes lui montèrent aux yeux. Décidément, c'était une maladie...

— Passe-moi la petite, dit-il en lui prenant doucement Ellie des bras... Alors, que dirais-tu d'un petit biberon ? demanda-t-il à Ellie.

Cela fit rire Viviane. Elle se frotta les yeux et inspira profondément avant de remarquer qu'Ellie s'était arrêtée de pleurer.

— Qu'est-ce que tu as fait ?

— Rien, dit Nick.

Ellie dans les bras, il se balançait de gauche à droite, assez lentement, comme une balançoire poussée par une brise de printemps. Lorsqu'il tenta de lui donner le biberon et qu'elle le refusa, il posa Ellie sur son épaule et se mit à lui tapoter le dos. Soudain, Ellie émit un rot sonore, puis se lova dans les bras de Nick avec satisfaction. Lorsqu'il essaya à nouveau le biberon, elle le vida en quelques gorgées.

Viviane le regarda fixement.

— Tu es celui qui murmure à l'oreille des bébés.

— J'ai trouvé ça sur Internet, dans un article pour les jeunes mamans. Lorsqu'un bébé s'arrête de boire au milieu d'un biberon, c'est parfois parce qu'il a besoin de faire un rot.

Ou d'être calmé. J'ai donc essayé les deux, expliqua-t-il sans cesser de se balancer de gauche à droite. Tu sais, j'ai pensé..., poursuivit-il avant de s'interrompre en voyant les yeux d'Ellie se fermer.

— Tu as pensé à quoi ?

— Eh bien, poursuivit-il à voix basse en surveillant Ellie du regard, élever un bébé à l'auberge n'est pas très pratique. Parce qu'il va pleurer et que les clients vont se plaindre. Et puis, tu n'as pas beaucoup d'affaires à elle, hormis celles qu'ont apportées Mac et Savannah. Bref, tu vas peut-être penser que c'est une idée folle, mais pourquoi Ellie et toi ne viendriez-vous pas loger chez ma grand-mère avec moi ? Ça ne dérangera pas mes frères, j'en suis sûr. De plus, Della rentre de vacances demain, donc je n'aurai plus besoin de passer mes nuits ici. La maison de ma grand-mère se trouve au bord du lac, et le seul voisin a cent ans, alors la petite pourra pleurer autant qu'elle veut, personne ne se plaindra.

Loger chez lui ? Quelle drôle d'idée ! Elle le connaissait à peine. Mais, à bien y réfléchir, un homme qui s'informe sur Internet sur les soins à donner à un bébé qu'il ne connaît pas devait avoir un très bon fond.

— J'ai appelé Mavis tout à l'heure, reprit-il, et elle m'a dit qu'elle avait un berceau et un siège auto que nous pourrions emprunter. Le petit dernier de sa fille a trois ou quatre ans maintenant, donc il n'en a plus besoin.

Berceau. Siège auto. Autant d'objets absolument essentiels auxquels Viviane n'avait même pas pensé après le départ de Sammie... Une preuve de plus qu'elle n'était pas taillée pour le rôle de mère intérimaire. Ni même de tante. Alors que Nick s'était renseigné sur Internet et avait commencé à penser à une solution.

— Je devrais trouver quelqu'un pour s'occuper d'Ellie, dit Viviane. Je ne suis clairement pas faite pour être mère...

— Qui vas-tu appeler ? Sammie ? Tu as dit qu'elle ne répondait pas à tes appels. Et ta mère n'est plus de ce monde. Et je ne crois pas que SOS Fantômes s'occupe de ce genre de situation.

Viviane ignora la plaisanterie.

— Eh bien, il existe des agences de nounou et peut-être que Sammie a de la famille… C'est elle la mère légale, après tout. Je ne pense pas que les autorités me laisseront la garder.

— Tu sais où les autorités mettront Ellie jusqu'à ce qu'on retrouve sa famille, n'est-ce pas ?

Dans une famille d'accueil. Exactement ce que Viviane voulait éviter. Certes, il existait d'excellents foyers d'accueil – elle en avait connu deux qui étaient corrects, sur les sept où elle avait séjourné – mais il y en avait aussi de terribles, et personne ne pouvait prévoir sur lequel on allait tomber.

Ellie dormait contre l'épaule de Nick.

— Peut-être que je pourrais te payer pour la garder ? fit Viviane, ne plaisantant qu'à moitié.

Nick se mit à rire.

— Ouh là là, ne t'emballe pas. J'ai réussi à la nourrir et à l'endormir. Mais c'était un simple coup de chance. D'autre part, j'ai un travail. De plus, je ferais un très mauvais père.

— Tu t'en sors mieux que moi, répliqua-t-elle, ce qui était déprimant à admettre.

Nick n'avait pas tort : il fallait être deux et travailler en équipe pour s'occuper d'un enfant, comme le faisaient les Langston chez qui Sammie et elle avait été hébergées quelque temps dans leur enfance. Mais elle était seule… et, avec ce procès en cours, une énorme charge de travail, sans parler d'un appartement en travaux…

— Tu étais sérieux en nous invitant à loger dans la maison de ta grand-mère ?

— Absolument.

Elle plissa les yeux.

— Pourquoi ferais-tu ça ?

— J'aime bien cette petite, en fait. Et… tu as l'air d'avoir besoin d'aide.

Dans son expérience, peu de gens rendaient de tels services sans attendre une faveur en retour. Surtout de la part d'un inconnu. Mais puisqu'il n'attendait apparemment rien d'elle, quelle pouvait être sa motivation ?

— C'est le syndrome du Chevalier servant, ou quelque chose comme ça ? demanda-t-elle.

— Et toi, le syndrome de la Fille trop orgueilleuse pour accepter une main tendue ?

Elle se mit à rire. Elle appréciait Nick, vraiment beaucoup en fait. Et son baiser… eh bien, c'était l'un des plus agréables qu'elle ait jamais connu, jusqu'à ce qu'elle gâche l'ambiance en se mettant à pleurer.

— D'accord, tu as peut-être raison. Mais je ne peux pas te demander de faire ça gratuitement.

Il sourit.

— Oh ! je ne t'ai pas indiqué mon tarif de babysitting ?

Elle fit rapidement ses comptes. Les rénovations lui coûtaient déjà une fortune, et une nounou revenait cher. Nick prendrait forcément moins.

— Je suis sûre que nous allons trouver un arrangement équitable, que dirais-tu de…

Il posa sa main sur la sienne et elle se tut. Peut-être parce qu'à chaque fois que Nick la regardait ou la touchait, elle cessait de penser.

— Je n'ai pas besoin d'argent.

Il soutint son regard et ne dit rien pendant quelques instants comme s'il pesait ses mots avant qu'ils ne sortent de sa bouche.

— Jusqu'à aujourd'hui, je pensais passer mes vacances de Noël tout seul. Éviter les gens autant que possible, râler et ruminer. Mais … cette idée me semble beaucoup moins bonne depuis ce matin. Alors pourquoi Ellie et toi ne passeriez pas quelque temps chez ma grand-mère ? Comme ça, nous serons tous les trois satisfaits.

— C'est tout ? fit-elle en lui jetant un regard en coin. Alors, pourquoi m'avoir embrassée ?

— Par faiblesse, sourit-il. Tu es une femme magnifique, et j'étais hypnotisé.

Elle retint son souffle. Ses compliments étaient comme du miel à son oreille. Et la façon dont il la regardait…

Mais ce n'était pas une raison pour accepter cette proposition insensée. Elle songea alors à la somme de boulots qui l'attendait, à la préparation du procès. Ellie avait l'air d'apprécier Nick, et elle pourrait sans doute s'organiser pour télétravailler. Et lorsqu'elle devrait s'absenter, peut-être que Mavis et Della accepteraient que Nick garde Ellie à l'auberge…

— Tu vas trouver ça bizarre, mais je n'ai jamais eu la chance de vivre un Noël traditionnel, reprit-il en haussant les épaules. Si tu restes avec moi, ça me donnera une excuse pour accrocher des guirlandes lumineuses, préparer du lait de poule et des biscuits, et fêter Noël comme des gens normaux.

Viviane aurait voulu refuser. Faire ce qu'elle a toujours fait, à savoir gérer seule la crise Ellie. Mais l'odeur du poulet braisé de ce soir emplissait encore l'atmosphère, et l'idée d'un vrai Noël, avec des guirlandes, des cadeaux et un sapin, bien qu'insensée, était aussi bien agréable. Comme un petit aperçu d'une vie normale. En famille.

— OK, mais à une condition.

— Laquelle ?

— C'est moi qui choisis le sapin !

Nick se mit à rire et ils se serrèrent la main. C'était peut-être la décision la plus insensée de sa vie, et elle n'aurait su dire quel argument avait le plus pesé dans la balance. Son besoin réel d'être aidée ou son attirance tout aussi réelle pour Nick.

Le lendemain après-midi, Nick sauta dans son pick-up pour aller récupérer toutes les affaires promises par les connaissances sollicitées : le berceau, le siège auto, suffisamment de couches pour une famille de quintuplés, un parc pour bébé rose vif, un carton de vêtements, un autre de jouets, de biberons, de bavettes et d'un tas d'objets hétéroclites qu'il aurait été bien incapable d'identifier.

Viviane avait couru au travail le temps de déposer son

dossier, puis elle était passée au supermarché remplir un chariot de fournitures pour bébé avant de revenir aider Nick.

Mavis avait renvoyé Nick dès qu'il avait fini de préparer un poulet aux olives pour le déjeuner.

— Nous n'avons que deux clients prévus ce soir. Della et moi pouvons faire tourner la boutique pendant quelques jours, comme nous le faisions avant ton arrivée. Tu n'as pas pris un seul après-midi depuis ton embauche. Alors, file t'occuper de ton bébé.

— Ce n'est pas mon bébé, Mavis.

— Je sais. Mais le bébé ne le sait pas, répliqua-t-elle avec un grand sourire. Et si j'ai bonne mémoire, il y a autre chose dont tu dois t'occuper quand tu seras dans cette maison.

Il regretta soudain de s'être confié à Mavis après la lecture du testament de sa grand-mère. La culpabilité de ne pas avoir respecté les dernières volontés d'Ida Mae envahit son esprit.

— Ça peut attendre.

Mavis se contenta de se pincer les lèvres.

— Eh bien, passez tous un bon moment. Et n'oubliez pas : ne reviens pas avant vendredi. Della et moi, on peut très bien s'occuper de la cuisine.

À cet instant, Viviane sortit de l'auberge, Ellie dans son couffin, et quand elle ouvrit la porte arrière du pick-up, resta bouche bée en y découvrant un siège bébé.

— Euh...

Mavis se mit à rire.

— Je sais que ça peut paraître intimidant, mon ange. Laisse-moi te montrer, dit-elle en prenant Ellie dans ses bras. Viens, mon poussin, je vais te mettre dans le siège auto et tu pourras faire un petit tour en voiture, d'accord ?

Sans cesser de parler, alternant babillage destiné au bébé et instructions et recommandations pour les adultes – des fixations cachées dans la banquette arrière à l'orientation du siège « tête vers l'avant » en passant par la force d'impact d'une collision même à faible vitesse – Mavis attacha Ellie dans le siège auto.

— Qui aurait cru qu'il y avait tant à savoir sur un siège bébé ? soupira Viviane lorsqu'ils s'éloignèrent de l'auberge. Ou qu'il était si complexe à utiliser ? C'est encore plus compliqué que de changer un carburateur.

— Ta sœur n'avait pas de siège auto ?

— Non. Sammie n'était pas préparée pour Ellie, comme pour tout le reste dans sa vie. Quand elle est arrivée à l'auberge, elle tenait ce bébé dont je ne connaissais même pas l'existence. C'est un ami qui l'avait déposée. Elle aurait quand même pu réserver un Uber équipé d'un siège bébé, non ?

— On peut faire ça ?

— Apparemment.

— Waouh, on peut tout faire avec les applications de nos jours.

Il tourna à gauche, et l'auberge disparut dans le rétroviseur. Cela lui fit tout drôle de s'éloigner de l'endroit qui avait été sa maison ces dernières semaines.

Il jeta un coup d'œil sur le siège passager. Le soleil faisait briller les cheveux de Viviane, et il eut soudain une envie folle d'y passer les doigts. L'espace d'un instant, il imagina qu'ils formaient une famille normale et qu'ils rentraient d'une journée au lac ou d'une virée de shopping. Puis, chassant cette illusion, il se concentra sur la route. Ils n'étaient pas une famille, et cet arrangement était loin d'être normal.

— Comme ça, tu sais changer un carburateur ? reprit-il.

Viviane haussa les épaules.

— Mon père d'accueil numéro cinq avait un garage et comme nous étions six enfants dans une toute petite maison, il emmenait certains d'entre nous travailler avec lui. Je n'avais pas le droit de rester à ne rien faire, alors j'ai appris les rudiments de la mécanique automobile.

Il s'esclaffa.

— Qui aurait imaginé qu'une avocate coincée sache remplacer une bougie de voiture !

— Je ne suis pas coincée. Je suis... dévouée à mon travail. Je n'ai pas le choix. Des gens dépendent de moi, répliqua Viviane avant de plonger le nez dans son smartphone. Nick leva les yeux au ciel mais ne fit aucun commentaire.

Tout en roulant, Viviane lut plusieurs courriels, envoya des textos et passa deux appels téléphoniques. La Viviane au travail était complètement différente de la Viviane aux pieds nus qu'il avait croisée en pleine nuit dans la cuisine. Toute douceur avait disparu, remplacée par une voix plus dure, plus stridente et une posture rigide.

Juste avant qu'ils n'arrivent à la maison d'Ida Mae, elle sortit son ordinateur portable et repassa un coup de fil.

— Je suis à toi dans une seconde, laisse-moi finir cet appel, lui souffla-t-elle alors qu'il se garait.

— Bien sûr.

Nick déchargea la totalité des affaires de bébé pendant que Viviane restait dans le pick-up avec Ellie. Il sortit la clé du pot de fleurs, ouvrit les fenêtres pour aérer la maison, releva les stores fermés depuis deux mois et monta le tout à l'étage, dans l'ancienne chambre d'enfant aux murs bleu ciel, meublée d'une commode et d'un lit blanc. Celle qu'avait occupé son père à sa naissance.

Une fois le berceau installé, Nick recula de quelques pas et contempla la pièce. Il faisait beau et, en voyant les grains de poussière voleter dans les rayons du soleil, il eut presque l'impression d'entendre sa grand-mère accueillir ses visiteuses, ravie d'avoir de nouveau un bébé dans la maison.

Ida Mae avait offert à Nick et à ses frères ce qui se rapprochait le plus d'une vie familiale normale et aimante. La grande maison semblait vide sans sa personnalité solaire et généreuse. Nick n'avait jamais compris comment son père pouvait être aussi cassant et froid avec une mère pareille.

Quoi qu'il en soit, il était certain que sa grand-mère aurait été d'accord pour qu'il invite Ellie et Viviane à loger chez elle. Comme prévu, Grady n'y avait pas vu d'inconvénient.

Maintenant qu'il était là, Nick entendait presque la voix de sa grand-mère : *Appelle ton père, voyons ! Expliquez-vous.*

Maintenant que tu es dans la maison, tu n'as plus d'excuse pour ne pas lui donner ce carton.

Bon sang... Bien sûr, il aurait pu mentir au notaire qui s'était occupé du testament et dire qu'il avait appelé son père. L'avocat lui aurait alors remis le chèque correspondant à sa part d'héritage. C'était tentant, mais il n'avait pas envie de mentir, une fois de plus.

Nick sortit son téléphone et composa le numéro du cabinet de ses parents. Il préférait ne pas appeler le portable de son père, car il n'était pas sûr qu'il lui réponde.

L'opératrice lui passa directement le bureau de son père, lequel répondit au bout de deux sonneries.

— Richard Jackson.

Nick tressaillit en reconnaissant la voix grave de son père. Il s'attendait à tomber sur une boîte vocale. Et sûrement l'espérait-il.

— Papa, c'est Nick.

Silence.

— Je suis occupé. Je te rappelle.

Nick n'en crut pas un mot. Son père disait toujours cela mais ne le faisait jamais.

— Grand-mère a laissé un carton pour toi chez elle. Elle m'a demandé de te le remettre.

— Mets-le à la poste.

— Grand-mère a dit que je devais le faire en personne. C'est à cette condition que je pourrai toucher son héritage.

— Ça ressemble bien à ma mère de mettre une clause pareille dans son testament, ricana Richard. Écoute, je ne vais pas te mettre des bâtons dans les roues. Envoie-moi la boîte par la poste, et nous ferons comme si nous avions respecté sa volonté. Bon, fit son père sans laisser à Nick le temps de répondre, c'est tout ? J'ai du travail. Je suppose que tu as encore mon adresse.

Son père raccrocha. Nick fixa l'écran noir de son téléphone, furieux. Il avait toujours adoré Ida Mae, bon sang... mais qu'est-ce qui lui était passé par la tête ? Si son père voulait ce carton, il viendrait le chercher. Nick avait passé l'âge de lui obéir.

Il regagna le pick-up. Viviane était toujours à l'endroit où il l'avait laissée. En train de travailler. Évidemment, songea-t-il, agacé après l'échange qu'il avait eu avec son père.

— J'ai le...

Viviane leva un doigt.

— Je veux ces dossiers avant la fin de la journée. Envoyez-moi un coursier. Euh, l'adresse ?

Elle jeta un œil à Nick.

— Trente-deux, Lakefront Road, dit-il.

— Trente-deux, Lakefront Road, répéta-t-elle. À Stone Gap. Je passerai demain discuter de ta nouvelle idée.

Elle raccrocha et rangea le téléphone dans son sac.

— Désolée. Nous sommes au milieu d'une grosse affaire, et nous en avons une demi-douzaine d'autres...

Son téléphone sonna de nouveau. Elle jeta un œil à l'écran et adressa un sourire d'excuse à Nick.

— Il faut que je réponde. C'est mon collègue. Peux-tu... ?

— Bien sûr, fit Nick comme si cela ne le dérangeait pas qu'elle ignore sa nièce pour un énième appel téléphonique.

C'était en tout cas une énième raison pour lui de ne plus embrasser cette femme.

Ouvrant la porte arrière du pick-up, il sortit Ellie du siègeauto. Il attrapa sa couverture et l'enveloppa dedans. Après tout, Noël approchait, et il n'était pas question qu'elle prenne froid, même si le pick-up était garé tout près de la maison.

Une fois à l'intérieur, il monta le chauffage de quelques degrés, ravi que Grady ait continué à payer les factures d'électricité, puis il installa Ellie dans le parc avec des peluches et des anneaux en plastique. Elle s'allongea sur le dos, plus fascinée par ses doigts que par ses jouets.

Nick resta planté là, réalisant qu'en l'espace de trois kilomètres il était passé du statut de baby-sitter à celui de parent célibataire. S'il avait su que Viviane allait travailler autant, il aurait accepté son idée d'engager une nounou. En tout cas, ce n'était pas le genre de Noël qu'il avait en tête lorsqu'il lui avait proposé d'emménager avec lui.

Un frisson d'effroi lui remonta le long de la colonne vertébrale. Toute sa vie, il avait évité les femmes accros au travail, parce qu'il avait vu de ses propres yeux à quel point cela pouvait nuire à une famille. Et il avait vu comment son propre engagement au travail avait détruit sa relation avec Ariel. Sans même qu'il s'en rende compte.

Aussi belle et attirante que soit Viviane Winthrop, il n'avait aucun intérêt à tomber amoureux d'une femme qui faisait passer son travail avant tout le reste.

Dix minutes plus tard, Viviane le rejoignit enfin.

— Bon sang, il fait froid dehors. Merci d'avoir déchargé la voiture. Que veux-tu que je fasse ?

— Rien, répondit-il d'un ton sec. Ellie est dans son parc, et tes bagages sont dans la chambre à l'étage, en face de la chambre d'enfant.

— Tu as fait tout ça ? Waouh, tu es rapide. Je voulais t'aider mais...

Son téléphone sonna de nouveau et, un instant plus tard, elle était déjà en pleine conversation, marchant de long en large dans le salon. Quel que soit le sujet de cet échange, ça n'avait pas l'air de bien se passer, ce qui signifiait que Viviane serait occupée pendant un moment. Il espéra que ce n'était qu'un problème lié à l'affaire en question et que ça ne se reproduirait pas constamment.

Nick fit un rapide audit des placards et du congélateur, où il trouva un poulet découpé. Après l'avoir mis à décongeler sur le plan de travail de la cuisine, il sortit une bouteille de vin. Il irait faire les courses dans l'après-midi. .

— Comment ça, ils ont contre-attaqué ? s'exclama Viviane. Ils pensent que Jerry est responsable ? Bon sang, j'aurais dû y aller moi-même. Le juge aurait rejeté leur demande. C'était un jeu d'enfants, Al, je ne comprends même pas que tu n'y sois pas arrivé. Non, dit-elle en faisant les cent pas entre le poêle et la porte de derrière, je répondrai ce soir. Tu as reçu la déposition ? Tant pis. Je m'en occupe.

Elle raccrocha et rangea son téléphone dans son sac. Sortant son ordinateur portable, elle se tourna vers Nick.

— J'ai honte de te demander ça, mais...

Son téléphone se remit à sonner. Encore une urgence professionnelle. Des drapeaux rouges s'agitaient dans la tête de Nick comme autant de muletas devant un taureau.

— Vas-y, travaille. Je suis paré pour l'instant. Il faudra que j'aille à l'épicerie et qu'on récupère ta voiture dans la journée. Mais ça peut attendre.

— Bien sûr, bien sûr, j'aurai terminé vers quinze heures.

Viviane s'installa temporairement à une extrémité de la table de la salle à manger. Au bout d'une heure, la pièce ressemblait à un véritable bureau couvert de dossiers et de notes griffonnées à la main. Elle enchaînait les appels téléphoniques à un tel rythme que Nick se demanda si elle avait le temps de respirer.

Lorsque l'horloge sonna quinze heures, Nick se dirigea vers la salle à manger tout en donnant à Ellie son biberon de l'après-midi. Mais contrairement à ce qu'elle avait promis, Viviane continua à travailler. Soudain il eut l'impression d'être de retour au Mausolée, ce lieu où rien n'existait en dehors du métier de ses parents, et surtout pas les enfants.

— Pfff, dans quoi on s'est fourrés, hein, mon ange ? souffla-t-il à l'attention d'Ellie, qui cligna des yeux sans cesser de téter.

6

Le mercredi suivant, leur routine était en place. Viviane se levait à cinq heures et partait au bureau à six, bien avant le réveil de Nick et Ellie. À dix-huit heures trente, elle envoyait un texto à Nick avant de quitter le bureau et faisait les courses nécessaires sur le chemin du retour.

Dans la journée, Nick s'occupait d'Ellie, de la maison et préparait les repas. Après le dîner, le plus souvent, Viviane se retirait dans la salle à manger pour travailler. Si elle se couchait vers une heure du matin, elle s'estimait heureuse. Elle savait qu'elle aurait dû s'occuper davantage des tâches ménagères et d'Ellie, mais Nick semblait avoir tout pris en main. D'ailleurs, sa charge de travail semblait augmenter de minute en minute.

Plusieurs fois par jour, elle tentait de joindre Sammie. Une fois, elle avait reçu un texto disant : « Tout va bien, ne t'inquiète pas », mais rien d'autre. Sammie semblait s'être évaporée. Viviane réalisa qu'elle ne savait ni où elle travaillait et habitait, ni avec qui. Comment pouvait-elle savoir aussi peu de choses ? Peut-être n'avait-elle pas été une sœur aussi attentive qu'elle l'avait cru...

Lorsqu'elle se gara dans l'allée, il faisait déjà nuit, et elle se rendit compte que cela faisait un moment qu'elle n'avait pas vu la lumière du jour. Sortant de sa voiture, elle admira la maison de la grand-mère de Nick qui se dressait dans la pénombre. C'était une bâtisse à un étage peinte en gris pâle avec des volets lilas entourée de rosiers et de pelouse. On apercevait au loin le lac Stone Gap, comme une flaque d'un bleu profond bordée de quelques maisons.

Son regard fut attiré par la lumière dorée qui émanait de la fenêtre du salon. À l'intérieur, Nick tenait Ellie dans ses bras et lui souriait en jouant avec ses petits doigts. Viviane reconnut alors une chanson country et, serrant le carton rempli des dossiers qu'elle devait examiner ce soir, elle regarda Nick esquisser quelques pas de danse, la petite toujours dans les bras.

Elle eut soudain la sensation d'être une ratée.

Nick donnait l'impression que c'était si facile de s'occuper d'un bébé... Chaque fois qu'il changeait sa couche, Ellie le regardait comme s'il était l'humain le plus merveilleux de la planète. Chaque fois qu'il la prenait dans ses bras, elle se calmait, posait la tête contre sa poitrine et s'agrippait à sa chemise, comme si sa vie en dépendait.

Lorsque Viviane s'occupait de sa nièce, elle pleurait. Lorsqu'elle changeait sa couche, elle se débattait. Lorsqu'elle la prenait dans ses bras, elle se dérobait et piquait une crise.

Viviane jeta un œil à son carton plein de dossiers et songea à Jerry et à sa famille. Au moins eux avaient besoin d'elle.

Soudain, Viviane pivota sur elle-même et, ouvrant la porte arrière de sa voiture, déposa le carton sur la banquette. Elle s'apprêtait à se glisser au volant lorsque Nick s'avança sous le porche. Il avait enveloppé Ellie dans une couverture pour la protéger du froid. Les accents entraînants de la chanson country flottaient dans l'air.

— Le dîner est presque prêt, dit-il.

— En fait... je ne reste pas.

— Tu repars déjà ? Pourquoi ? Tu viens d'arriver. Tiens, prends Ellie une minute, dit-il en lui tendant sa nièce, comme ça je pourrai mettre les pâtes dans...

Mais à peine avait-il fait le geste que la petite s'était mise à hurler.

— C'est pour ça que je pars, Nick. Parce que si je prends

Ellie dans mes bras, elle va se mettre à crier. Si je passe du temps avec elle, elle va se mettre à pleurer. Et ne se calmera qu'avec toi. Alors à quoi bon me fatiguer ?

Elle secoua la tête avant que ses maudites émotions ne la submergent. Nick avait reposé Ellie contre sa propre poitrine et celle-ci s'était calmée instantanément. Oui, Nick était mille fois plus doué qu'elle avec les bébés.

— Et puis j'ai beaucoup de travail ce soir...

— Tu as eu beaucoup de travail tous les soirs, Viviane. Et aussi tous les matins. Et toute la journée.

— C'est mon job, Nick. C'est pour ça qu'on me paie, répliqua-t-elle, notant au passage que leur échange ressemblait à une scène de ménage. Comment cela avait-il pu se produire en si peu de temps ?

— Pas au point d'exclure la possibilité d'avoir une vie, Viviane. Si tu veux mon avis, ton travail te sert de prétexte pour éviter de vivre. Ta sœur n'est pas la seule à fuir !

Sur ce, il tourna les talons et rentra à l'intérieur.

Viviane resta plantée là, fulminant dans le froid. Comment osait-il lui donner des leçons de vie ? Laisser entendre qu'elle passait à côté de l'essentiel parce qu'elle était accro au travail ? Ou qu'elle fuyait ? D'accord, ce n'était peut-être pas tout à fait faux, mais dès que ce procès serait terminé...

Elle ferma la portière de la voiture et retourna dans la maison, prête à remettre Nick à sa place. Mais une fois dans le salon, elle resta bouche bée.

La pièce qu'elle n'avait qu'entraperçue depuis son arrivée était en pleine transformation. Des guirlandes de branches de pin ornaient les murs et de grosses bougies blanches égayaient le manteau de la cheminée. Une belle flambée crépitait derrière un splendide pare-feu en fer forgé. Un sapin de Noël miniature en céramique orné des centaines de petites lumières trônait sur la table d'appoint, et sur la table basse un compotier en verre accueillait un mélange de pommes de pin ornées de rubans rouges. Un gros Père Noël en peluche de la taille d'un oreiller trônait sur le canapé, assis sur un plaid imprimé d'une vue de montagne enneigée. Sous ses pieds, le tapis du couloir avait été remplacé par un tapis blanc et bleu où l'on voyait des enfants faire de la luge.

Les mots qu'elle avait prévu de lancer à Nick moururent dans sa gorge.

— Quand as-tu fait tout ça ?

— Ces deux derniers jours. Pendant qu'Ellie faisait la sieste, je suis allé farfouiller au grenier. Dans ma tête, je cherchais un carton qui m'était destiné, mais je suis tombé sur les décorations de Noël. Alors Ellie et moi avons décidé de décorer le salon.

Un carton qui lui était destiné ? Elle avait bien remarqué un carton rangé dans un coin portant son nom. Mais elle préféra ne pas s'en mêler. Après tout, elle n'était que de passage ici.

— Tu as décoré la pièce avec Ellie ?

— Oui. Elle a fait le gros du travail pendant que je regardais, dit-il en souriant à la petite nichée dans ses bras. Elle a l'œil pour décorer une cheminée.

— C'est magnifique, lança-t-elle, entrant dans le salon en tournoyant lentement sur elle-même. On se croirait déjà à Noël.

— Ce n'est pas encore terminé. Il nous faut un sapin. Un vrai, pas un faux qui ne perd jamais une aiguille. On le mettra là, dit-il, désignant un coin qu'il avait dégagé de ses meubles pour accueillir l'arbre.

Une pile de cartons étiquetés « Décorations » attendaient sagement à cet endroit.

— Je sais que nous ne sommes là que pour quelques jours, mais comme c'est le premier Noël d'Ellie, je me suis dit qu'elle aimerait peut-être les guirlandes lumineuses et tout le reste. Elle prend déjà le Père Noël sur le canapé pour son jouet.

À ces mots, Viviane la dure à cuire fondit en larmes pour la troisième fois de la semaine. Qui était cet homme ? Et comment avait-il pu entrer dans sa vie, et dans celle d'Ellie, au moment précis où elles avaient besoin de quelqu'un comme lui ?

— Alors pourquoi ne resterais-tu pas ici ce soir, fit Nick en lui prenant la main, sans travailler, avec ta nièce et l'homme qui a préparé des fettuccini Alfredo pour le dîner ?

Sa main était agréable sur la sienne. Chaude, sûre, fiable. Elle enroula les doigts autour des siens.

— Des fettuccini Alfredo ? C'est mon plat préféré.

— Je sais. Tu l'as mentionné il y a quelques jours.

— Et tu t'en es souvenu ? fit-elle la gorge serrée par une émotion qu'elle n'aurait su nommer.

Même les hommes avec qui elle était sortie auraient été incapables de nommer son plat ou ses fleurs préférés. Ou de se rappeler comment elle prenait son café le matin. Nick faisait attention aux détails, peut-être parce qu'il était cuisinier, et c'était peut-être à cause de cette qualité qu'il avait un tel succès avec Ellie.

— Ne travaille pas ce soir, Viviane, répéta-t-il, plus doucement cette fois. Mangeons. Et après, on ira acheter un sapin et on le décorera. Je suis sûr qu'Ellie va adorer les guirlandes clignotantes.

Elle pensa à son carton rempli de dossiers qu'elle avait laissé dans sa voiture, à Jerry, qu'elle avait promis d'aider et aux heures que son équipe et elle-même avaient déjà passé à préparer ce procès. Elle avait mis au jour assez de preuves de malfaçons de la part du fabricant pour pouvoir négocier un accord financier et éviter à Jerry et à sa famille un procès interminable. Presque assez. Encore quelques jours de travail et, avec un peu de chance, elle disposerait d'arguments assez solides pour obtenir une indemnité substantielle.

— Des gens dépendent de moi, répondit-elle.

— Ta nièce aussi dépend de toi.

Viviane regarda Nick. Ellie était blottie contre son épaule, agrippée à sa chemise.

— Non, Nick. Elle dépend de toi. Et si tu veux mon avis, c'est beaucoup mieux pour elle. Parce que je suis une mère nulle. Et une sœur exécrable. *Qui se défile, exactement comme l'a fait Sammie pour tout ce qui concerne Ellie.*

Sur ces mots, elle tourna les talons, remonta dans sa voiture et prit le chemin de Durham, où se trouvait son appartement. Au moins, elle pourrait travailler toute la nuit sans se sentir coupable. Coupable de trahir la seule personne qu'elle avait juré de ne jamais trahir.

Le lendemain soir, Nick mit Ellie au lit, vérifia que son pyjama rose était correctement boutonné et qu'il faisait assez chaud dans la chambre. Elle s'était assoupie plus tôt que d'habitude car elle n'avait que peu dormi à l'heure de la sieste. Lorsqu'il fut rassuré, il redescendit, mit la table, puis s'assit pour attendre.

À peine une semaine plus tôt, l'approche de Noël lui donnait des boutons, au point d'envisager de se transformer en ermite jusqu'au 1er janvier. Et puis il avait trouvé Ellie sur la table de la cuisine et, en s'occupant d'elle, il avait changé d'avis sur Noël. Et sur beaucoup d'autres choses, aussi.

Contrairement à lui dans son enfance, Ellie aurait droit à un vrai Noël. D'ailleurs, Viviane avait juré de l'aider à préparer les festivités et il comptait bien s'assurer qu'elle tienne sa promesse.

Bien sûr, il savait aussi que tout cela était un bon moyen d'esquiver la dernière volonté de sa grand-mère. Il avait trouvé le carton en question dans un coin du grenier. Il y avait jeté un rapide coup d'œil pour constater qu'il était rempli d'objets ayant appartenu à son père dans son enfance : gant de base-ball, ours en peluche, albums de photos, quelques livres, parmi lesquels un album avec une couverture en cuir rempli d'autographes. *Réconcilie-toi avec lui,* avait écrit sa grand-mère. *Vous avez plus de points communs que vous ne le pensez.*

Sa grand-mère était vraiment très optimiste, car il était clair pour Nick qu'il n'avait aucun point commun avec son père. Et comme il n'était pas question qu'il le rappelle et subisse une fois de plus son dédain, il avait laissé le carton dans un coin du salon.

Dix minutes plus tard, Viviane était de retour. Après avoir

posé bruyamment son sac, elle fit voler ses chaussures et se dirigea vers le salon pieds nus. Elle s'arrêta net en le voyant assis à la table de la salle à manger.

— Nick. Tu m'as fait peur. Désolée d'être si en retard.

— Tu n'es pas en retard. Tu rentres toujours vers dix-neuf heures, et il est dix-neuf heures passées, la provoqua-t-il en désignant sa montre.

— Où est Ellie ? demanda-t-elle, ignorant le sarcasme.

— Au lit.

— Déjà ? Ce n'est pas un peu tôt pour elle ?

— Je suis surpris que tu saches à quelle heure elle se couche.

Il se rassit sur sa chaise. Un lourd silence s'installa dans la pièce.

— Ce n'est pas comme si je n'avais jamais été là. Je ne me suis absentée qu'hier soir parce que j'avais du travail...

— Tu es sûre que c'est la vérité, Viviane ?

La veille, quand il l'avait accusée de fuir, elle avait tourné les talons avant de sauter dans sa voiture et de rentrer chez elle. Incapable, ensuite, de dormir, il avait fixé le plafond pendant des heures, se demandant ce qui lui était passé par la tête de proposer à Viviane de loger chez lui avec sa nièce jusqu'au retour de Sammie. À ce moment-là, il était persuadé que celle-ci reviendrait au bout de quelques jours. Mais depuis, Viviane n'avait jamais réussi à la joindre, et il se demandait où tout cela allait mener.

— Parce que, de mon point de vue, reprit-il, tu as évité de t'occuper de ta nièce depuis que je t'ai rencontrée.

— Je t'ai proposé de m'aider, pas de te transformer en Super Papa Parfait. Par ailleurs, c'est une enfant géniale, très mignonne, et je suis attachée à elle, mais ce n'est pas ma fille.

— Ce n'est pas la mienne non plus, répliqua-t-il en se levant de sa chaise pour se diriger vers elle. Tout ça est bien dommage. Car elle mérite une famille normale, tu ne trouves pas ?

— Et qu'est-ce qui te fait croire que je puisse lui en offrir une ? Comme si je savais ce qu'était une famille normale !

lança Viviane, tournant les talons pour éviter cette discussion comme elle le faisait depuis le début. De toute façon, j'ai du travail.

— Pas ce soir, répondit-il en lui désignant la chaise située face à la sienne. Ce soir, il faut qu'on parle de cette situation parce qu'il va falloir que ça change.

Viviane hésita un instant, puis se laissa choir sur la chaise avant de prendre une gorgée d'eau du verre qu'il avait préparé sur la table.

— Je n'arrive pas à croire que Sammie ait réellement abandonné sa fille, soupira-t-elle. Je croyais qu'elle l'aimait.

— C'est le cas, si tu veux mon avis. Regarde : « S'il te plaît, prends soin d'Ellie aussi bien que tu as pris soin de moi. Je sais qu'elle aura un bon foyer avec toi. »

Il s'assit, faisant glisser vers elle la missive trouvée dans le couffin d'Ellie le premier jour.

— Peut-être que Sammie te l'a confiée parce qu'elle aimait sa fille et qu'elle se souvenait de la façon dont tu la protégeais quand elle était petite, et qu'elle pensait que tu serais une meilleure mère qu'un foyer ou une quelconque nounou.

— Je ne suis pas douée pour ça. Je vois bien comment Ellie te regarde et comment elle s'endort quand c'est toi qui la mets au lit. Quoi que j'essaie de faire avec elle, elle pleure ou tente de se dérober. Elle me déteste.

— Tu devrais réessayer. Les bébés ont besoin de constance...

— Merci du conseil, Super Papa Parfait, mais je n'ai pas besoin que tu me fasses la leçon sur l'éducation de ma nièce, lança-t-elle, à la fois furieuse et au bord des larmes.

Il comprit alors que la Viviane capable, forte et intelligente, se sentait pour la première fois complètement dépassée et incompétente. Peut-être était-ce aggravé par le fait que la société attendait des femmes qu'elles sachent s'occuper des bébés.

S'il y avait bien une chose que Nick comprenait, c'était le sentiment de ne pas être à la hauteur d'une norme que la société ou la famille prenait pour acquise.

Ôtant le papier d'aluminium qui recouvrait le plat, Nick déposa une escalope panée, des fettuccine et un peu de sauce dans l'assiette de Viviane. Il garnit le tout de parmesan fraîchement râpé. Cette parenthèse apaisa la tension qui régnait dans la pièce.

— Comme ça, reprit-il, tu es capable d'affronter une multinationale au tribunal, mais tu paniques devant un bébé qui ne sait même pas tenir une cuillère ?

La plaisanterie détendit un peu Viviane.

— C'est différent. Dans un tribunal, personne n'a besoin de moi pour donner un biberon et changer une couche. Non, poursuivit-elle en posant sa serviette sur ses genoux, au tribunal je sais exactement ce que j'ai à faire. Mais avec Ellie... je perds mes moyens.

— Justement, répondit-il d'un ton enjoué tout en préparant sa propre assiette. Pourquoi ne prendrais-tu pas ta journée demain ? Tu pourrais passer du temps avec Ellie...

Viviane s'arrêta, la fourchette à la main.

— Seule ?

— Pas complètement. Je serai là en pointillé. Je dois reprendre le travail demain, mais toi et Ellie pourriez m'accompagner à l'auberge. Comme ça, tu ne seras pas complètement seule, et je ne serai pas triste de ne pas voir ce bout de chou. Bref, qu'est-ce que tu en dis ?

Il en avait déjà parlé à Della et Mavis, qui avaient accepté qu'il amène Ellie au travail. Toutes deux adoraient les bébés. Il est vrai qu'Ellie était vraiment mignonne. S'il avait un jour une fille... Bien sûr, cela n'arriverait pas... Mais s'il en avait une, il espérait qu'elle ressemblerait à Ellie.

— Attends, tu dois retourner travailler demain ? fit Viviane. Je croyais qu'on avait jusqu'à vendredi.

— Aujourd'hui, c'est jeudi. Et dans cinq petites heures, ce sera vendredi.

— La semaine est passée plus vite que je ne le pensais. Je ne peux pas prendre un jour de congé. Nous sommes en pleine préparation du procès. Si tu retournes travailler, je vais devoir trouver une nounou. Je ne peux pas...

— Essayer de nouer une relation avec ta nièce ? lança-t-il. Elle fait partie de ta famille, pas de la mienne. Et tu agis comme si elle avait la peste.

— Elle n'est pas à l'aise avec moi.

— Tu ne lui as pas donné beaucoup d'occasions d'apprendre à l'être. Elle a besoin d'un parent, Viviane. Elle a besoin de quelqu'un qui sera là pour elle pendant dix-huit ans, au moins. Cette personne, ce n'est pas moi. Je suis un bouche-trou, pas un père.

— J'ai du travail, répondit-elle en se levant.

Il posa la main sur la sienne. Elle s'immobilisa et se rassit. Il connaissait à peine Viviane et Ellie, mais il savait une chose : rien n'était pire pour un enfant que d'avoir des parents fuyants. Peut-être que tout ce dont Viviane avait besoin, c'était d'un coup de pouce ou, comme lui, d'un saut dans le grand bain de la parentalité.

— Je suis bien placé pour savoir que les parents qui passent leur vie au boulot font des enfants assez solitaires qui fêtent leurs anniversaires seuls, ouvrent leurs cadeaux de Noël seuls, et passent leur temps à se demander ce qu'ils ont fait de mal pour que leurs parents les évitent.

Elle se mordilla la lèvre et se tassa sur sa chaise.

— Je sais. Ma mère aussi était une « accro » mais pas au travail...

— Alors n'inflige pas ça à Ellie.

Ou à moi, aurait-il voulu ajouter. Mais il avait déjà décidé, après ce qui s'était passé la veille, que leur relation se limiterait à s'occuper du bébé. Rien de plus. En rentrant chez elle pour travailler, Viviane avait affirmé ses priorités.

— Avant de trouver Ellie sur la table de la cuisine, je ne savais même pas de quel côté on mettait une couche. Mais j'ai appris parce que cette enfant avait besoin de quelqu'un.

— Peut-être, mais tu es doué pour ça. Regarde, poursuivit-elle avec un geste panoramique de la main, ces décorations, cette table, tu es quelqu'un d'accueillant et de généreux. Et franchement, Nick, et je le dis avec envie, j'aimerais être comme toi, mais je ne le suis pas du tout. Mon appartement a été décoré par une femme que j'ai embauchée au magasin de meubles. Et ça se voit. Mon intérieur ressemble à une salle d'exposition. C'est ma faute, bien sûr, car je suis à peine présente. Je n'ai ni de décorations de Noël, ni de bibelots que je ramène de voyage, ni de vaisselle héritée de ma grand-mère. Ce n'est pas ton cas, ajouta-t-elle en montrant d'un geste les assiettes et l'argenterie disposées sur la table. Le seul plat que je sache cuisiner, ce sont les spaghettis, et encore, ils sont toujours trop cuits. Je ne suis bonne qu'à être avocate. Je ne peux pas offrir à Ellie ce que je n'arrive même pas à faire pour moi-même. C'est comme si j'avais vécu sur une autre planète toute ma vie et que maintenant on me demandait de vivre sur Terre. Je suis nulle comme mère, comme femme d'intérieur et même... comme sœur.

— En fait, tu penses que c'est ta faute si Sammie est partie... Je l'ai vu dans tes yeux quand tu as compris que ta sœur avait laissé sa fille exprès. Mais tu n'as rien à voir là-dedans, Viv. Ta sœur fait ses propres choix.

— Et presque tous ont été de mauvais choix. C'est comme ça depuis des années. Tout ce que j'ai fait pour l'aider à s'en sortir n'a servi à rien. Une année, elle a abandonné le lycée et a fugué, et par la suite, je lui ai trouvé un prof particulier pour l'aider à réviser son bac. Eh bien, elle a disparu la veille de l'examen. Si elle l'avait réussi, je lui aurais payé des études. J'ai essayé de lui ouvrir la voie vers une vie différente de celle que nous avions connue dans notre enfance. Je lui ai juré, Nick, de tout faire pour que nos vies soient différentes. Et maintenant...

— Vos vies sont différentes.

Viviane eut un rire amer.

— Tu crois ? Ellie vit avec des gens que je ne connais pas. Et je ne sais ni où elle est ni ce qu'elle fait car elle ne répond pas au téléphone. C'est la preuve que je l'ai laissée tomber. On n'en serait pas là si j'avais su maintenir des liens avec elle.

— Tu n'es pas plus une lâcheuse que je ne suis un raté, Viviane. C'est ce que m'a toujours dit mon père. De ses trois fils, j'étais celui qui, selon lui, ne devait jamais avoir d'enfants... Car je ne ferais qu'engendrer des fainéants sur cette Terre.

— Ton père t'a dit ça ? fit-elle, sous le choc. Comment est-ce possible ?

— C'était quand il a découvert que j'avais abandonné mes études de droit. Une faute impardonnable, selon lui. Cela dit, mes parents n'ont jamais vraiment cru en moi. À l'école déjà, on leur disait que j'étais lent et laborieux.

Viviane fronça les sourcils.

— Mais n'est-ce pas une bonne chose d'être laborieux quand on apprend, d'être déterminé à persévérer malgré les difficultés ?

— Pas pour tout le monde. En tout cas, mon côté lent et laborieux m'a beaucoup servi en cuisine. C'est même grâce à ça que j'ai décroché le concours d'entrée de mon école. Il s'agissait de faire une omelette telle que l'on en sert dans les palaces. C'est-à-dire d'une couleur jaune pâle et d'une texture moelleuse, surtout au milieu. C'est l'un de ces plats dont on ne peut s'éloigner une seule seconde. Il faut un mouvement constant, de l'attention et un timing parfait pour le réussir.

— J'adorerais que tu m'en fasses une un jour...

Était-ce une invitation à prendre un petit déjeuner ensemble ? se demanda Nick. Il devait avouer que ça ne lui aurait pas déplu, surtout après une nuit d'amour... Peu importait que Viviane soit un bourreau de travail. Car, à chaque fois, cette représentation était supplantée dans son esprit par celle de la Viviane aux pieds nus et aux cheveux en désordre qu'il avait entraperçue une nuit d'insomnie.

— Avec grand plaisir.

Elle rougit et, baissant les yeux sur son assiette, se remit à manger.

— De toute façon, reprit-il au bout de quelques instants

de silence gêné, en cours de cuisine, j'allais toujours à mon propre rythme, je ne faisais jamais ce que le prof disait. Je trouvais mes propres méthodes, mon propre chemin. J'étais sûr que j'allais ainsi révolutionner le monde de la cuisine.

— Et ça a marché ?

— Absolument pas. Car je suis toujours aussi lent. La plupart du temps, c'est en faisant des détours que je trouve ce que je cherche.

— Waouh, intéressant. Mais moi, je n'ai jamais été comme ça. J'ai toujours choisi la facilité.

— Je ne suis pas d'accord, Viviane. C'est très difficile de survivre au genre d'enfance que tu as eu. Or toi, tu as fait des études de droit et tu as réussi ta carrière. Toi aussi, tu as été courageuse et persévérante.

Elle baissa les yeux, se concentrant pour couper un morceau de poulet.

— Sur le papier, oui, mais dans ma vie personnelle... pas tant que ça.

— Je pense que tu es trop dure avec toi-même.

Il posa la main sur la sienne. Lorsque, l'espace d'un instant, elle plongea son regard bleu dans le sien, la Viviane aux pieds nus s'imposa une fois de plus dans l'esprit de Nick avant de disparaître lorsque, retirant sa main, elle se remit à manger.

— Comment as-tu trouvé cette école de cuisine ?

Il apprécia ce changement habile de sujet de conversation.

— En fait, il y avait un département d'Arts culinaires dans l'université où je faisais mes études de droit. J'ai simplement demandé à changer de spécialité. Ce qui est bien, quand on a un père qui se fiche de ce que font ses enfants, c'est qu'il lui a fallu six mois pour s'apercevoir que je ne faisais absolument pas les études prévues.

— Comment a-t-il réagi ?

— Eh bien, il m'a coupé les vivres. Entièrement, répondit-il, haussant les épaules, l'air de dire « même pas mal ». Du coup, je me suis mis à bosser comme plongeur et serveur après les cours, puis j'ai contracté un prêt étudiant pour financer le reste de mes études. Mais par la suite, les remboursements se sont avérés trop lourds, et je suis allé travailler pour mon frère dans le domaine de la sécurité informatique. Dès le départ, j'ai détesté ce travail, mais je me suis habitué au salaire régulier et j'ai continué à me trouver des excuses pour ne pas arrêter. En fait, je détonnais à côté de mes frères, qui sont tous deux des mégastars dans leur domaine. Grady, qui a fondé l'entreprise, gagne des millions, et Carson vient d'être promu vice-président. Tous les deux étaient déjà des petits génies à l'école et même s'ils ne sont pas devenus avocats, ils ont fait de brillantes études en ingénierie informatique. Alors que moi, j'ai abandonné le droit et que je suis aujourd'hui chef cuisinier dans une modeste auberge en Caroline du Nord. Aux yeux de beaucoup de gens, je suis un raté. Mais au moins, je suis un raté heureux, et c'est en cela que mon parcours est une réussite.

— Un raté heureux ? fit-elle en riant. Voilà un concept dont je n'avais jamais entendu parler.

Quelques jours plus tôt, jamais il ne se serait qualifié d'heureux. Mais peut-être ces moments passés avec Ellie lui avaient-ils redonné confiance en lui. Peut-être parce qu'il avait réalisé que ce n'était absolument pas nécessaire d'être parfait pour apporter de la joie à son entourage.

— Tu m'as demandé le premier jour si j'étais heureux...

— Je m'en souviens. Tu n'en avais pas l'air très sûr.

— À ce moment-là, j'étais encore sous le coup de la rupture avec mon ex. Quand je me suis installé à Stone Gap, je ne sortais de ma chambre que pour préparer les repas des clients. Le reste du temps je me morfondais tout seul. Et puis Ellie et toi avez débarqué dans ma vie et vous m'avez rappelé ce qui me rendait vraiment heureux.

— C'est-à-dire ? fit-elle, les yeux écarquillés, sincèrement curieuse de sa réponse.

— La famille. Cette maison et ma grand-mère ont joué un rôle très important dans ma vie. Quand on venait ici, mes frères et moi étions totalement différents de ce que nous étions au Mausolée. Je pense que j'avais oublié tout cela jusqu'à maintenant. Quand je suis arrivé à Stone Gap il y a un mois, j'étais amer et aigri. Comme à l'époque où je vivais avec mes parents. Mais ici, peu à peu, avec Della et Mavis, dans cette auberge, et puis grâce à Ellie et toi, j'ai repris goût à la vie et j'ai eu envie de vous offrir un vrai Noël comme si on était une vraie famille.

Tout à coup, toute légèreté disparut des traits de Viviane et, en l'espace d'un instant, un mur sembla s'élever entre eux. Viviane repoussa son assiette et se leva.

— Une vraie famille... Eh bien, sache, Nick, que s'il y a bien une chose que je ne pourrai jamais t'offrir, c'est bien ça. Alors arrête de te faire des films.

7

Ellie pleurait.

Ce fut la première chose que Viviane remarqua le lendemain matin. Généralement, elle quittait la maison avant qu'Ellie soit réveillée, mais lorsqu'elle jeta un œil au réveil électronique posé sur la table de nuit, elle vit qu'il était débranché. Par une ouverture dans les rideaux, un rayon de soleil transperça soudain la chambre obscure. Bon sang… Si le soleil était levé, c'est qu'elle allait être en retard au travail. Elle avait encore beaucoup de documents à étudier. Jerry, son client, comptait demander d'importants dommages et intérêts, et elle devait rassembler le plus d'éléments à charge possible contre le fabricant d'outillage pour mettre toutes les chances de leur côté. Cette journée serait donc cruciale. Comme toutes les autres, d'ailleurs.

Viviane jaillit du lit, enfila son peignoir et descendit en hâte à la cuisine. Dans la chambre d'enfant à l'étage, Ellie continuait à pleurer dans la grande maison silencieuse. Où diable était Nick ? Elle se dirigea vers le plan de travail où elle mettait son téléphone à charger pendant la nuit. À la place de son téléphone, elle trouva une missive.

Tu te souviens du jour de congé que je t'ai demandé de prendre ? Eh bien, je me suis permis d'appeler ton cabinet pour dire que tu étais malade. Al m'a dit qu'il s'occuperait de tout pour le procès, alors ne t'inquiète pas. J'ai fixé le siège bébé dans ta voiture et je suis parti travailler. Le biberon d'Ellie est dans le frigo. Prends ton jour de congé. Tu en as besoin. Et Ellie a besoin de connaître sa tante. Nick

Elle leva les yeux au ciel, furieuse. Apparemment, Nick Jackson était déterminé à la confronter aux inquiétudes et insuffisances dont elle s'était ouverte dans la discussion de la veille. Maudit soit cet homme.

Pour la centième fois, elle se demanda pourquoi Sammie lui avait laissé Ellie, alors qu'elle était dénuée de toute forme d'instinct maternel. Et pourquoi Nick se refusait à admettre qu'elle ne savait pas y faire avec les bébés.

Viviane fixa la missive, puis se dirigea vers l'entrée où elle avait laissé la sacoche contenant son ordinateur. À l'étage, les pleurs d'Ellie devenaient critiques. « Change-moi et nourris-moi tout de suite », semblait-elle exiger.

— Tiens bon, Ellie, répondit Viviane. Je vais juste...

Sa sacoche avait disparu. À la place, une autre missive, était fixée au mur.

Je savais que tu essaierais de travailler à distance. Ton ordinateur et ton téléphone sont à l'auberge. Le petit déjeuner est à huit heures. Viens nous rejoindre. Nick

Nick la forçait donc à prendre un jour de congé, alors qu'elle lui avait dit que c'était impossible. Elle allait le tuer quand elle le verrait... Elle perdrait au moins une heure de travail avant de récupérer son ordinateur et son téléphone à l'auberge.

Les cris d'Ellie avaient atteint un niveau de décibels stratosphérique. Une décision s'imposait : que devait-elle faire en premier ? La changer ? La nourrir ? La nourrir tout en la changeant ? Était-ce possible ? Oui, pourquoi pas ? Elle se précipita dans la cuisine et sortit le biberon de lait du réfrigérateur, où se trouvait une troisième missive.

Réchauffe le biberon dans la casserole d'eau posée sur la cuisinière. N'oublie pas qu'il doit être à température du corps. Secoue le biberon après l'avoir réchauffé. Pour vérifier la température, verse quelques gouttes de lait sur ton poignet. Pendant que le biberon réchauffe, monte changer Ellie. Les couches sont à côté de son lit. Tu peux le faire, Viv. S'occuper d'un bébé est beaucoup plus facile que de préparer un procès, crois-moi.

Une omelette digne d'un hôtel de luxe t'attend à l'auberge. Avec du bacon. Et des muffins aux myrtilles. Nick

Cet homme était-il devin ? Elle visualisa le festin et son estomac gronda. Si elle avait eu trois ans, elle aurait trépigné pour qu'on le lui apporte sur-le-champ. Hélas, Nick lui demandait l'impossible.

Allons, allons, se raisonna-t-elle. Ce n'était pas si difficile. En se concentrant, elle réussirait peut-être à changer Ellie, à la nourrir, l'habiller et à la fixer à son siège auto. Et à arriver à l'auberge à huit heures pour le festin. *S'occuper d'un bébé est beaucoup plus facile que de préparer un procès, crois-moi.*

Viviane espérait que Nick avait raison et qu'il n'allait pas se mordre les doigts de lui avoir fait confiance. Suivant ses instructions à la lettre, elle plaça le biberon dans la casserole et mit celle-ci à chauffer.

— Bonjour, ma chérie. C'est ta tante Viv. On va changer ta couche, d'accord ? dit-elle en se penchant sur le berceau.

Ellie s'arrêta de pleurer pour regarder Viviane d'un air dubitatif. C'était peut-être un bon début, se dit Viviane en prenant une couche et la boîte de lingettes. Ellie se tortilla un peu en la voyant s'approcher mais elle semblait surtout déconcertée par ce changement de routine matinale.

— Allez, on a tout ce qu'il faut, n'est-ce pas ? On peut s'en sortir..., s'encouragea Viviane en soulevant sa nièce et en la tenant à bout de bras comme une grenade prête à exploser.

Jamais elle ne serait aussi à l'aise que Nick, jamais... *Mais en fait, depuis quand acceptes-tu l'échec ?* se gronda-t-elle. N'avait-elle pas survécu au cauchemar du placement en famille d'accueil et décroché son diplôme de droit avec brio ?

— Nick a raison, dit-elle à Ellie. Si je suis capable de

m'attaquer à une multinationale, je devrais être capable de changer la couche d'un bébé de trois mois. Ce n'est pas sorcier, n'est-ce pas ?

Allongeant Ellie sur le lit une place situé face au berceau, elle entreprit de dégrafer le petit pyjama couleur lilas. Ellie n'arrêtait pas d'agiter les jambes, et Viviane dut s'y prendre à plusieurs reprises. Lorsque ce fut chose faite, le pyjama et la couche mouillée furent retirés en un tournemain. Après un rapide coup de lingette, Viviane attrapa la couche propre.

— Opération couche en bonne voie, annonça-t-elle à Ellie. Ne me fais pas pipi dessus, d'accord ? Bon, je vais te soulever les jambes. Tu me laisse faire ?

Centre bien la couche sous les fesses d'Ellie, avait dit Nick. *L'avant et l'arrière doivent être bien alignés. Colle le ruban adhésif sur la bande de devant et serre suffisamment pour que ça ne bâille pas à l'entrejambe.*

Avant de se laisser submerger une fois de plus par le doute, elle glissa la couche sous sa nièce puis, remontant la partie avant, fixa les adhésifs. Lorsqu'elle ôta les mains, la couche resta miraculeusement en place. Il n'y avait pas le moindre bâillement à l'entrejambe.

— Tu as vu, Ellie ? Ça tient ! Je suis peut-être un génie, après tout, dit-elle à sa nièce en lui remettant son pyjama. Elle lui aurait bien choisi une tenue pour aller à l'auberge, mais il ne fallait pas être trop confiante…

Lorsque la petite fut prête, elle la cala contre sa hanche.

— Et maintenant, opération biberon. Ça te va ?

À ces mots, Ellie se mit à pleurer et Viviane l'emporta vivement au rez-de-chaussée. Une bouffée d'optimisme la submergea lorsqu'elle entra dans la cuisine. Peut-être pourrait-elle être la tante qu'Ellie méritait.

Les poings sur les hanches, Mavis regardait Nick mélanger des myrtilles avec sa pâte à muffins. Il n'y avait que deux clients à l'auberge et ils avaient demandé un petit déjeuner tardif. Nick pouvait donc préparer son menu sans se presser : muffins, gaufres, bacon grillé, omelette.

— Où est le bébé, et pourquoi n'as-tu pas toujours vu ton père ? l'apostropha Mavis.

Nick se mit à rire.

— Eh bien, bonjour à toi aussi, Mavis.

— Je sais pertinemment que tu évites de faire ce que ta grand-mère t'a demandé. Mais tu ne pourras pas échapper toute ta vie à tes obligations, tu sais... Même si je sais que tu as tes raisons pour ne pas parler à ton père.

— En fait, c'est lui qui a décidé de ne plus me parler. Mais je l'ai quand même appelé. Et quand j'ai mentionné le carton que sa mère lui a laissé, il m'a demandé de le mettre à la poste, expliqua Nick en faisant griller des tranches de bacon dans une poêle en fonte.

— Peut-être, mais réessaye. Certaines personnes ont besoin qu'on leur tende la main plusieurs fois. Ta grand-mère, paix à son âme, était le genre de femme qui pardonnait à tout le monde, et qui ne voulait que le bonheur de sa famille.

Nick n'avait jamais considéré ses parents comme une famille. En fait, c'était comme si son enfance s'était déroulée sur deux planètes différentes : le Mausolée et la maison de sa grand-mère. Pourquoi une telle froideur chez son père ? Parce qu'il était fils unique ? Parce qu'il méprisait la petite ville où il avait grandi ? Pourquoi avait-il à ce point renié son passé ?

Nick cassa deux œufs dans un grand bol, ajouta un peu de babeurre, puis incorpora au fouet les ingrédients secs de la pâte à gaufres. Lorsque celle-ci fut prête, il mit le tout de côté et retourna s'occuper du bacon.

— Jamais je ne le rappellerai.

— Pourquoi es-tu si borné ? On ne sait jamais ce qui peut marcher tant qu'on n'a pas essayé, reprit Mavis en mettant le bol vide dans l'évier. Bon, où est ma petite-fille par interim ?

— J'espère qu'elle va arriver.

Viviane allait probablement le tuer quand elle arriverait. Mais il ne regrettait rien. Elle aurait trouvé le moyen de travailler s'il n'avait pas embarqué son ordinateur et son téléphone. Et tant qu'elle ferait passer son travail en premier, elle n'arriverait jamais à se lier véritablement avec Ellie.

À cet instant précis, la porte s'ouvrit à la volée et Viviane fit irruption dans la cuisine, tenant d'une main le siège bébé et de l'autre le sac à langer prêté par Mac et Savannah. Au lieu de son habituel tailleur, elle portait un jean délavé et un vieux T-shirt imprimé de deux poignées et barré de la mention « Otage à prendre ». Elle n'avait manifestement pas eu le temps de se faire un chignon car ses cheveux flottaient librement sur ses épaules. Son visage n'était pas maquillé, ce qui mettait en valeur ses grands yeux bleus.

Mavis lui donna un coup de coude.

— Ne brûle pas le bacon, Roméo.

Il se concentra sur sa poêle, se rappelant qu'il devait rester calme. Après tout, Viviane ne resterait dans sa vie que le temps d'un Noël. Quel sens cela aurait-il de se lier avec une avocate qui faisait passer sa carrière avant tout le reste ?

— Ton plan diabolique a fonctionné, lui lança Viviane. Cela dit, j'ai réussi à changer Ellie et à la nourrir. Et pour l'instant, elle est calme et elle a même l'air... contente.

— Diabolique est un bien grand mot, sourit-il. En tout cas, je suis ravi que tu aies passé un bon moment avec ta nièce.

— Voilà mon petit bout de chou ! s'exclama Mavis, surgissant du fond de la cuisine et extirpant Ellie du porte bébé pour la couvrir de baisers. Oh ! comme ces joues de bébé me manquent ! J'espère que ma fille en aura au moins deux autres. En attendant, je veux bien être grand-mère par intérim de cette petite. Bon, dit-elle à l'attention d'Ellie, déjà conquise, et si on allait rendre visite à Della ? La pauvre est dans son bureau en train de régler des factures. Allons illuminer sa journée.

Lorsque Mavis et Ellie furent sorties, Viviane posa le porte bébé sur une chaise et vint s'appuyer contre le plan de travail à côté de la cuisinière.

— Maintenant que ma mission est accomplie, tu vas me dire où sont mon téléphone et mon ordinateur ?

— Si je te le dis, tu vas les utiliser ?

— Bien sûr. J'ai beaucoup de travail.

— Alors je ne te le dirai pas, répondit-il en retournant les tranches de bacon. D'autant plus que tu n'as même pas pris ton petit déjeuner. On ne travaille pas l'estomac vide.

— Allons, Nick, ne fais pas l'enfant. Laisse-moi faire mon travail.

Il évita de la regarder et continua à remuer le bacon. Dans la pièce voisine, Mavis et Della s'exclamaient devant les petits pieds et les petites mains d'Ellie.

— Quand as-tu pris un jour de congé pour la dernière fois ? demanda-t-il.

Elle souffla sur une mèche de cheveux qui tombait sur son visage.

— Il y a deux ans. Non, trois.

— C'était vraiment un jour de congé ?

— J'avais la grippe.

— Mais tu prends tes week-ends et tes vacances, bien sûr ?

Il avait demandé cela d'un ton sarcastique. Car au fond, il ne connaissait que trop bien la réponse. Viviane était accro au boulot. Ne l'avait-il pas été lui-même lorsqu'il secondait Carson ? À l'époque, chaque jour ressemblait à une course sans fin dans une roue de hamster. Lorsqu'un travail était fait dans les temps, six nouvelles missions apparaissaient sur le planning avec un timing encore plus serré. Cela ne laissait pratiquement aucune place pour la vie personnelle ou quoi que ce soit d'autre en dehors du bureau.

— Qu'est-ce que ça peut faire ? fit Viviane. Je suis célibataire et je vis seule. Je n'ai même pas de chat ou de plante verte. Tout le monde se fiche que je travaille cent heures par semaine.

— Pas moi.

— Pourquoi ? Tu me connais à peine.

Il abandonna son bacon pour s'approcher d'elle. Elle avait d'adorables taches de rousseur sur le nez.

— Parce que, reprit-il doucement, ignorant son envie de la toucher, je sais où ça mène. Mes parents sont de très bons avocats. Très occupés et très riches. Et très, très malheureux.

— Ça ne veut pas dire que je vais devenir comme eux.

Il plongea dans son regard bleu déterminé.

— Tu es heureuse, Viviane ?

Elle se détourna et se servit une tasse de café en y ajoutant une généreuse portion de crème.

— Ça peut aller...

— C'est-à-dire ?

Au lieu de répondre, elle s'éloigna, serrant sa tasse à deux mains comme si elle avait froid. Elle s'arrêta devant la petite fenêtre de la porte arrière et regarda la vaste pelouse qui descendait en pente douce jusqu'au lac de Stone Gap.

Nick sortit les muffins du four et les mit à refroidir sur une grille. Il posa ensuite le bacon sur des feuilles d'essuie-tout. Il versa la pâte dans le gaufrier chaud et en sortit deux gaufres avant que Viviane ne reprenne la parole :

— En fait, je crois que je ne sais pas ce que ça veut dire « être heureux », dit-elle doucement. Parce que, dans mon enfance, chaque fois que j'avais l'impression de l'être, ou que j'avais trouvé un endroit où je pouvais m'épanouir, tout m'était aussitôt arraché. Je crois que j'ai appris à ne jamais compter sur personne d'autre que moi-même. Il m'arrive de travailler un peu moins, de voir des gens. Mais je ne suis pas sûre que ce soit synonyme de bonheur.

— Moi non plus... Mais c'est compréhensible que tu ne saches pas ce qu'est le bonheur, vu l'enfance que tu as eue, mais c'est triste, quand même.

Il empila les gaufres sur une assiette et les couvrit pour les garder au chaud. Il mit ensuite une poêle sur le feu et y fit fondre du beurre. Pendant ce temps, il fouetta trois œufs avec un peu d'eau et de sel jusqu'à ce que le mélange devienne mousseux et léger.

— C'est ma vie, Nick. Je ne connais pas d'autre façon d'être.

— Alors pourquoi ne pas profiter de cette journée et de

l'opportunité que Sammie a fait surgir dans ta vie, et voir où cela te mène ?

— Ce n'est pas si simple..., soupira-t-elle avant de revenir vers la cuisinière pour le regarder faire l'omelette.

Il réalisa que chaque muscle de son corps semblait réagir à sa présence. Au doux gonflement de ses seins sous le T-shirt et à la façon dont le jean épousait ses hanches et ses jambes. Son parfum même semblait l'inviter à se rapprocher.

Le beurre moussa dans la poêle et Nick y versa les œufs. Tenant la poignée d'une main, il imprimait à l'ensemble un mouvement circulaire, retournant d'une secousse la partie cuite des œufs. Lorsque l'omelette fut prête, il en fit glisser trois parts dans des assiettes.

— Elle est magnifique, une véritable œuvre d'art.

— Goûte et tu me diras si c'est aussi bon que beau.

Il ajouta deux tranches de bacon et un muffin chaud dans l'assiette, puis la tendit à Viviane.

— Tu veux aussi une gaufre ?

— Si je mange tout ça, je risque d'exploser. Attends... c'est du vrai sirop d'érable ?

— Oui.

Viviane gémit. Nick aurait payé un million de dollars pour être à l'origine de ce son.

— Ça a l'air délicieux. Garde-m'en une.

Elle se dirigea vers la table, mais s'arrêta en cours de route.

— Tu ne manges pas ?

— Je dois d'abord servir le petit déjeuner aux clients. Je fais un buffet dans la salle à manger. Je mangerai plus tard.

— Ce n'est pas drôle, protesta-t-elle en s'attablant.

— Moi, ce qui m'amuse, c'est de regarder les autres manger mes créations, dit-il en se dirigeant vers la porte.

Avant de sortir, il se retourna pour regarder Viviane prendre sa première bouchée d'omelette.

Un sourire se dessina sur ses lèvres et elle ferma un instant les yeux.

— Waouh, c'est incroyable ! C'est velouté avec un léger goût beurré. Vraiment différent des omelettes habituelles.

— Une bonne omelette de palace doit te faire oublier toutes les autres omelettes. C'est un peu comme rencontrer un mec bien. Il te fait oublier tous les autres.

Qu'est-ce qu'il racontait ? D'où sortait-il cela ? Se portait-il volontaire pour le poste ?

Elle rougit avant de reprendre :

— Ton omelette en tout cas est exceptionnelle. Mon petit déjeuner se résume généralement à une barre de céréales ou à une tasse de café si je suis vraiment pressée. Et quand je prends un petit déjeuner d'affaires, je suis trop occupée à travailler et à parler pour manger plus de deux bouchées.

— C'est bien triste…, reconnut-il, poursuivant la conversation alors qu'il aurait déjà dû être auprès des clients.

En réalité, il appréciait plus qu'il ne voulait l'admettre les rares moments où il était seul avec Viviane.

— J'ai toujours considéré la nourriture comme purement utilitaire, mais j'avais tort, reprit Viviane en terminant son omelette et en laissant échapper un petit gémissement de satisfaction.

Bon sang. Nick n'allait jamais pouvoir faire ce qu'il avait à faire si elle continuait comme ça. Tout ce qu'il voulait, c'était l'entendre émettre ce même enthousiasme dans sa chambre.

— Tu, euh…, reprit-il difficilement. Tu as apprécié ton petit déjeuner ?

— En fait, acquiesça-t-elle, je n'avais jamais réalisé à quel point un repas pouvait être une expérience si je prenais le temps d'en apprécier chaque bouchée.

Elle avait fini les œufs et le bacon et badigeonnait son muffin de beurre. Pour cesser de penser à l'embrasser, Nick attrapa la cafetière, remplit la tasse de Viviane et posa le crémier sur la table. Le plateau couvert de gaufres, de muffins et de bacon attendait toujours qu'il l'apporte dans la salle à manger.

— Je… devrais me remettre au travail.

Elle lui adressa un doux sourire et ses yeux bleus se posèrent sur les siens.

— Tu crois ?

Au moment où il s'apprêtait à aller vers elle, Mavis entra dans la cuisine, Ellie dans les bras. Une interruption à la fois bienvenue et frustrante. En un instant, toute tension sexuelle entre eux s'évapora.

— Nous avons décidé de kidnapper ce petit bout de chou ce soir ! s'exclama Mavis. Parce que Della et moi pensons que vous avez besoin de sortir tous les deux.

— Oh ! mais nous ne sommes pas… enfin… nous ne…, bredouilla Viviane, rougissante, en regardant Nick.

Sortir avec Viviane aurait été une énorme erreur. Il savait déjà où cela mènerait. Il en avait eu un avant-goût toute la semaine. Et puis, il y avait l'exemple de ses propres parents. Mais si leur relation était bancale, au moins ils partageaient les mêmes objectifs. Des objectifs égoïstes qui impliquaient de négliger leurs enfants, mais des objectifs communs tout de même. Viviane et lui ne voulaient absolument pas suivre le même exemple. Lui voulait une famille. Elle voulait une carrière, à l'exclusion de tout le reste. Ils ne pourraient jamais être heureux ensemble à long terme. S'il avait été intelligent, il aurait décliné la proposition de Mavis.

Au lieu de cela, il versa une autre louche de pâte dans le gaufrier, puis se retourna vers Viviane.

— On devrait.

— Tu crois ? fit-elle avec une lueur de malice dans le regard, peut-être suscitée par le fait d'avoir esquivé le travail et la dégustation du sirop d'érable. Ce serait une journée entière d'école buissonnière pour moi. Ça ne m'est jamais arrivé.

Il se demanda quoi d'autre qui ne lui était jamais arrivé et s'il pourrait l'aider à y remédier.

— Alors, faisons-le. On ira dîner et choisir le sapin de Noël. Ensemble.

— Avec joie, Nick.

À ces mots, Nick sentit une puissante chaleur se diffuser dans tout son corps. Manifestement, cela n'avait rien à voir avec le gaufrier fumant.

8

Pendant la sieste d'Ellie, Viviane put enfin travailler. Elle avait décidé de se terrer dans le bureau de Della avec son ordinateur portable, parce que rester dans cette cuisine avec Nick était beaucoup trop risqué. Risqué parce qu'elle avait une envie folle de goûter tout ce qu'il préparait. Risqué aussi parce qu'elle avait une envie encore plus folle de le goûter, lui, de le toucher, de l'embrasser et aussi de comprendre pourquoi il avait accepté de sortir avec elle ce soir. Finalement, le plan initial consistant à prendre une journée de congé avait été remplacé par une journée de travail et une soirée de détente.

Curieusement, Viviane s'en réjouissait. Cela faisait un an qu'elle n'était pas sortie avec un homme et encore plus longtemps qu'elle n'avait pas acheté de sapin de Noël. Cela n'avait jamais été une priorité lorsqu'elle était enfant, que ce soit dans les familles d'accueil ou chez sa mère.

Mais peut-être cette année pourrait-elle créer un peu de magie de Noël pour Ellie. Sa nièce n'en garderait aucun souvenir mais, par la suite, Viviane pourrait lui montrer des photos et entretenir ainsi la tradition.

Viviane prit une gorgée de la limonade que lui avait apportée Della puis se remit à répondre par courriel à l'équipe juridique du fabricant d'équipement. Apparemment, celui-ci voulait éviter un long procès et les millions qui leur coûteraient en réglant le litige à l'amiable. Cependant, sa proposition n'était pas suffisante. Viviane voulait obtenir non seulement un accord financier, mais aussi obliger le fabricant à faire réparer les machines achetées par ses autres clients. Viviane ne voulait pas seulement que justice soit faite pour Jerry et sa famille : elle voulait éviter que d'autres souffrent comme ils avaient souffert.

Elle jeta un coup d'œil à Ellie, qui venait de s'assoupir. Finalement, l'interaction avec sa nièce s'était beaucoup mieux passée qu'elle ne l'avait craint. Il faut dire qu'elle n'était pas seule à s'occuper d'Ellie lorsque celle-ci était réveillée. Nick était venu les voir entre deux services en cuisine, même s'il avait passé beaucoup de temps à préparer un gâteau d'anniversaire demandé à la dernière minute par un client. Entre les tâches ménagères, Mavis et Della venaient elles aussi rôder dans les environs, prêtes à donner des conseils lorsque Viviane nourrissait ou changeait Ellie et à la prendre en charge dès qu'elle émettait le moindre couinement.

Ellie semblait déjà avoir adopté les deux quinquagénaires comme si elle percevait à leur contact l'ambiance chaleureuse qu'elles faisaient régner dans l'auberge.

Della frappa doucement à la porte et entra, chargée d'un plateau.

— On déjeune ensemble ?

En temps normal, Viviane aurait décliné, car ne voulant pas perdre une seconde : elle travaillait souvent en grignotant. Mais aujourd'hui elle était techniquement en congé et Ellie dormait dans le parc installé dans un coin du bureau. De toute façon, elle pourrait toujours rattraper le temps perdu en fin de journée, sauf qu'elle avait rendez-vous ce soir avec Nick... Allaient-ils s'embrasser de nouveau ? songea-t-elle nerveusement.

— Avec plaisir, répondit Viviane, dont l'estomac se mit aussitôt à gargouiller à la vue du plateau apporté par Della.

Viviane libéra une place sur la table pour Della, puis prit son assiette.

— Merci, c'est adorable.

— Il n'y a pas de quoi. Nick serait bien venu, mais il est en train de préparer un glaçage pour le gâteau. Il dit que la pâtisserie n'est pas son truc, mais j'ai goûté la pâte du gâteau et elle est exceptionnelle.

— Il a dit la même chose de ses muffins, ce matin, répondit Viviane. Pour moi, Nick est un chef incroyable. Il m'a préparé une omelette digne d'un palace. Et ça, qu'est-ce que c'est ? demanda-t-elle en jetant un œil à son assiette. Un panini ?

— Non, ici tu as un sandwich chaud à la dinde, au gruyère et au cresson. Nick les fait avec du pain de seigle et y ajoute un soupçon de confiture de framboise maison. Et ça, ce sont des frites de patates douces avec, dans la petite coupelle, une sauce cannelle pour les tremper.

— Bon sang, ça a l'air délicieux, répondit Viviane en contemplant son assiette. Si ça continue, je vais prendre cinq kilos cette semaine. Nick est un chef incroyable.

— Tu l'as déjà dit, sourit Della en prenant une bouchée de son propre sandwich. C'est aussi une personne incroyable. N'importe quelle femme aurait de la chance de l'avoir, si tu veux mon avis. Mavis et moi avons appris à bien le connaître depuis qu'il a travaillé ici.

Viviane ne releva pas l'évidente tentative de Della de lui « vendre » Nick comme l'homme parfait. Il fallait être réaliste, et elle l'était. Tout cela n'était qu'un accident de parcours, un petit détour. Dès que possible, elle regagnerait le monde réel et laisserait Nick à Stone Gap, aussi « incroyable » soit-il. Les rénovations de son appartement seraient bientôt terminées, et elle ne tarderait pas à regagner ses pénates. Elle inscrirait Ellie à la garderie proche de son cabinet et prendrait une nounou lorsqu'elle devrait rester tard au bureau. Oui, elle reprendrait une vie normale même si elle n'en avait aucune envie pour l'instant.

— Mavis m'a dit qu'elle connaissait sa grand-mère, enchaîna Viviane.

— Presque tout le monde à Stone Gap connaissait Ida Mae, répondit Della. Elle jouait un rôle important dans la communauté. Elle animait de nombreux événements et activités, comme le pique-nique annuel ou le club de jardinage. Elle nous manque beaucoup.

Malgré sa détermination à oublier Nick, Viviane était tenaillée par la curiosité.

— Vous connaissiez Nick quand il était plus jeune ?

— Non, pas vraiment. Les Jackson vivaient à Raleigh, ils n'étaient donc pas à la même école que mes trois enfants. Je croisais parfois les garçons avec Ida Mae lorsqu'ils venaient ici en vacances. Mais rien de plus. Cela dit, j'ai eu hélas l'occasion de connaître leur père.

— Pourquoi dites-vous cela ?

— Je sais que tu es avocate, toi aussi, et je suis sûre que tu es merveilleuse. Mais le père de Nick est... un bouledogue. Bien sûr, si c'était pour défendre les petites gens, ça ne me dérangerait pas, mais il se fiche pour qui ou contre qui il se bat. Tout ce qu'il veut, c'est gagner.

— Vraiment ?

— Il s'en est pris au garage de mon mari pour une affaire qui n'avait pas besoin d'être portée devant les tribunaux. Il a failli nous mettre en faillite, jusqu'à ce que Bobby aille voir l'homme qui avait intenté le procès et règle lui-même le problème. Ces avocats qui s'en prennent aux petites entreprises sans même connaître toute l'histoire... Eh bien, je n'ai rien de gentil à dire à leur sujet.

Viviane se demanda quel type d'avocate elle était. Certes elle représentait souvent des petites gens, mais cela ne l'empêchait pas d'être impitoyable dans un tribunal. C'était une nécessité quand on s'attaquait à de grosses sociétés.

— Je vous comprends, répondit-elle. Pour ma part, j'ai eu l'occasion d'aider mon père adoptif dans un garage qui lui appartenait quand j'étais adolescente. J'essaie de garder en tête mon origine et je ne m'attaquerais jamais à une petite entreprise juste pour le plaisir de la faire tomber.

— Eh bien, si tu as envie un jour de changer d'emploi, n'hésite pas à t'adresser à mon fils Luke, sourit Della. C'est lui qui a repris le garage, et il est toujours à la recherche de mécaniciens.

— Je m'en souviendrai, répondit Viviane en savourant son sandwich. C'est vraiment délicieux.

— Nick est un remarquable cordon-bleu. Nous avons tellement d'avis positifs sur Internet au sujet de sa cuisine que nous avons du mal à faire face aux réservations. Le mois de décembre va être très chargé. Mavis et moi ne nous attendions pas à ce que cette petite auberge décolle aussi vite.

— Je suis heureuse pour vous deux. C'est un endroit charmant.

— C'est parce que Stone Gap est une ville où il fait bon vivre, renchérit Della en trempant une frite dans la sauce à la cannelle. Nick m'a dit que tu avais vécu ici brièvement ?

— Je ne suis restée ici qu'un été, avec ma sœur Sammie, la mère d'Ellie. Nous vivions dans une famille d'accueil. Les Langston.

— Oh ! Ruth et John, répondit Della. Des gens adorables. Ils ont dû accueillir une centaine d'enfants au fil des ans. Ils ont ouvert leur cœur et leur maison à tant de jeunes. Ils ont pris leur retraite il y a quelques années. Ils vivent maintenant en Arizona.

— Ce sont les meilleurs parents d'accueil que j'ai eus. Les plus gentils, les plus compréhensifs. J'aurais tellement voulu rester plus longtemps chez eux...

— Que s'est-il passé ? Si ce n'est pas indiscret..., demanda doucement Della en posant un instant la main sur celle de Viviane.

— Eh bien, la routine, soupira Viviane. Sammie et moi ne cessions pas de faire des allers et retours entre la maison de ma mère et les familles d'accueil. Un peu comme des boomerangs. Cet été-là, ma mère a eu l'air de vouloir reprendre sa vie en main et a obtenu l'autorisation de nous récupérer. En tout, ses bonnes résolutions, ne pas boire et garder son emploi, auront duré environ deux semaines, après quoi Sammie et moi avons été renvoyées de nouveau en famille d'accueil. Et ainsi de suite jusqu'à notre majorité.

— Ma pauvre chérie, compatit Della, les larmes aux yeux. Tous les enfants devraient pouvoir grandir dans un foyer digne de ce nom. Jamais je ne comprendrais les parents qui font passer les besoins de leurs enfants après les leurs.

Ou une mère qui, comme Sammie, abandonnait son bébé, songea Viviane. Ou encore une tante qui se déchargeait de ses responsabilités sur Nick, alors que Sammie lui avait confié, à elle, la garde de sa fille. Della les aurait-elle classées toutes deux dans la catégorie des parents indignes ?

— Donc, ta sœur et toi, vous êtes proches ? conclut Della. Je vous ai vues arriver. Elle avait l'air adorable. Je suis sûre que ça n'a pas dû être facile pour elle d'être mère célibataire. Je me souviens à quel point j'étais épuisée quand j'ai eu mon premier enfant.

Viviane la dévisagea, l'appétit soudain coupé.

— Sammie et moi avons pris nos distances quand j'ai eu dix-huit ans et que j'ai commencé à vivre seule. J'ai réservé ce week-end à l'auberge parce que j'espérais que ce serait l'occasion de nous retrouver dans le seul endroit où nous avons été heureuses pendant un court laps de temps. Je ne savais même pas qu'elle avait eu un bébé. Et en moins de vingt-quatre heures, elle était repartie.

— En te laissant son bébé. La pauvre devait vraiment être désespérée pour faire une chose pareille, déclara Della. Avoir un enfant est une lourde charge. Quand mes garçons étaient petits, je pensais m'enfuir à chaque fois qu'un cirque s'installait en ville. Je me disais que je pourrais très bien me joindre à leur troupe. Et puis, il y a la culpabilité : on a toujours l'impression de mal faire avec son bébé.

Y compris lorsqu'on vient d'être parachutée dans le rôle de tante et que l'on n'a, comme elle, aucune compétence parentale, songea Viviane.

— C'est vrai. Mais Sammie n'a jamais été très responsable de toute façon.

— Peut-être a-t-elle eu peur quand elle a compris que la présence de la petite allait l'obliger à le devenir. Je t'ai déjà parlé de mes débuts avec mon fils Jack ? demanda Della en laissant échapper un petit rire. Bien sûr que non puisque nous venons de nous rencontrer. Mais presque tout le monde ici sait ce qui s'est passé.

Viviane prit une gorgée de limonade.

— Je ne peux pas croire que vous ayez pu vous sentir dépassée un jour, madame Barlow. Vous semblez tellement... compétente, et sûre de vous.

— Pfff, c'est de la poudre aux yeux, ma chérie, soupira Della en repoussant son assiette. Jack était un bébé difficile, et j'étais une maman très stressée... Tu vois le tableau ?

Viviane acquiesça, pleine d'espoir. Si Della était devenue aussi maternelle alors que ce n'était pas chez elle une seconde nature, alors peut-être pourrait-elle, elle aussi, le devenir. Un jour. Un jour, quand elle aurait trouvé l'homme avec qui elle aurait envie de s'installer. Et que Nick aurait fondé une famille avec une autre femme. À cette idée, Viviane ressentit une vive douleur dans la poitrine.

— Alors, je me suis retrouvée un jour avec ce bébé qui n'arrêtait pas de pleurer. Ça faisait trois jours que je ne dormais pas, et Bobby non plus. Le petit avait sans doute des coliques, mais je voulais m'en sortir toute seule et il n'était pas question pour moi d'aller chez le médecin. Bref, Bobby est parti travailler et je suis restée seule à la maison avec le petit. J'ai tout essayé. Je l'allongeais, je le couvrais, je le découvrais, je le prenais dans les bras, je le berçais, je lui donnais un biberon, j'essayais de le distraire avec ses jouets, je lui chantais des chansons...

— Apparemment, ça n'a pas marché..., sourit Viviane.

— *Rien* n'a marché. J'avais l'impression d'être une mère ratée. Et je me suis mise en tête de trouver quelqu'un qui pourrait s'occuper de Jack. Je ne pensais pas exactement à le donner... mais pas loin... on ne sait pas quel genre d'idées bizarres peut surgir dans un esprit privé de sommeil. J'étais tellement convaincue d'être une mauvaise mère... J'ai emmitouflé Jack, je l'ai mis dans la poussette et je me suis dirigée vers le centre-ville. J'avais à peine fait cent mètres que Jack s'est mis à pleurer si fort que j'ai eu peur qu'il s'étouffe. À ce moment-là, je me suis assise sur un banc et j'ai craqué.

— Que s'est-il passé ?

— Ida Mae m'a vue. Elle s'est assise à côté de moi et m'a raconté que son fils Richard pleurait beaucoup étant bébé. « Un vrai emmerdeur », disait-elle, ce qui m'a fait rire à travers mes larmes. Alors Ida Mae m'a dit : « Tiens, laisse-moi faire » et, tout doucement, elle m'a pris le bébé des bras et l'a enveloppé dans la couverture comme un burrito.

— Elle l'a emmailloté…, intervint Viviane, se souvenant de ce que Nick avait dit à ce sujet quelques jours plus tôt. Ça calme le bébé, c'est ça ?

— Oui. Ça lui fait croire qu'il est de nouveau bien au chaud et heureux dans le ventre de sa mère. Et ça n'a pas loupé. Au bout d'une seconde, mon petit Jack s'est arrêté de pleurer et a pris son biberon comme si de rien n'était. J'étais tellement soulagée et heureuse. Sauf qu'une seconde plus tard j'avais toujours l'impression d'être une ratée. J'étais sa mère. J'étais censée savoir ce dont il avait besoin…

— J'ai ressenti exactement la même chose, intervint Viviane, soulagée qu'une femme aussi compétente que Della ait rencontré les mêmes difficultés qu'elle. Mais, reprit-elle, en tant que femme, ne suis-je pas censée avoir l'instinct maternel ?

— Je ne sais absolument pas si ça existe, répliqua Della. Je sais que c'est naturel d'aimer ses enfants à la seconde où ils naissent, bien sûr, mais la plupart des femmes ont peur de ne pas savoir s'en occuper. Heureusement, plusieurs dépassent ce stade et comprennent qu'élever un enfant, c'est tout simplement de faire de son mieux en y mettant tout son cœur.

— Hélas, certaines mères ne s'améliorent jamais…, remarqua Viviane.

— Hélas, non. Et parfois, elles font du mal à leurs enfants. Pas intentionnellement, bien sûr. Si tu veux mon avis, ces mères-là sont celles qui ont le plus besoin d'amour et de compréhension. Elles luttent contre elles-mêmes mais n'arrivent pas à se débarrasser de leurs doutes…

— Comme ma sœur. Et ma mère.

— Exactement. Juste avant de reprendre sa route, Ida Mae m'a dit ce jour-là une chose que je n'ai jamais oubliée. Et qui m'a toujours accompagnée dans mon parcours de maman auprès de mes trois fils turbulents. Elle m'a dit : « Tu peux soit choisir de croire en toi comme le fait ton bébé, soit choisir de croire les angoisses qui t'assaillent. » Depuis, Bobby et moi avons décidé de croire en nous-mêmes. De nous accorder la confiance que nous accordaient naturellement nos enfants. Et nous avons fait de notre mieux.

Il ne faisait aucun doute que Viviane avait toujours cru en sa mère. D'ailleurs, il y avait eu des jours où elle avait été adorable. Viviane avait des souvenirs ponctuels de puzzles et de sandwichs préparés ensemble. Hélas, ça ne durait jamais. Sa mère retombait très vite dans la dépression. Se pouvait-il que sa mère ait ressenti la même chose que Della et elle ? Qu'elle ait vécu comme une mère ratée ? Et qu'elle n'ait jamais pu sortir de cette logique infernale ?

— Ce sont tous ces doutes que ta sœur entend très probablement dans sa tête, poursuivit Della, toutes ces voix insidieuses qui lui murmurent qu'elle n'est pas une assez bonne mère pour Ellie. Pour qu'il en soit autrement, Sammie va devoir décider d'être confiante. Mais peut-être n'est-elle pas encore prête à être mère, c'est pourquoi Ellie est avec toi. Parce que Sammie ne préfère pas que sa fille soit un *bébé boomerang*, comme cela a été votre cas à toutes les deux.

Viviane secoua la tête et essaya d'ignorer le sentiment de culpabilité qui l'assaillait parce qu'elle avait songé à trouver un foyer d'accueil pour Ellie. Allait-elle faire d'elle un *bébé boomerang* ? Tout comme Sammie et elle l'avaient été dans leur enfance ?

— Je ne suis pas une bonne mère. Je n'ai pas ça en moi.

— Oh ! ma chérie, bien sûr que si. Nous avons toutes ça en nous lorsque nous décidons de nous ouvrir au monde, affirma Della en se levant pour retirer les deux assiettes. Être une bonne mère commence par l'amour. J'ai vu la façon dont tu regardes

Ellie. Tu débordes d'amour pour ta nièce. Commence par là. Le reste suivra. Et tu donneras à cette petite fille le modèle d'enfance dont tu as toujours rêvé.

Sur ces mots, Della quitta Viviane et Ellie, qui commençait à s'agiter.

En fait, réalisa Viviane, peu importait ce que Della Barlow disait – ou l'habileté avec laquelle elle avait suggéré à Viviane de s'installer à Stone Gap en mentionnant les emplois et la qualité de vie que l'on pouvait y trouver. Parce qu'au fond elle savait que la meilleure option, pour elle-même et pour Ellie, était de garder le cap...

Et de ne compter que sur elles-mêmes.

L'après-midi s'écoula à toute allure, entre courriels, dossiers à compiler, appels téléphoniques, le tout en veillant aux besoins d'Ellie. L'auberge était très animée en journée, les clients entraient et sortaient, et il fallait assurer les repas et le rangement. La salle à manger avait été aménagée pour la fête d'anniversaire improvisée d'un client, et de bonnes odeurs de gâteau tout juste sorti du four ne cessaient de titiller les narines de Viviane comme pour l'attirer dehors.

Elle essayait d'éviter Nick mais trouvait toutes les raisons du monde de se rendre à la cuisine lorsqu'elle avait besoin d'un verre d'eau ou d'un autre biberon pour Ellie. À chaque fois, il l'accueillait avec un sourire qui lui faisait chavirer le cœur. Comme s'il était sincèrement heureux de cette interruption. Ils bavardaient un peu, échangeant surtout des banalités, et puis Viviane invoquait le travail pour s'en aller.

Elle se plongea dans le dossier ouvert devant elle, et qu'elle devait absolument lire, mais ce n'était pas suffisant pour oublier Nick... Ni les grandes décisions qu'elle allait bientôt devoir prendre. Son collègue Al lui avait demandé quand elle reviendrait au cabinet à plein temps, sachant que la date du procès approchait à toute allure.

Ellie, allongée sur le dos dans son parc, regardait ses propres mains bouger, fascinée. Soudain, elle adressa à sa tante un sourire ravi et confiant. « Tu peux soit choisir de croire en toi comme le fait ton bébé, soit choisir de croire les angoisses qui t'assaillent. »

Comment Viviane aurait-elle pu la laisser ? Et la confier à l'État, à une nounou ou à n'importe qui d'autre ? Mais comment faire pour la garder ? Comment jongler entre la maternité et une carrière bien remplie ?

Viviane s'apprêtait à appeler le client pour faire le point sur la situation lorsqu'une sonnerie retentit. Quand le nom de Sammie s'afficha sur l'écran, elle faillit lâcher son téléphone.

— Sammie. Où es-tu ? Tu vas bien ?

— Ça va, répondit Sammie, dont la voix était à demi-couverte par des bruits de circulation. Comment va Ellie ?

Sa sœur était-elle sur une autoroute ? En train de faire de l'auto-stop ? se demanda Viviane, inquiète.

— Très bien. On s'occupe d'elle. Qu'est-ce qui t'a pris de l'abandonner ici ?

— Qui ça, on ?

— Nick, le chef cuisinier de l'auberge, et moi, bien sûr. C'est lui qui l'a vue le premier. C'est une longue histoire. Mais elle va bien. Et toi, tu vas bien ?

Un bruit de klaxon retentit.

— Oui. J'avais juste... besoin d'un peu de temps pour me changer les idées.

— Où es-tu ? Dis-le-moi et je viendrai te chercher.

— Je vais bien, répondit Sammie. Je suis contente qu'Ellie soit avec toi. Elle... elle me manque tellement...

— Je sais... Et je sais aussi que tu l'aimes, répondit Viviane, pressant le téléphone contre son oreille, comme si elle pouvait ainsi se télétransporter jusqu'à Sammie. Quand reviens-tu ?

— Bientôt. Je te le promets...

— Je vais t'envoyer de l'argent. Donne-moi ton adresse, intima Viviane en attrapant un stylo et un bout de papier.

— Je... je ne peux pas. Pas pour l'instant, répondit Sammie. Je... je n'étais pas prête à être mère, et c'est pour ça que je suis partie. J'ai suivi une thérapie, j'ai travaillé et j'ai essayé de me reprendre en main pour essayer d'être là pour Ellie. Je ne veux pas la laisser tomber comme maman l'a fait avec nous. Mais je ne sais toujours pas si je suis prête.

— Tu n'as pas le choix, Sammie. Il faut bien que tu grandisses un jour. Ellie est là et elle a besoin de sa mère.

— Tu peux très bien me remplacer jusqu'à ce que je sois prête.

— Sammie, j'ai un boulot exigeant et une vie à Durham. Je n'ai pas le temps de m'occuper d'un bébé. De plus, je suis sûre, poursuivit Viviane avec douceur comme l'aurait fait Nick, que tu peux le faire. J'en suis plus que sûre, je le sais.

— Je ne suis pas comme toi, Viv. Je suis serveuse et j'ai du mal à payer mon loyer. Je n'ai pas les moyens de m'occuper d'Ellie et encore moins de lui payer une garderie pendant que je travaille. Toi... tu as de l'argent et un bel appartement et je suis sûre que tu t'occupes très bien d'elle, comme tu t'es toujours occupée de moi. Tu as toujours été une meilleure mère que la nôtre.

— Sammie, Ellie t'aime. Je vous ai vues ensemble. Tu es sa mère, jusqu'au bout des ongles. Je t'aiderai pour l'argent. Mais reviens. S'il te plaît...

— Prends soin d'elle pour moi, tu veux ? souffla Sammie. J'ai honte de l'avoir laissée. Mais... je ne savais pas quoi faire d'autre.

Bon sang. Pourquoi Sammie n'écoutait-elle pas ?

— Reviens à Stone Gap. Ellie a besoin de toi.

— J'avais juré de ne jamais faire à mon enfant ce que maman nous a fait...

À ces mots, Viviane se revit soudain, blottie contre Sammie. Deux fillettes en larmes, regardant des inconnus entasser leurs affaires dans des sacs poubelles pendant que leur mère fulminait contre l'administration. Elles avaient beau être affamées, sales et effrayées, elles ne voulaient pas quitter la maison. Une fois de plus. Et pour finir, c'était leur mère elle-même qui les poussait dehors et leur tournait le dos, un verre à la main. Toujours un verre à la main...

— Alors ne le fais pas, Sammie. S'il te plaît, ne le fais pas.

— À t'entendre, ça a l'air tellement facile. Ça ne l'est pas, Viv. Les bébés ont besoin de nourriture, de couches, de berceau et de siège auto, et de tout un tas de choses encore que je ne peux pas m'offrir.

— J'achèterai tout ça. Comme cadeaux de Noël anticipés. J'ai déjà fait expédier un tas de trucs chez toi il y a quelques jours.

Il y eut un long moment de silence.

— Tu penses vraiment que je peux être une bonne mère ?

— Oui, Sammie.

— Peut-être que si je trouve un meilleur travail et un appartement plus grand et mieux placé...

— Laisse-moi t'aider. Je peux payer...

— J'ai besoin de faire tout ça par moi-même, Viv. J'apprécie ta proposition mais, comme tu l'as dit, je dois grandir dans ma tête. Et c'est le moment, soupira Sammie. Mais laisse-moi encore quelques jours, d'accord ?

Viviane pensa à la semaine de travail qui l'attendait. Nick avait repris son emploi à l'auberge, ce qui signifiait qu'il ne pourrait plus garder Ellie à plein temps. Il l'avait obligée à prendre un jour de congé, ce qui avait été une pause agréable, elle le reconnaissait, mais cela l'avait mise encore plus en retard. Elle avait besoin d'être au bureau, pas de télétravailler Sinon, des détails importants de son affaire allaient lui échapper.

C'était décidé. Ce week-end, elle rentrerait à Durham et mettrait en place son plan de bataille pour lundi, à savoir contacter la garderie et trouver une nounou pour les soirées. Et puis elle demanderait aux ouvriers d'interrompre les gros travaux dans son appartement et de rendre l'endroit habitable pour son retour. Rester ici plus longtemps ne ferait qu'accroître le retard dans son activité professionnelle. Peut-être qu'avec l'aide d'une nounou elle pourrait au moins quitter le bureau à une heure raisonnable et passer du temps avec sa nièce jusqu'au revirement de Sammie.

— D'accord, pas de problème, répondit Viviane.

— Merci, Viv. Tu es la meilleure. Je savais que je pouvais compter sur toi.

En raccrochant, Viviane se rendit compte qu'elle venait de se comporter de la même façon que ce qu'elle avait toujours fait pour Sammie, c'est-à-dire l'aider à fuir la réalité en la soulageant des charges que comportait la vie réelle.

9

Cela faisait bien longtemps que Nick n'avait pas été aussi nerveux. À la fin du service du soir, Mavis et Della le mirent pratiquement dehors pour qu'il puisse se préparer à son rendez-vous avec Viviane qu'il avait décidé de considérer comme un rendez-vous amoureux, même si ce n'était pas forcément le cas.

Certes, Viviane n'était peut-être pas faite pour lui, vu sa tendance à s'immerger dans le travail, mais les quelques aperçus qu'il avait eus d'une autre facette de sa personnalité l'intriguaient. Et même s'il essayait de le réprimer, il ne pouvait nier qu'elle l'intéressait. Viviane était partie quelques minutes plus tôt, après avoir confié Ellie à Della et Mavis.

— Ne t'inquiète pas, lui dit Mavis. On va bien s'occuper d'elle et la garder éveillée bien au-delà de l'heure du coucher. Comme ça, vous serez tranquilles.

Nick gloussa en prenant son panier rempli de bonnes victuailles.

— Je n'en doute pas. Nous repasserons la chercher vers vingt et une heures.

Lorsqu'il s'engagea dans l'allée d'Ida Mae, Nick ne put s'empêcher d'admirer la maison aux fenêtres illuminées. En sortant de son pick-up, il reconnut une chanson de Frank Sinatra. Il jeta un œil à l'intérieur et resta rêveur en contemplant les décorations de Noël brillantes, festives et accueillantes qu'il avait installées les jours précédents.

L'espace d'un instant, il eut l'impression d'être revenu à la case enfance et il se vit courir vers la maison, se précipitant sur l'assiette de cookies tout chauds, puis dans les bras de sa grand-mère. Cette maison, avec ses volets lilas et ses rosiers, était *sa* maison, ressentit Nick, tellement plus que celle de ses parents.

Il sortit son téléphone portable et appela Grady.

— Hé, grand frère, quand comptes-tu venir ici profiter un peu de ton héritage ?

— J'ai un boulot monstre, répondit Grady avant de donner des indications à son chauffeur. J'ai une réunion dans une minute. Mais tu ne m'as pas dit que tu logeais dans la maison ? En tout cas, l'électricité et le gaz sont payés. Et je pense envoyer un gars tous les mois vérifier les installations et faire les réparations nécessaires.

Apparemment, Grady se fichait de son héritage, au moins autant qu'il se fichait lui-même du carton qu'Ida Mae lui avait demandé de remettre à son père. C'était sans doute révélateur.

— Je loge dans la maison. Mais comme, techniquement, elle t'appartient, je pense que je vais devoir m'en acheter une.

— Quoi, à Stone Gap ? se moqua Grady. Je sais que tu as toujours aimé cet endroit, mais en ce qui me concerne, seule chose qui me plaisait là-bas, c'était grand-mère.

— Il y a plus de bonnes choses ici que tu ne le crois.

Nick parlait-il de la météo ? De l'auberge ? Ou alors d'une certaine jeune femme avec qui il avait rendez-vous ce soir ?

— Alors, reste dans la maison aussi longtemps que tu le souhaites, reprit Grady. Tu me manques, mon frère.

— Tu me manques aussi. Viens me rendre visite un jour.

— Je ne peux vraiment rien te promettre, répondit Grady. Bon, à très vite.

Grady raccrocha, et Nick se rendit compte que le fait d'inviter son frère à lui rendre visite voulait dire qu'il avait élu domicile à Stone Gap. Alors qu'il avait cru jusqu'ici être seulement de passage. Immobile devant la maison d'Ida Mae, il comprit qu'il n'avait aucune envie de quitter cet endroit, cette ville qui abritait ses plus beaux souvenirs. Son emploi à l'auberge n'était peut-être pas très prestigieux, ni même très bien payé, mais c'était un travail dans lequel il se sentait bien, où ses créations rendaient les gens heureux. N'était-ce pas ce qu'il avait recherché toute sa vie ? C'était décidé : il accepterait la proposition de Grady et resterait dans la maison jusqu'à ce qu'il en trouve une pour lui.

Nick sortit de la voiture et, montant quatre à quatre les marches du porche, entra dans la maison.

— Chérie, je suis là !

La plaisanterie resta sans réponse. Il jeta un œil dans le salon, puis dans la cuisine. Pas de Viviane. En retournant dans le vestibule, il entendit un bruit de talons sur l'escalier de bois. Il la regarda descendre, émerveillé, admirant ses longues jambes, sa petite robe noire ajustée qui lui dénudait les épaules et ses cheveux relevés en chignon.

— Waouh... Tu es juste, euh... attends, dit-il en prenant un dictionnaire dans la bibliothèque du vestibule, je vais chercher le mot juste parce que « incroyable » me semble insuffisant pour qualifier ton apparence.

Elle se mit à rire, s'arrêtant sur la dernière marche. Et puis elle rougit. Nick trouva cela très agréable d'avoir provoqué cette réaction.

— C'est probablement trop habillé pour aller dîner et acheter un sapin de Noël, mais je n'ai rien de plus décontracté dans ma valise. J'avais prévu cette robe au cas où l'on sortirait avec Sammie.

— C'est parfait, souffla-t-il en se penchant vers elle pour l'embrasser sur la joue, s'imprégnant au passage de son parfum et d'un peu de sa chaleur.

Il aurait voulu l'attirer contre lui et toucher toutes ces zones de peau mises à nu par la robe. Mais c'était un peu prématuré.

— Donne-moi cinq minutes. Je vais voir si je peux trouver quelque chose qui puisse soutenir la comparaison avec cette robe.

— D'accord. Je te chronomètre ? taquina-t-elle.

Il enleva sa montre et la lui fourra dans les mains.

— Si je mets plus de temps, disons que... je te devrai une autre soirée à deux ?

— Et qu'est-ce que j'y gagne, moi ? fit-elle, un poing sur la hanche.

— Avec un peu de chance, tu verras ce soir.

Il lui fit un rapide baiser, puis monta l'escalier quatre à quatre, ôta sa chemise en se dirigeant vers la douche et se prépara en un temps record. Il opta pour une chemise bleu pâle, une cravate à motifs sombres et le costume qu'il avait porté pour l'enterrement d'Ida Mae.

Tout comme Viviane, il n'avait rien de très habillé. À l'auberge, il ne portait que des jeans et des polos. Les vêtements dont il avait eu besoin le mois dernier, il les avait achetés sur place. Mais un jour ou l'autre, il devrait se rendre à son appartement et le vider, se rappela-t-il. Il récupérerait alors la totalité de sa garde-robe. Curieusement, l'idée de retourner à son ancien appartement ne le déprimait plus autant depuis qu'il avait décidé de s'acheter une maison à Stone Gap. Sauf que, pour avoir l'argent nécessaire, il devrait honorer la demande d'Ida Mae. Ce qui le rebutait toujours autant. Peut-être devrait-il simplement mettre ce fichu carton à la poste et en finir. Mais en attendant il y avait cette soirée. Et Viviane. Et cette petite robe noire sexy.

Il dévala l'escalier et, posant les mains sur les genoux, fit semblant d'être à bout de souffle.

— Oufff... Pas facile. J'ai réussi ?

— Cinq minutes et vingt-sept secondes, dit-elle en lui rendant sa montre. Je crois que tu l'as fait exprès.

— Possible, sourit-il en lui offrant son bras. Votre dîner vous attend, milady.

— Eh bien, allons-y.

Cérémonieusement, il l'escorta jusqu'au pick-up, lui tint la porte et l'aida à se hisser sur le siège passager.

— Désolé de ne pas avoir sorti la Rolls, milady, mais le pick-up est plus pratique pour acheter un sapin de Noël.

— Je ne suis pas du tout ce genre de femme, Nick, dit-elle. J'aime la simplicité.

Eh bien, tant mieux, se dit-il. Vu la surprise qu'il lui avait préparée ce soir… et qui conviendrait beaucoup plus à la Viviane aux pieds nus croisée dans la cuisine obscure qu'à la Viviane dure et autoritaire des salles d'audience. Il enclencha la vitesse, sortit de l'allée et prit à gauche sur Lakeshore Road.

— On ne va pas en ville ?

— Plus tard, quand on ira acheter le sapin. Mais pour l'instant je t'emmène dans un endroit spécial.

Au bout de quelques kilomètres, il se gara à l'entrée d'un parc. Ce dernier avait connu des jours meilleurs, mais la municipalité le décorait encore pour les fêtes.

— Waouh, c'est magnifique, s'extasia-t-elle en apercevant un ravissant petit kiosque à musique tout illuminé.

Nick contourna le pick-up pour lui ouvrir la portière et l'aider à descendre.

— Tu peux laisser ton manteau.

— Mais il fait froid dehors…

— Fais-moi confiance, Viviane.

— D'accord…, répondit-elle en s'exécutant. Mais sache que je fais rarement confiance à qui que ce soit.

— Je sais. Mais viens, tu verras.

Pendant qu'elle descendait du pick-up, il attrapa le panier qu'il avait préparé. Elle lui jeta un regard inquisiteur mais se laissa entraîner sans mot dire jusqu'à une allée tapissée de coquilles d'œufs pilées. Il glissa un bras autour de son épaule pour la protéger, prétexta-t-il, de la brise du lac. À leur arrivée au petit kiosque illuminé, Viviane monta les marches et fit volte-face, les larmes aux yeux.

— Oh ! Nick, fit-elle, portant la main à ses lèvres tremblantes. C'est la chose la plus gentille qu'on n'ait jamais faite pour moi.

Il eut soudain envie de se mettre à pleurer, lui aussi, devant l'expression de joie et de surprise affichée par Viviane. Il s'éclaircit la gorge.

— Allons, allons, ressaisissons-nous… Et puis n'exagérons

rien, ajouta-t-il d'un ton léger, je n'ai fait qu'installer quelques couvertures et un chauffage en céramique.

Il la fit asseoir sur les coussins qu'il avait empruntés au mobilier de jardin de l'auberge puis, sortant une bougie du panier, l'alluma à l'aide d'un briquet.

— Mais comment as-tu... ?

— J'ai emprunté le chauffage au fils de Della quand j'ai eu cette idée folle cet après-midi. J'ai couru jusqu'ici et j'ai tout installé avant de rentrer à l'auberge. Bref trois fois rien. Vraiment, insista-t-il, regrettant presque de ne pas en avoir fait plus pour mériter une telle émotion.

Viviane secoua la tête.

— Non, c'est parfait. Et chaleureux... Vraiment.

Il sortit une bouteille de vin blanc frappé du panier et la déboucha.

— Je suis heureux que ça te plaise, dit-il en lui tendant un verre. On aurait pu aller au restaurant, mais j'ai pensé que nous aurions tous les deux besoin d'une petite soirée...

— Seul à seule.

Il haussa les épaules, un peu embarrassé par toutes les connotations que recelait cette expression. Après s'être assis à son tour sur un coussin, il se mit à vider le panier.

— Alors, j'ai du poulet marsala, avec des pommes de terre gratinées au parmesan et des petits pois aux carottes et oignons nouveaux. Et... des éclairs à la mangue et aux fruits de la passion faits maison.

— Vous connaissez bien mes points faibles, monsieur Jackson.

— J'espère même être l'un d'entre eux, répondit-il en glissant une mèche derrière son oreille et en lui effleurant le menton au passage. Bon sang, c'est sans aucun doute l'idée la plus ringarde que j'aie jamais eue, pouffa-t-il.

— Je ne trouve pas..., murmura-t-elle, plongeant son regard d'un bleu profond dans le sien. Pas du tout.

Elle se pencha en avant sur son coussin et ce mouvement suffit à la faire glisser vers lui. Il en profita pour l'asseoir sur ses genoux. Elle rit et passa ses bras autour de son cou.

— Qu'est-ce qu'on fait ?

— On prend l'apéritif.

Il lui mordilla le cou, puis descendit lentement jusqu'à la naissance de ses seins. Elle se cambra contre lui, plongeant les mains dans ses cheveux. Alors qu'il s'apprêtait à l'allonger sur les coussins, Nick recula et appuya son front contre le sien.

— Si on continue comme ça, on va oublier notre repas.

— Et le dessert.

— Alors, on mange d'abord ? Et on s'embrasse après ?

Elle se mit à rire, puis se réinstalla sur son coussin.

— Oui, je pense que c'est plus raisonnable.

Il partageait cet avis, lui aussi, mais pas parce qu'il avait faim. En fait, il avait compris qu'il était amoureux non seulement de cette ville, au point d'envisager l'achat d'une maison, mais aussi de Viviane. De la vulnérabilité qu'elle s'efforçait de masquer. De la force et de l'intelligence qu'il lui avait fallu pour s'arracher à sa condition et devenir une avocate de haute volée. Et de l'amour inconditionnel qu'elle ressentait pour sa seule famille, à savoir sa sœur.

Amoureux de la façon dont elle l'avait embrassé, aussi. Pour la première fois depuis longtemps, Nick réalisait ce que c'était que d'être avec quelqu'un de sincère. De quelqu'un qui n'avait personne d'autre en tête que lui.

Cela dit, s'il voulait que cela fonctionne, il devait faire les choses correctement, ce qui impliquait de ne pas se précipiter dans une relation. C'était le genre de comportement qui ferait fuir Viviane. Et puis, il y avait aussi des questions qu'il devait se poser à lui-même. À savoir jusqu'où était-il prêt à transiger en ce qui concernait le temps de travail de Viviane ?

Il mit sur son téléphone un peu de jazz, dressa les assiettes et, pendant un petit moment, ils parlèrent de tout et de rien, d'Ellie, de l'auberge et même de la météo.

— Alors, quel est ton plan pour décorer le sapin que nous allons acheter tout à l'heure ? demanda-t-elle.

— Je n'ai pas de plan. On le décorera au feeling. Je n'ai pas envie que notre sapin ait l'air d'être sorti tout droit d'un magazine de décoration. Je suis plutôt du genre à suivre mon instinct. Ce qui fonctionne bien en cuisine, moins bien en matière de sécurité informatique, je l'avoue.

Elle se mit à rire.

— J'imagine. En ce qui me concerne, j'ai tout planifié dans ma vie depuis si longtemps que je ne sais même plus si je serais encore capable de fonctionner à l'instinct.

— C'est pourtant ce que tu fais quand tu t'occupes d'Ellie, dit-il en piquant dans un morceau de poulet puis dans une pomme de terre.

— Je dirais plutôt que je suis ton exemple en espérant ne pas me planter. Cela dit, poursuivit-elle en posant son verre sur le plancher du kiosque, la journée d'aujourd'hui s'est déroulée beaucoup mieux que je ne l'aurais cru. Mais Mavis et Della m'ont beaucoup aidée.

— Tu t'en sors beaucoup mieux avec Ellie que tu ne le penses, dit Nick. Quand tu défais ton chignon et que tu te libères de tes injonctions, tu es calme et tout le monde autour de toi en profite.

— Quand je défais mon chignon ? Qu'est-ce que tu veux dire ? demanda-t-elle.

— Eh bien, dans ma théorie, il y a deux Viviane : celle du tribunal, avec le chignon et les tailleurs, et celle de la maison, la Viviane aux pieds nus avec le vernis à ongles rouge vif et un sourire qui illumine toute la pièce. Et à laquelle je ne peux pas résister.

— Vraiment ? souffla-t-elle.

— Depuis la minute où tu as fait irruption dans l'auberge.

— Et que tu as menacé d'appeler la police ?

— Je t'avais prise pour une kidnappeuse de bébé.

— Franchement, est-ce que j'ai une tête de kidnappeuse de bébé ?

Il fit semblant de l'étudier, penchant la tête à gauche, à droite, puis se tapotant le menton du bout du doigt, jusqu'à ce qu'elle se mette à rire.

— Non. Tu as la tête d'une femme avec qui j'adorerais passer du temps.

— Eh bien, quand tu l'auras trouvée, préviens-moi, OK ?

— Hum, très amusant. Tu as beaucoup d'humour, souffla-t-il en se rapprochant et en humant son parfum. Au cas où tu ferais les comptes, ça fait deux compliments en l'espace de cinq minutes.

Elle s'empourpra une fois de plus.

— J'ai remarqué.

— Je dois dire que, pour ma part, je ne me sens pas très apprécié, poursuivit-il, feignant l'indignation. Tous les soirs de cette semaine, tu as trouvé le dîner prêt, le bébé propre et habillé pour aller au lit, et maintenant tu as droit à pléthore de compliments...

— Tu as dis deux... C'est ça pour toi « pléthore » ?

— Et qu'est-ce que je reçois pour ma peine ? Un vague « J'ai remarqué ». Pfff...

Elle éclata de rire.

— Tu sais que tu ressembles à une épouse acariâtre ?

— Comment pourrais-je le savoir puisque je n'ai jamais eu de femme ?

— Vraiment ? fit-elle en s'écartant pour poursuivre son repas. Pourquoi ne t'es-tu jamais marié ?

— Je pourrais te poser la même question. Tu es une femme magnifique et je ne comprends pas pourquoi tu es toujours célibataire.

— Tu vas arrêter de me dire que je suis belle ? râla-t-elle pour masquer son embarras. D'ailleurs, c'est moi qui ai posé la question en premier.

Il marqua une pause. Il n'avait jamais vraiment réfléchi à la question. Même la décision de demander Ariel en mariage avait été plus une affaire de logique que de sentiment.

— J'ai toujours, le plus possible, évité tout ce qui pouvait ressembler à une relation à long terme. Mes parents ont eu un mariage tellement horrible que je ne voulais pas finir comme eux. Mais d'après ce que j'ai entendu dire, mes grands-parents s'entendaient parfaitement. Au point que, quand mon grand-père Henry est mort, Ida Mae n'était plus tout à fait la même.

— En réalité, je crois que je ne voulais pas prendre le risque de construire une belle relation et risquer de la perdre.

— Je comprends.

Elle soupira, prit une nouvelle gorgée de vin, puis déclina sa proposition de la resservir.

— J'ai passé toute ma vie à ne pas compter sur la chance. Chaque fois que ma vie repartait sur la bonne voie, on m'enlevait de la maison ou de l'école où je me sentais bien et j'atterrissais dans une autre où ça se passait horriblement mal.

— Et tu as appris à ne compter que sur toi-même ?

— Exactement.

— Eh bien, à nous deux, on fait la paire, remarqua-t-il en posant son verre de vin à moitié vide. Et je devrais peut-être suivre ton exemple, étant donné que la première femme que j'ai voulu épouser s'est enfuie avec mon soi-disant meilleur ami.

— Ça n'empêche que tu as clairement un don pour la vie de famille. Regarde, dit-elle en désignant d'un geste panoramique le kiosque et la ville de Stone Gap que l'on apercevait au loin, en quelques jours tu as réussi à fonder un foyer dans une maison inoccupée, Nick. Eh bien, moi, en trente ans, je n'ai jamais réussi à le faire.

— Tout ce que j'ai fait, c'est de suivre l'exemple de ma grand-mère. C'est elle qui faisait tout – décorer le sapin de Noël, faire des biscuits, nous lire des histoires à l'heure du coucher. Mes parents, eux, se contentaient d'engager des gens pour nous élever à leur place.

— Donc, comme moi, tu as passé ton enfance avec des inconnus, en quelque sorte, conclut Viviane.

Des inconnus. C'était exactement ça. Et cela pouvait désigner aussi bien le personnel engagé pour s'occuper de lui et de ses frères que leurs parents eux-mêmes, et surtout son père, avec il n'avait jamais eu quoi que ce soit en commun.

Dans ce cas, pourquoi Ida Mae l'avait-elle chargé, lui, de renouer avec Richard ? Nick n'en avait aucune idée. Des trois fils Jackson, il était le candidat le moins probable. Même si aucun d'entre eux n'était devenu avocat, au moins ses frères aînés avaient tous deux réussi et étaient des durs à cuire comme leur père. Nick en revanche se satisfaisait d'une petite vie de chef cuisinier à Stone Gap. Tout le contraire de son père.

— C'est sans doute parce que nous avons passé notre enfance avec des inconnus que ni toi ni moi n'avons jamais fondé un foyer.

Elle se mit à rire.

— Eh bien, les psys feraient fortune avec nous, avec tout ce que nous avons à déballer…

— Ça, c'est sûr. À la nôtre ! fit-il en levant son verre.

Elle fit de même, et un joyeux tintement retentit dans la nuit calme.

— Bon, reprit-il, tout ça, c'est bien gentil mais nous n'avons toujours pas tranché le débat.

— Quel débat ?

— Est-ce que tu m'apprécies ou non ? Vu le nombre de compliments que je t'ai faits ce soir, c'est un peu normal que tu me renvoies la balle, non ?

Elle leva les yeux au ciel et se mit à rire.

— OK, tu veux un compliment ?

— Bien sûr.

— Eh bien, déjà, commença-t-elle en posant les yeux sur les reliefs de leur pique-nique, tu cuisines très bien.

— Alors, ça… ça manque d'originalité. D'autant que c'est mon métier de cuisiner.

Elle fit une moue contrariée, mais la gaieté dansait dans son regard. Nick décida que c'était sa Viviane préférée, celle qui riait et le taquinait.

— D'accord, tu es aussi… très beau.

— Attention, je suis au bord de la crise cardiaque, répliqua-t-il en posant la main sur son cœur. Tu crois que je devrais mentionner ça sur les applis de rencontre ? Beau et fin cuisinier ?

— C'est toi qui vois. Voilà, c'est la fin des compliments, dit-elle en le fixant.

— Dommage. Parce que maintenant, je ne saurai jamais..., commença-t-il en se mettant à genoux devant elle.

— Tu ne sauras jamais quoi ? fit-elle les yeux écarquillés.

— Si tu as envie que je t'embrasse à nouveau.

Le cri d'un huard résonna au loin sur le lac. Il y eut un léger clapotis, indiquant qu'il pourchassait un poisson. Des nuages passèrent à cet instant devant la lune, jetant un voile brumeux sur le monde.

— Eh bien, je..., bafouilla-t-elle. Euh... oui.

Au lieu de l'embrasser tout de suite, Nick se leva, tendit les mains, puis l'attira dans ses bras. À cet instant, la radio passa un slow comme si le DJ était de mèche pour les réunir. Posant la main sur la taille de Viviane, Nick l'entraîna doucement au centre du petit kiosque, où ils se mirent à valser. Elle enleva ses talons et dansa pieds nus sur le bois peint.

Sans ses chaussures, elle était plus petite que lui de quelques centimètres, mais elle s'adaptait comme si elle avait été conçue pour l'espace de ses bras. Ils firent quelques faux pas, puis leurs rythmes se synchronisèrent. Il se rapprocha, humant son parfum qu'il trouva mystérieux et plein de nuances, comme sa propriétaire.

Quelques mèches rebelles s'étaient échappées de son chignon et se baladaient le long de sa nuque. Ce fut là qu'il déposa un premier baiser léger comme une brise. Puis un autre et encore un autre plus bas, le long de son cou. Elle laissa échapper un petit soupir et sa main se resserra dans la sienne.

Elle écarquilla les yeux dans la faible lumière.

— Qu'est-ce qu'on fait ?

— On danse. On s'embrasse. Mais surtout on danse.

— J'ai l'impression qu'on fait beaucoup plus que ça.

— C'est vrai.

Il ne dit rien de plus, craignant de briser cet instant aussi ténu qu'une bulle de savon. Au milieu de ce silence, il s'immobilisa et, prenant le visage de Viviane entre ses mains, l'embrassa enfin comme elle le méritait. Comme il rêvait de le faire depuis qu'il l'avait rencontrée.

Elle resserra son étreinte et, lorsque la musique changea de registre, ni l'un ni l'autre ne le remarqua, tant ils étaient tous deux immergés dans l'instant présent.

10

Des dizaines de sapins de Noël étaient alignées sur le parking de l'église blanche qui se dressait dans le centre-ville de Stone Gap. Un sexagénaire, coiffé d'une casquette de base-ball et vêtu d'une chemise de bûcheron, les interpella :

— Joyeux Noël, les tourtereaux ! On peut vous aider à trouver un sapin ?

Les tourtereaux ?

Viviane réalisa alors qu'elle tenait Nick par la main depuis qu'elle était sortie du pick-up. En réalité, elle n'avait pas cessé de le toucher depuis qu'ils avaient quitté le petit kiosque à musique. Ils avaient dansé et s'étaient embrassés jusqu'au moment où les températures avaient chuté. Ils avaient alors remballé les restes du pique-nique et pris la direction de Stone Gap pour aller acheter leur sapin.

C'était probablement à cause du vin, se dit Viviane. Mais elle n'avait bu qu'un verre, et Nick n'avait même pas fini le sien. La danse, les baisers, la balade la main dans la main, tout cela avait été...

Merveilleux.

Si elle avait été honnête avec elle-même, elle aurait dit : merveilleux mais temporaire.

Elle s'était imaginé que Nick ferait comme tous les autres hommes qu'elle avait fréquentés, qu'il l'emmènerait dans un bon restaurant et lui disait de belles paroles qu'elle s'empresserait d'oublier. Mais le romantique petit kiosque à musique qu'il avait aménagé pour elle, le délicieux pique-nique et leur merveilleuse entente resteraient à jamais gravés dans son esprit longtemps lorsqu'elle aurait quitté Stone Gap.

Quitter Stone Gap : c'était cela qu'elle devait garder en tête. Peu importait à quel point la soirée avait été parfaite et à quel point elle aurait voulu faire tellement plus que de l'embrasser et danser avec lui ce soir, ce n'était qu'une parenthèse enchantée qui touchait à sa fin.

Elle n'avait pas encore dit à Nick qu'elle avait l'intention de rentrer à Durham ce week-end parce que ce qui se déroulait ici, cette vie de famille improvisée autour d'Ellie, la distrayait trop de son travail. Ce qui voulait dire qu'il ne lui restait plus que vingt-quatre heures à passer dans ces lieux. Égoïstement, elle aurait voulu que ça ne s'arrête jamais, mais elle savait aussi que plus vite elle partirait, moins elle souffrirait.

Elle lâcha la main de Nick et s'éloigna, resserrant son manteau comme pour se donner une excuse. Un frisson parcourut sa paume nue.

— On voudrait un sapin normal, dit-elle à l'homme. Rien d'extraordinaire.

Le vendeur lui tendit la main.

— Je me présente, Cutler Shay. Bienvenue à Stone Gap.

— Comment savez-vous que je ne suis pas d'ici ? demanda Viviane.

— Je vis à Stone Gap depuis assez longtemps pour connaître à peu près tout le monde. Et comme je ne vous ai jamais vue, je suppose que vous n'êtes pas d'ici, expliqua-t-il avant de se tourner vers Nick. Et toi, tu es... l'un des petits-fils d'Ida Mae, pas vrai ? Tu as le même nez et les mêmes yeux qu'elle, mon garçon.

— Je suis Nick. Le plus jeune des trois. Waouh, vous avez l'œil !

— Bah, pas tant que ça, répondit Cutler, hilare. En fait, j'ai triché : Je t'ai vu emménager dans la maison de ta grand-mère. J'habite de l'autre côté de la rue. Et le bruit court que tu vis ici et que tu travailles à l'auberge de Stone Gap

— Ah, la gazette de Stone Gap, sourit Nick. Ravi de vous revoir, monsieur Shay.

— Cutler fera très bien l'affaire. Tous les proches d'Ida Mae sont mes amis. Bon, question sapin, dit-il en les entraînant vers une rangée d'arbres exposés le long de l'église, regardez-moi ces Douglas. C'étaient les préférés d'Ida Mae. Mais combien de temps allez-vous séjourner ici ? Il faudrait peut-être prévoir un système d'arrosage si vous restez après les fêtes.

Viviane jeta un coup d'œil à Nick avant de répondre :

— On ne va pas rester.

— On dit ça, on dit ça..., fit joyeusement Cutler en les entraînant vers d'autres types de sapin. Tu sais, c'est exactement ce que disaient ta grand-mère et ton grand-père, paix à leurs âmes, quand ils ont acheté leur maison.

— Pourtant, ils ont toujours vécu ici, remarqua Nick.

— C'est bien ce que je veux dire. Au départ, comme tout le monde, ta grand-mère se disait qu'elle allait s'installer dans une grande ville après ses études. Comme vous, elle pensait qu'elle n'allait « pas rester ». Mais cette ville, elle, elle vous gagne, elle pousse en vous sans même que vous vous en rendiez compte.

— Comme de la mousse sur un arbre ? fit-elle, un peu agacée, se demandant pourquoi tout le monde essayait de lui « vendre » Stone Gap.

— Exactement. Mais vous savez, reprit Cutler, la mousse est utile. Elle aide l'arbre à retenir l'eau, à l'économiser pour la saison sèche. Au début, l'arbre peut être gêné par ce parasite mais, finalement, il se rend compte qu'il lui permet de mieux vivre.

Viviane ne voyait pas très bien le rapport avec le fait de vivre à Stone Gap, mais elle n'avait pas envie de creuser la question. D'autant que Cutler était intarissable. À ce stade, elle voulait juste acheter un sapin et partir. Et mettre fin à cette soirée qui la faisait rêver de trop de choses qu'elle ne pouvait pas avoir.

— Tous ces sapins sont super. Vous pouvez nous en emballer un ?

— On ne peut pas choisir un sapin comme ça, répliqua

Cutler. Un sapin de Noël, c'est spécial. Il doit être choisi par les gens qui l'installent et le décorent. Il va faire partie de votre maison. Et même si c'est pour peu de temps, vous devez choisir un sapin qui s'intègre bien dans la famille.

Qui s'intègre bien dans la famille ? Ce n'était qu'un arbre. Et ils n'étaient pas une famille. Loin de là. Même si Nick voyait les choses autrement. En ce qui la concernait, ça faisait bien longtemps qu'elle avait cessé de croire en cette notion après laquelle elle avait couru en vain durant toute son enfance.

Viviane jeta un œil à Nick, qui lui sourit, l'air parfaitement serein.

— En fait, le Douglas n'est pas tout à fait un sapin, reprit Cutler. Vous voyez ses cônes ici ? Aucun autre sapin n'en a de tels. Il y a quelques années, un botaniste français, dont j'ai complètement oublié le nom, a appelé le Douglas « faux pin ciguë du Canada » parce qu'il leur ressemble beaucoup. Mais ne vous inquiétez pas, ça n'a rien à voir avec la ciguë avec laquelle Socrate s'est empoisonné. Ou bien était-ce Platon ? Bref, ce qui compte, c'est de savoir lequel de ces sapins vous correspond le mieux.

Pour Viviane, tous les sapins se ressemblaient. Certes, certains étaient petits et touffus, d'autres grands et plus clairsemés. Mais les différences s'arrêtaient là. Cutler la fixait toutefois avec un sourire attendri, attendant sa réponse.

— Celui-là, dit-elle en désignant un sapin sur sa droite.

Puis elle se tourna vers Nick.

— Ça te convient ?

— Oui. Il me semble parfait pour nous. Un peu désaxé, et en quête d'un bon foyer.

Désaxé ? Elle n'avait pas remarqué. Mais lorsque Cutler sortit l'arbre pour l'emballer, elle vit qu'il penchait effectivement vers la gauche.

— Tu es sûr de vouloir un arbre qui n'est pas parfait ? demanda-t-elle à Nick.

— Aucun d'entre nous ne l'est, Viviane, répondit-il. Et si tu regardes ces sapins de près, tu verras qu'ils ont tous un défaut. Et que c'est ça qui rend les sapins, et les gens aussi, intéressants.

Au secours... Voilà que Cutler déteignait sur Nick... Pourtant, lorsque Nick parlait, elle était complètement sous le charme et buvait ses paroles. Comment était-ce possible ? Le vin. Oui, ce devait être le vin.

Mais comment un seul verre de chardonnay aurait-il pu l'affecter autant ? Ou alors, c'est qu'elle appréciait beaucoup Nick. Comme un ami. Oui, comme quelqu'un d'intéressant.

Quelqu'un d'intéressant dont les baisers avaient le pouvoir de lui faire oublier tout le reste. Et dont les caresses avaient le pouvoir de la faire fondre. Quelqu'un d'intéressant qu'elle allait avoir un mal fou à quitter.

Cutler se racla la gorge.

— Vous savez, reprit-il en emballant l'arbre, après avoir décoré notre sapin, ma femme et moi, paix à son âme, on s'asseyait sur le canapé pour le contempler avec toutes ses lumières. À l'époque, je la traitais d'idiote parce que je la trouvais trop sentimentale, mais maintenant qu'elle est partie, je me rends compte que c'était moi l'idiot de n'avoir pas su apprécier à leur juste valeur ces moments avec elle.

À cet instant, un coup de vent glacial balaya le parking, comme en réponse à ses paroles.

— Je suis vraiment désolée pour votre femme, dit Viviane.

Quel effet cela pouvait-il faire d'être aimé – ou d'aimer quelqu'un – à ce point ? De ressentir un amour d'une telle force qu'il transcendait la vie et la mort et restait dans vos veines pour toujours ?

Lorsqu'il eut payé le sapin, Nick le hissa sur son épaule et le chargea dans la benne du pick-up. Après quoi, il ouvrit la portière à Viviane et l'aida à monter.

Leur contact se prolongea quelques secondes de plus que nécessaire. Sa main réchauffait la sienne et son regard l'emplissait d'une joie simple, évidente, qu'elle n'avait jamais connue jusque-là. Encore un souvenir qu'elle aurait voulu pouvoir mettre en bouteille pour, une fois de retour à Durham, se rappeler ce que cela faisait de toucher Nick.

— Allons chercher Ellie, dit-elle, et installer le sapin avant qu'il ne soit trop tard.

Nick lâcha sa main et recula.

— Tu as raison. Allons-y.

Le trajet jusqu'à l'auberge Stone Gap ne prit que quelques minutes, mais la bulle qui les avait enveloppés depuis la minute où elle avait descendu l'escalier vêtue de sa petite robe noire avait éclaté, et ils étaient redevenus de simples étrangers qui avaient formé une alliance temporaire pour s'occuper d'un bébé.

Mavis et Della faillirent ne pas leur rendre Ellie.

— Elle est tellement adorable, s'extasia Mavis, Ellie dans les bras, emmaillotée dans une couverture rose et déjà en pyjama. Et tellement calme !

Della glissa un doigt dans la petite main d'Ellie et lui adressa un grand sourire.

— Ce n'était pas le cas de mes fils. Ils pleuraient beaucoup plus.

— Si je promets de vous la ramener bientôt, vous nous la rendrez ? demanda Nick en riant.

Mavis fit la grimace, mais déposa Ellie dans ses bras.

— Surtout dis-lui que ses tantes Mavis et Della sont impatientes de la gâter à nouveau.

— Et que nous lui ferons des biscuits dès qu'elle aura quelques dents, renchérit Della en tapotant le menton d'Ellie. Tous les biscuits que tu voudras, pas vrai, ma chérie ?

— On ferait mieux d'y aller avant qu'elles lui construisent une balançoire dans le jardin, glissa Nick à Viviane.

Elle lui avait à peine adressé trois mots durant le trajet entre l'église et l'auberge. Après le merveilleux moment qu'ils avaient passé dans le petit kiosque à musique – et surtout, la façon dont elle avait réagi lorsqu'il l'avait embrassée – Nick se demandait comment leur entente avait pu dégénérer ainsi.

Avait-il dit quelque chose qui l'avait contrariée ? À vrai dire, elle s'était comme refermée sur elle-même après l'achat du sapin, et il ne voyait absolument pas pourquoi.

— Merci beaucoup pour vos bons soins, dit Viviane aux deux femmes en prenant le sac à langer avant de sortir de l'auberge.

Tandis que Nick glissait Ellie dans son siège bébé, Della s'approcha de lui.

— Alors, comment ça s'est passé ce soir ? chuchota-t-elle.

— Pas mal, répondit-il, se sentant obligé de dire quelque chose de positif à celle qui l'avait aidé à préparer son escapade.

— Viviane est vraiment charmante une fois qu'on l'éloigne un peu de son travail. J'ai eu une bonne discussion avec elle cet après-midi, tu sais. À propos des bébés, de la maternité et de toi.

De lui ? Nick aurait bien voulu demander à Della ce que Viviane avait dit, mais il n'avait pas envie de prolonger cette conversation. Et de titiller les instincts d'entremetteuses de ses deux collègues.

— Je suis d'accord, renchérit Mavis, elle est charmante. Et puis j'ai vu comment elle te regarde, Nick. Elle est plus amoureuse qu'elle ne le pense.

— Bon, fit-il pour couper court, je vous dis à demain, mesdames. Et merci encore.

— Pas de soucis. C'était un plaisir, répondit Della en embrassant Ellie sur le front. À demain.

Nick se dirigea vers la porte, mais cette fois ce fut au tour de Mavis de le retenir.

— Encore une chose, dit-elle. J'ai entendu dire que ton père serait en ville demain.

— Pourquoi ? Et comment le sais-tu ?

— C'est mon petit doigt qui me l'a dit. Apparemment, ton père vient rencontrer un client au sujet d'un projet de construction qui suscite des réticences de la part des habitants.

— Eh bien, ton petit doigt est vraiment bavard, fit-il.

Nick avait effectivement entendu parler d'un projet de construction d'un centre commercial auquel s'opposaient de nombreux résidants de Stone Gap. Mais cela n'avait pas empêché le projet de poursuivre.

Nick n'était pas surpris que son bouledogue de père soit impliqué dans la bataille juridique à ce sujet.

— Appelle-le et propose-toi de déjeuner avec lui, insista Mavis. C'est l'occasion ou jamais de lui remettre le carton qu'Ida Mae t'a confié. N'oublie pas que ta grand-mère ne t'aurait jamais demandé une chose pareille si ce n'était pas important. Pour toi comme pour son fils unique.

Un fils unique qui était parti avant la fin des obsèques de sa mère. Qui avait laissé ses propres fils s'occuper du déroulement de la cérémonie funèbre, se contentant de glisser un chèque à Grady.

Le fait qu'Ida Mae laisse la maison à Grady plutôt qu'à Richard n'avait pas été une grande surprise. Au fil des ans, les Jackson avaient amassé une fortune grâce à leur cabinet d'avocats. Ils n'avaient guère besoin d'une maison supplémentaire alors qu'ils possédaient déjà le Mausolée et de nombreuses résidences dans le monde entier.

Elle avait donc laissé à son fils et à sa belle-fille des actions, et à ses autres petits-fils une somme équivalente à la maison qu'elle avait léguée à Grady. Sans oublier ce maudit carton dont Nick ne s'était pas encore occupé.

— Je vais... y réfléchir, répondit-il avant de leur dire au revoir pour la centième fois et de sortir dans l'air frais du soir.

Ellie était complètement épuisée par sa journée d'aventures à l'auberge et s'endormit dès que le pick-up démarra. Dès leur retour à la maison, Nick la monta directement dans sa chambre.

Viviane les suivit à l'étage. Nichée contre l'épaule de Nick, Ellie respirait doucement. Nick s'arrêta près du berceau, glissa la main sous sa tête avant de la déposer sur le matelas. Chacun de ses mouvements était empreint de tendresse.

Viviane en aurait presque été jalouse. Nick la toucherait-il un jour de cette façon ?

— C'est vraiment un beau bébé, sourit-il. Et tellement facile. Même si, bien sûr, je n'ai aucun point de comparaison.

Viviane s'approcha et posa les mains sur le lit, tout près de celles de Nick. Les cils d'Ellie papillonnaient, et de temps en temps, l'une de ses mains se crispait comme si elle tentait d'attraper quelque chose dans un rêve.

Un rayon de lune se reflétait sur les traits délicats d'Ellie et sur les petits chevaux du mobile qui tournaient au-dessus de sa tête. Sur la commode en érable, la veilleuse diffusait une lumière argentée comme celle de la lune. Le tapis sous leurs pieds était doux et épais.

Partout dans le pays, des parents faisaient pareil. Dans la pénombre d'une chambre d'enfant, ils observaient leur bébé endormi, un petit univers où ils n'étaient que tous les trois. Si Nick et elle avaient été mariés, elle aurait pu, l'espace d'un instant, imaginer que c'était leur vie. Qu'ils formaient une famille.

Une émotion lui étreignit soudain le cœur, si fort que les larmes lui montèrent aux yeux. Viviane Winthrop s'était efforcée presque toute sa vie de ne pas créer de liens, car elle avait appris très tôt que l'amour des autres pouvait disparaître aussi vite qu'une pluie d'orage. Jamais encore elle n'avait ouvert son cœur. Jusqu'à cette semaine avec Nick et Ellie.

— Elle est tellement belle, murmura Viviane. Comment pourrait-on ne pas l'aimer ?

— Si c'était notre fille..., commença Nick avant de secouer la tête, comme si prononcer ces mots à voix haute allait donner vie à un fantasme qui leur ferait du mal.

— Oui, souffla Viviane. Mais elle ne l'est pas.

À cet instant, il glissa la main dans la sienne. Ses doigts étaient chauds et forts.

— Je n'avais jamais réalisé, poursuivit-elle, à quel point je passais à côté de quelque chose jusqu'à ce qu'Ellie et toi entriez dans ma vie.

— J'avais la même pensée à l'instant.

Elle se tourna vers lui. Peut-être était-ce la lumière tamisée, le moment, ou le dîner, mais ce soir, Viviane se sentait, pour une fois, audacieuse.

Si tu restes avec moi, ça me donnera une excuse pour accrocher des guirlandes lumineuses, préparer du lait de poule et des biscuits, et fêter Noël comme des gens normaux, avait dit Nick une semaine plus tôt. À l'époque, elle avait accepté la proposition parce qu'elle n'avait pas d'autre solution. À présent, ils avaient un sapin à l'arrière du pick-up, un carton de décorations à accrocher, et le reste du vin à boire en écoutant des chants de Noël.

— Ce soir, Nick, faisons semblant.

— Faisons semblant de quoi ?

— Que… c'est notre bébé, notre premier Noël et… que nous sommes ensemble.

Non pas parce qu'ils s'étaient mis d'accord pour s'occuper d'Ellie mais parce qu'il la désirait et voulait être avec elle pour toujours.

— Ça tombe bien, répondit-il, parce que j'avais justement très envie qu'on soit ensemble en ce moment.

Sur ces mots, il se pencha lentement et l'embrassa, puis ils descendirent tous les deux la main dans la main. Pendant qu'elle mettait la radio et versait le vin, Nick alla chercher le sapin et le déposa dans le coin qu'il avait préparé dans le salon.

— Tu veux que je le redresse pour qu'il ait l'air un peu moins désaxé ?'

Viviane secoua la tête.

— Tu avais raison, c'est beaucoup mieux quand ce n'est pas parfait.

Toute cette semaine avec Ellie avait été imparfaite, remplie d'embûches, et pourtant, si elle avait pu, elle n'y aurait rien changé. Le jour de congé forcé et le temps passé avec le bébé lui avaient permis de s'ouvrir au monde, et cela n'avait pas été aussi terrible qu'elle aurait pu l'imaginer. Le monde n'avait pas implosé et elle n'avait pas eu le cœur brisé. Du moins, pas encore.

— Par où commençons-nous ? demanda-t-elle en lui tendant un verre de vin.

— Par ici, répondit-il, avant de l'embrasser à nouveau.

Cette fois, il s'attarda plus longtemps. Son baiser était profond, intense et avait un goût de chardonnay. Elle se cambra contre sa poitrine, prête à aller beaucoup plus loin.

Nick recula.

— On n'arrivera jamais à décorer ce sapin si on continue comme ça...

— Il n'y a rien de mal à avoir un sapin naturel.

— J'aime ton raisonnement, Viv. Mais mettons au moins la guirlande électrique. Ellie va adorer ça.

Elle fut émue par la prévenance de Nick. En l'espace de quelques jours, il s'était pleinement glissé dans son rôle de père de substitution, aussi protecteur qu'attentionné.

C'étaient des qualités qui comptaient chez un homme. Le genre de qualités qu'une femme intelligente aurait dû rechercher. Sauf que certaines d'entre elles avaient aussi une carrière dans une autre ville et une vie beaucoup trop chargée pour pouvoir faire de la place à un enfant et un mari. Même un mari de rêve comme Nick.

Alors qu'elle se dirigeait vers le carton de décorations, elle vit que l'autre carton portant le nom de Nick était toujours dans le coin du salon.

— Qu'est-ce que c'est ?

— Une dernière volonté de ma grand-mère, soupira-t-il en se laissant tomber dans le fauteuil. Elle me l'a laissé pour que je le remette à mon père. Tant que ce ne sera pas fait, je ne pourrai pas toucher mon héritage. Elle voulait que nous examinions ensemble le contenu du carton. Pourquoi, je n'en ai aucune idée. J'ai regardé dedans, et c'est juste des objets qui appartenaient à mon père dans son enfance.

— Ton père ? Celui qui ne t'adresse pas la parole ? demanda Viviane en s'asseyant sur l'ottomane en face de lui.

— Oui. Je l'ai appelé pour lui en parler, et il m'a dit de le lui envoyer par la poste. Même une dernière volonté de sa mère n'arrive pas à le pousser à venir me voir, son propre fils.

— Son nom me dit quelque chose. Je suis sûre qu'il réagit

comme ça parce que c'est quelqu'un de très têtu. Ou alors quelqu'un de profondément blessé.

— Qu'est-ce qui te fait dire ça ?

À mesure que les mots s'accumulaient dans l'esprit de Viviane, elle voyait des liens s'établir entre son enfance et celle de Nick. Peut-être était-ce ces blessures communes qui les avait rapprochés.

— Ma mère venait rarement nous voir, Sammie et moi, quand nous étions en famille d'accueil. Elle ne trouvait pas la maison, soi-disant. C'est arrivé tellement souvent que j'ai cessé de croire en elle. Mais Sammie a mis plus de temps à l'admettre. Un jour, un jour quand j'avais quinze ans, Sammie et moi l'avons attendue tout un après-midi sur un terrain de jeux. Sammie avait onze ans environ, et elle avait mis sa plus belle robe et s'était tressée les cheveux. Elle lui avait même fait un dessin.

— Et elle n'est pas venue ?

— Si, avec deux heures de retard. Et à ce moment-là, la robe de Sammie était sale et ses tresses toutes défaites. Et bien sûr, elle s'est mise à pleurer toutes les larmes de son corps. Alors, je suis allée faire la leçon à ma mère.

— Je t'imagine très bien dans ce rôle.

— À l'époque, j'avais déjà des facilités pour m'exprimer. Et je lui ai demandé pourquoi elle s'était donné la peine d'organiser des visites si tout ce qu'elle savait faire, c'était de ne pas venir ou arriver en retard.

Comme Viviane ne continuait pas, Nick s'approcha et lui prit la main.

— Qu'a-t-elle répondu ?

— Qu'elle se sentait tellement coupable d'avoir été une si mauvaise mère qu'elle avait peur de nous voir. Elle savait qu'elle avait dit et fait des choses qui nous avaient traumatisées, et qu'il était plus facile pour elle de nous ignorer que de demander pardon. C'est pourquoi j'ai compris dès lors que certaines personnes ne savent tout simplement pas comment affronter les souffrances qu'elles ont causées. Peut-être est-ce le cas de ton père...

— Peut-être. Ou peut-être que c'est juste un homme borné, incapable d'admettre qu'il a tort.

— Ça revient un peu au même, tu ne crois pas ? fit Viviane avec un sourire.

— Tu as peut-être raison.

Il se leva pour prendre une rallonge dans un carton.

— Tu crois que c'est pour ça que ta sœur ne revient pas ? Parce qu'elle sait qu'elle vous a déçues, Ellie et toi, et qu'elle ne peut plus faire face ?

Viviane pensa à la conversation avec Della, aux difficultés des jeunes mamans.

— Peut-être. Mais dans son cas, il y a peut-être aussi de la dépression post-partum. Mais bon, décorons ce sapin avant qu'il ne soit trop tard, dit-elle, un peu abattue par l'intensité de toutes ces confidences.

Lorsqu'ils eurent installé les guirlandes électriques sur le sapin, Nick se tourna vers elle.

— Éteins les lumières.

— Pourquoi ?

— Parce que, pour notre premier Noël, j'ai envie d'en prendre plein la vue.

Lorsqu'elle éteignit, la radio passait *Douce Nuit*. Nick brancha alors les guirlandes, et une floraison de rouge, de vert, de bleu et de jaune emplirent le salon. Le chant de Noël et les lumières conféraient à la pièce un aspect presque sacré.

— C'est magnifique !

— Totalement. Dis, Nick, ça va te paraître bizarre, mais j'ai toujours eu envie de m'allonger sous un sapin de Noël pour regarder les lumières.

Il la considéra un instant, amusé.

— Je ne trouve pas ça bizarre. Allez, on le fait.

Comme des gamins de dix ans, ils s'allongèrent sur le dos et se glissèrent sous le sapin. Leurs têtes se pressaient l'une contre l'autre et leurs joues étaient saupoudrées d'aiguilles de pin.

Lorsque les lumières se mirent à clignoter au-dessus de leurs têtes, Viviane se mit à rire de ravissement.

— Waouh... C'est comme un feu d'artifice. Trop cool.

— C'est vrai, souffla-t-il en lui prenant la main.

Ils restèrent allongés en silence, captivés par les jeux de lumière et les chants de Noël.

Nick lui tenait toujours la main. Allongée à son côté, elle pouvait sentir la chaleur de son corps et toutes les nuances de son eau de toilette. Oui, elle pourrait s'habituer à des moments comme celui-ci. Très facilement, même.

À cet instant, ils se tournèrent l'un vers l'autre. Aucun des deux ne dit mot, mais leurs mains s'étreignirent et ils se rapprochèrent. Alors, Nick prit son visage entre ses mains et l'embrassa. Ce ne fut que lorsqu'elle se retrouva pressée contre lui et qu'il se mit à la dévorer que Viviane Winthrop cessa enfin de trop réfléchir.

11

Nick s'était souvent dit qu'il embrasserait Viviane et… c'est tout. Et puis elle avait mis cette petite robe noire, et sa détermination s'était un peu émoussée. Mais ce qui avait vraiment tout fichu en l'air, c'était ce moment sous le sapin, où elle s'était tournée vers lui, le regard à la fois lascif et vulnérable. Toutes ses résolutions avaient alors volé en éclats.

Il lui prit la main et l'aida à se lever. Une fois debout, elle se lova dans ses bras.

— Qu'est-ce qu'on fait ? demanda-t-il une fois de plus.

— Je ne sais pas. Je sais juste que… je ne veux pas m'arrêter.

— Moi non plus, fit-il d'une voix rauque, sentant le sang bouillir dans ses veines et son cœur battre la chamade à la vue de ses cheveux défaits et de ses épaules dénudées. Je voudrais t'emmener dans ma chambre et…

— Alors fais-le, Nick. Je t'en prie.

Ce fut le « je t'en prie » qui l'acheva. Il avait désiré Viviane à la seconde où il l'avait rencontrée, mais elle lui avait fait comprendre qu'elle était quelqu'un de détaché, voire d'insensible. Peut-être était-il aveugle ou idiot, mais tout ce qu'il avait vu en elle, c'était de l'engagement. Elle était engagée envers sa sœur, envers sa carrière, et d'une manière intense et profonde qu'il admirait. Elle avait en elle de la passion, et il voulait en explorer chaque parcelle.

Il lui prit la main et ils montèrent à l'étage. Ils passèrent devant la chambre d'Ellie et, alors qu'ils se dirigeaient vers celle de Nick, ce dernier revint en arrière pour fermer la porte d'Ellie, avant de se raviser et de la laisser entrouverte.

— Juste au cas où elle se réveillerait.

— Tu sais, c'est pour ça que tu me plais, murmura-t-elle en passant les mains dans ses cheveux.

— Parce que je laisse la porte ouverte ?

— Parce que tu es attentionné..., dit-elle en l'embrassant dans le cou. Prévenant... gentil... et doux, ajouta-t-elle, ponctuant chaque adjectif d'un baiser.

Le désir qui avait taraudé Nick toute la journée se mua alors en un véritable incendie. Il fit de son mieux pour se maîtriser.

— C'est ce que tu veux que je sois, Viviane ? Doux ?

Elle recula pour le regarder droit dans les yeux.

— Ce soir, je veux que tu m'aimes, Nick. Pour la douceur, on verra ça plus tard.

Seigneur... Cette femme savait-elle ce qu'elle lui faisait quand elle lui parlait de cette façon ? Sans plus attendre, il la souleva de terre et la déposa sur le lit, puis il ôta ses chaussures. Elle s'apprêtait à faire de même lorsqu'il posa une main sur sa jambe nue.

— Laisse tes talons. S'il te plaît.

Elle haussa les sourcils et un sourire diabolique éclaira son visage.

— Mon Dieu, Nick Jackson. Vous me surprenez...

— Tant mieux, murmura-t-il en ôtant sa chemise et en la jetant par terre. Parce que tu es le genre de femme qui mérite d'être surprise. Et aimée. Non, pas seulement aimée, mais *bien* aimée.

Il grimpa sur le lit à côté d'elle. Elle roula vers lui et il attrapa la fermeture Éclair au dos de sa robe, puis s'arrêta. Elle avait les larmes aux yeux.

— J'ai dit quelque chose de mal ? Tu as changé d'avis ?

— Pas du tout..., souffla-t-elle, prenant son visage entre ses mains et l'embrassant. Je n'ai jamais autant désiré un homme et... ça me fait peur.

— De désirer une chose que tu pourrais perdre ?

— Une chose dont je vais devoir me séparer, soupira-t-elle. Je ne veux pas te donner l'impression que ça va durer, Nick. Passons juste la nuit ensemble, et on verra ce que demain nous réserve.

Une chose dont je vais devoir me séparer.

En entendant ces mots, il réalisa à quel point il avait espéré que Viviane reste à Stone Gap. Que cette petite famille temporaire devienne permanente. Mais en vérité, rien de tout cela n'était réel. Ellie n'était pas leur fille, ils n'étaient pas ensemble, très bientôt ils reprendraient leur chemin, dans des directions radicalement différentes.

Il l'aurait ce soir, et ce serait tout. Cela suffirait-il ?

Pour la première fois de sa vie, Nick eut peur, lui aussi, de perdre quelqu'un qu'il avait commencé à aimer profondément. Il avait fallu qu'Ariel sorte de sa vie pour qu'il se rende compte de la superficialité de ses sentiments pour elle. La perdre lui avait fait mal, bien sûr, mais seulement pendant quelques semaines. Mais l'idée de ne plus jamais revoir Viviane...

... était insoutenable.

— Ce soir, Nick, faisons semblant, dit-elle.

Elle se cambra alors contre lui et caressa son dos nu, s'attardant le long de sa ceinture. Nick cessa alors de penser. La fermeture Éclair de Viviane glissa avec un léger crissement, un instant plus tard, elle jeta sa robe par terre.

— C'est fou ce que tu es belle...

Il lui embrassa le menton jusqu'à la vallée entre ses seins qui débordaient d'un soutien-gorge noir sans bretelles. Elle se tortilla sous lui tandis qu'il continuait à descendre, à embrasser, à lécher, à agacer. Il lui retira sa culotte, puis glissa la tête entre ses jambes.

À cet instant, tout le corps de Viviane se raidit.

— Je n'ai, euh... jamais...

Il s'écarta pour s'allonger de nouveau à côté d'elle, lui caressant le ventre.

— Tu n'as jamais quoi ?

— Je ne sais pas si je peux..., reprit-elle en rougissant, eh bien, tu sais... je ne veux pas que tu aies l'impression de mal t'y prendre si je n'y arrive pas. En général, c'est ce qui se passe.

La plupart des hommes avec qui j'ai couché étaient un peu… rapides et… Enfin, bref, je voudrais pas que tu sois déçu.

Il prit son visage dans ses mains.

— Viviane, *rien* en toi ne me déçoit. Tu es forte, intense et magnifique. Et tout homme qui ne sait pas t'apprécier qui n'apprécie pas chaque centimètre carré de toi, n'est pas l'homme qu'il te faut.

À ces mots, elle rougit une fois de plus, puis glissa une main hésitante dans son pantalon pour le caresser. La sensation de sa main douce et chaude enserrant son sexe le rendit encore plus dur. Le désir faisait rage en lui avec une telle force qu'il aurait voulu la prendre vite et fort, mais ce soir, il s'agissait avant tout de faire en sorte que Viviane se sente bien.

— Même si je voudrais que tu n'arrêtes jamais, dit-il, je pense que c'est ton tour.

Elle acquiesça, puis sourit lorsqu'il lui embrassa les seins, le ventre, les jambes. Elle s'allongea, posant les pieds sur le lit, les talons noirs plantés dans la couette, tandis qu'il la goûtait. Il y alla doucement au début, taquinant l'entrejambe, avant de plonger à l'intérieur.

Elle gémit, se tortillant contre sa langue. Elle s'agrippa à ses cheveux lorsqu'il accéléra la cadence, s'enfonçant de plus en plus profondément. Soudain, elle frémit, se cambra contre le lit et, quelques instants plus tard, cria son nom.

— Oh là là… c'était… incroyable.

Il sourit et remonta le long de son corps.

— Eh bien, voyons si tu peux recommencer. Plusieurs fois, souffla-t-il, posant sur elle un regard dévorant.

— Tu penses être à la hauteur du défi ?

— Je relèverai tous les défis que tu me lanceras, Viviane.

Et quand il la pénétra enfin, il prit tout le temps qu'il fallait pour goûter cette femme à la fois douce et ardente dont il était tombé follement amoureux quelque part entre le petit kiosque à musique et la chambre.

Le soleil se levait à peine lorsque Viviane ouvrit les yeux. La poitrine de Nick montait et descendait au rythme de son souffle régulier. Elle avait la tête dans le creux de son épaule, la main sur son abdomen et une jambe enroulée autour des siennes.

Elle s'écarta, se dégageant de son étreinte aussi prudemment et silencieusement qu'elle le pouvait.

Que lui était-il passé par la tête ?

Faire l'amour avec lui était une chose – et d'ailleurs l'expérience avait été incroyable, la première et la seconde fois – mais dormir à ses côtés ?

Elle ne passait jamais la nuit avec un homme. Ne laissait jamais ses partenaires dormir chez elle. C'était le genre de faiblesse qui les amenait à se faire des idées fausses sur ce qu'elle avait à leur offrir.

C'était du sexe, point à la ligne. Rien de plus.

Non ?

Même en dormant, Nick avait le sourire aux lèvres. Elle s'agenouilla à son côté et l'observa un moment. C'était un bel homme, avec une mâchoire volontaire mais fine et une mèche de cheveux qui lui retombait souvent sur le front. Il devait faire pas mal de sport, comme en témoignait le renflement des pectoraux et des abdominaux. Mais c'étaient la gentillesse et l'intelligence de cet homme qui la séduisaient le plus. De cet homme avec qui elle avait fait l'amour, mais qu'elle allait pourtant devoir quitter.

Quand elle repensait à la nuit qu'ils avaient passée ensemble, à sa générosité, à sa patience, elle sentait sa résolution fléchir. Nick avait fait plus que la faire jouir. Il lui avait montré qu'il existait des hommes qui savaient faire passer le désir des femmes avant le leur.

Toute sa vie, elle avait évité les relations longues, et pas une seule fois elle ne l'avait regretté ou n'avait remis ce principe en question. Peut-être choisissait-elle mal ses partenaires, mais la plupart d'entre eux ne pensaient effectivement qu'à eux-mêmes une fois au lit. Et ils ne parlaient jamais de leurs propres sentiments. Mais ce n'était pas le cas de Nick. Lui ne craignait pas de se livrer, quitte à exposer ses faiblesses.

C'était dangereux. Parce que c'était typiquement le genre de qualité qu'elle trouvait irrésistible chez un homme. Et qui risquait de la faire tomber amoureuse.

D'ailleurs, c'était peut-être déjà arrivé. Il y avait un attrait chez Nick qui lui donnait sérieusement envie de rester à Stone Gap. Rester... Cela aurait bien sûr signifié de partager son projet : être ensemble, fonder une famille, s'aimer pour toujours.

Après avoir raconté sur sa mère la veille, Viviane réalisait à présent qu'elle redoutait elle aussi de devenir pareille. Parce qu'elle serait trop investie dans son travail pour faire de la place à son mari et à ses enfants. Le travail était sa zone de confort, le seul endroit où elle se sentait confiante et sûre d'elle.

Au moment où elle allait sortir du lit, Nick remua à son côté.

— Hé, ne te lève pas tout de suite. Ellie dort encore. Reviens, implora-t-il en tapotant le matelas à côté de lui.

L'épaisse couette blanche semblait lui faire signe. Elle aurait pu facilement se glisser à nouveau dans ce lit avec Nick et prétendre, juste un peu plus longtemps, que c'était sa vie. Son homme. Sa famille.

Elle regarda par la fenêtre. Le soleil continuait de monter dans le ciel. Hier, elle avait appelé son entrepreneur et s'était assurée que les travaux étaient suffisamment avancés pour qu'elle puisse réemménager. Ce qui signifiait que, demain, elle rentrerait à Durham avec Ellie et engagerait quelqu'un pour s'occuper de la petite après la garderie. Et toute cette histoire avec Nick serait terminée. C'était mieux ainsi. Mieux valait arrêter avant de lui faire du mal, ou de le décevoir.

— Vas-y, dors. Moi, j'ai du travail, souffla-t-elle, se hâtant de quitter la chambre avant de changer d'avis.

Elle prit une douche rapide, passa un jean et un T-shirt, puis s'installa à la table de la salle à manger avec son ordinateur portable et une pile de dossiers à lire. Elle entendit Ellie commencer à s'agiter et puis Nick se diriger vers sa chambre.

— Bonjour, mon rayon de soleil, dit-il joyeusement à Ellie. Tu as faim ?

Devant elle, les mots se brouillèrent. Elle ferma les yeux et se pinça l'arête du nez. Lorsqu'elle les rouvrit, de grosses larmes coulaient sur ses joues. Devait-elle vraiment partir ce week-end ? Ne pouvait-elle pas s'arranger pour rester quelques jours de plus à Stone Gap ?

Elle se leva. Elle s'apprêtait à monter pour en parler à Nick lorsqu'on sonna à la porte. À six heures et demie du matin ? Qui diable pouvait venir si tôt ?

Viviane ouvrit la porte et trouva Sammie sur le seuil, vêtue du même jean et du même T-shirt que le jour de son départ, un sac à dos sur une épaule et un ours en peluche blanc tout neuf sous l'autre bras.

— Bonjour, Viv ! Me voilà de retour !

Sammie avait l'air en forme et plus sereine qu'elle ne l'avait été depuis des années. Peut-être que le temps passé seule lui avait fait du bien, après tout.

— Les gens de l'auberge m'ont dit où tu logeais. J'ai eu un peu de mal à trouver la maison, et j'ai cru un moment que tu avais quitté la ville. Où est ma petite fille ? J'ai tellement hâte de la serrer dans mes bras !

Viviane jeta un œil vers l'escalier. Ellie dans les bras, Nick descendait, et une expression indéchiffrable se peignit sur son visage à la vue de Sammie. À cet instant, Viviane réalisa que le monde qu'elle s'était construit avait implosé, une fois de plus.

— Elle vient de se réveiller, dit Nick.

Dès qu'elle aperçut Nick et le bébé dans l'escalier, Sammie s'élança vers eux, les bras tendus.

— Ellie ! Oh mon Dieu, tu m'as tellement manqué !

Nick jeta un coup d'œil à Viviane. Il attendit qu'elle ait acquiescé avant de remettre Ellie à sa mère. Sammie serra la petite contre sa poitrine, la couvrit de baisers et se mit à lui parler à toute allure.

— Tu as tellement grandi ! Tu as pris au moins deux kilos. Oh ! maman était tellement triste sans sa petite Ellie !

— Je m'apprêtais à la changer, expliqua Nick, les mains toujours tendues comme s'il était prêt à reprendre le bébé. Tu veux que je...

— Je peux le faire ! Ensuite, je pourrai passer du temps avec mon petit bout de chou, lança Sammie en chatouillant Ellie, ce qui la fit glousser joyeusement.

Lorsque Sammie fut à l'étage avec Ellie, Nick descendit les marches, le pas lourd. Viviane attendait dans l'entrée, hésitant entre soulagement et rancœur. Le soulagement parce que Sammie était de retour, saine et sauve. La rancœur parce qu'elle en avait assez de l'inconséquence de sa sœur.

Sammie était partie en pensant que Viviane s'occuperait de tout, comme elle le faisait toujours. Et maintenant, elle revenait, la bouche en cœur, prête à reprendre le cours de sa vie comme si de rien n'était. Comment être sûre qu'elle ne recommencerait pas à la première occasion ?

— C'est mieux comme ça..., dit Nick. De toute façon, Ellie doit être avec sa mère. Pas avec sa tante et un... inconnu, dit-il, fixant le parquet, l'air perdu. Donc, puisque vous n'avez plus besoin de moi ici, je... vais... euh... aller à l'auberge. C'est bientôt l'heure du petit déjeuner. Tu seras là aujourd'hui ?

C'était le moment ou jamais de lui annoncer son départ. Ça ne servirait, de toute façon, à rien d'attendre davantage.

— En fait... je pense rentrer à Durham.

Il fit volte-face.

— Quoi ? Aujourd'hui ?

— Je pensais partir demain, mais maintenant que Sammie est là, je n'ai plus aucune raison de rester.

Nick grimaça à ces mots, et Viviane regretta aussitôt sa maladresse. Hélas, ce qui était dit était dit.

— Je voulais dire que je devais rentrer pour mon travail.

— Je sais ce que tu voulais dire, répliqua-t-il sèchement. Alors, vas-y, rentre à Durham... Qu'est-ce que tu attends ?

— Je ne suis pas pressée de partir. Simplement, j'ai un procès en cours, et des travaux chez moi...

— Et nous ? fit Nick, baissant la voix.

Viviane redressa le menton.

— Quoi, nous ? On a passé de très bons moments hier soir

et on s'est fabriqué de très jolis souvenirs. C'était vraiment une belle soirée.

— Une belle soirée ? siffla-t-il entre ses dents. C'est tout ce que tu as à dire ? « Merci pour le sexe, Nick ! Je t'enverrai une carte postale de temps en temps. »

Elle le dévisagea, choquée par la violence de ses paroles. Oui, ils avaient passé une merveilleuse soirée, alors pourquoi Nick ne pouvait-il pas comprendre que ça devait s'arrêter là ? Que même si elle avait voulu aller plus loin, ça ne marcherait pas entre eux. Oh ! pas à cause de lui... Mais à cause d'elle. La dernière chose dont elle avait envie était de lui faire croire qu'elle pouvait être cette femme douée pour la vie de famille qu'il persistait à voir en elle.

— Ce n'était pas ce que je voulais dire, et tu le sais.

— Ah oui ? Alors, qu'est-ce que tu voulais dire ? Qu'est-ce que c'était pour toi, hier soir ? Parce que, pour moi, tu vois, c'était beaucoup plus qu'une belle soirée !

Nick marqua une pause et parut se calmer. Il avança alors d'un pas et posa gravement la main sur sa taille. Elle aurait tant voulu s'abandonner à la chaleur de sa main, s'abandonner à lui et à tout cela.

— Je te veux, Viviane. Pas pour une soirée. Pour toujours.

Pour toujours. Ces deux mots la terrifiaient et l'enthousiasmaient à la fois. Nick voulait une union permanente. Et elle mesura alors toute l'ironie de la situation : elle s'apprêtait à rejeter ce qu'elle avait en réalité toujours désiré. Mais elle savait que cette vie n'était pas faite pour elle. Elle n'avait aucun talent pour la vie de famille. Alors à quoi bon essayer ? Ça ne ferait que les rendre tous les deux malheureux.

— Je ne suis pas la femme dont tu rêves, Nick. Si nous étions ensemble, je finirais par te décevoir. Tu ne l'as pas encore compris ?

— Chérie, tu as tout ce qu'il faut pour vivre en couple. Le problème, c'est que tu as trop peur pour saisir ta chance lorsqu'elle se présente. En cela, tu es exactement comme ta mère qui préférait rester au bord du terrain parce qu'elle avait honte du mal qu'elle avait fait à ses filles. Alors, je t'en supplie, fais le pas, Viviane.

Bon sang. Pourquoi continuait-il à l'appeler « chérie » ? s'agaça-t-elle, réalisant qu'elle avait envie de l'embrasser alors qu'elle s'apprêtait à lui dire que tout était fini entre eux.

— Ce n'est pas le problème. Je ne peux pas renoncer à mon travail comme ça. À t'entendre, on dirait que je peux m'installer ici et devenir ton sous-chef...

— Je n'ai jamais dit ça. Tu veux vivre à Durham ? Très bien, alors nous vivrons à Durham. Tu veux vivre ici ? Alors nous vivrons ici. On recherche des cuisiniers un peu partout dans le monde, alors je suis d'accord pour que tu ailles là où tu veux. Ce qui compte le plus pour moi, Viviane, c'est que là où je travaille, je te retrouve chaque soir en rentrant. Et avoir une maison. Pas seulement une chambre dans une auberge.

Ou un appartement sans âme à Durham, se dit Viviane. La maison d'Ida Mae, avec tous ses souvenirs, ressemblait plus à un foyer que n'importe quel autre endroit où Viviane avait jamais vécu. Le sapin de Noël, éteint pour l'instant, était le sien. Enfin, le sien et celui de Nick. Ils l'avaient acheté et décoré ensemble. En quelques jours à peine, ils avaient fait de cette maison leur foyer.

Nick voulait fonder un foyer avec elle. La retrouver chaque soir. Créer un lien qui durerait au-delà de cette semaine de Noël. Elle aurait dû être ravie, elle aurait dû lui sauter au cou et lui dire « Oui, oui, oui ».

Au lieu de cela, la peur lui serra la poitrine et lui coupa le souffle, et elle recula.

— Je ne peux pas faire ça. Désolée, dit-elle, détournant le regard pour ne pas voir la détresse dans celui de Nick. Je vais voir si Sammie a besoin de quoi que ce soit, et puis je ferai mes valises. Dis au revoir à Della et Mavis de ma part, d'accord ?

Elle monta à l'étage. Alors qu'elle rangeait ses vêtements dans sa valise et ses dossiers dans sa mallette, elle n'arrivait pas à se débarrasser du sentiment qu'elle était en train de commettre la plus grosse erreur de sa vie.

12

Après le petit déjeuner, Nick prépara un déjeuner rapide pour les clients de l'auberge, composé d'une salade de poulet, accompagnée de pommes de terre sautées et d'une macédoine de fruits d'hiver. Une fois le ragoût de bœuf mis à mijoter pour le dîner, Nick resta planté au milieu de la cuisine, réalisant qu'il avait attendu bien trop longtemps.

Viviane partait. Sammie avait récupéré Ellie. La petite mascarade de vie qu'ils s'étaient inventée était terminée. Ce qui signifiait que Nick n'avait plus aucune excuse pour repousser la conversation qu'il redoutait depuis des mois.

— Mavis, je serai de retour cet après-midi.

Il accrocha son tablier dans le garde-manger, prit sa veste et se dirigea vers son pick-up. À l'intérieur, il remarqua une tétine d'Ellie oubliée sur la banquette arrière.

Mince... En l'attrapant, son cœur se serra et il réalisa qu'il était au bord des larmes. Pour une enfant qui n'était même pas la sienne... Mais peut-être que ce n'était pas tant le bébé qu'il regrettait mais le désir qu'il avait éveillé en lui. Celui d'une vie avec Viviane. Avec un enfant à eux, et des soirées en amoureux dans le petit kiosque à musique.

Absurde... Nick jeta la tétine dans la boîte à gants, enclencha la vitesse et revint chez Ida Mae. La maison de sa grand-mère était vide et triste. Sammie avait emmené Ellie. Nick ne savait même pas où elles étaient allées. Il aurait pu poser la question, mais il s'était esquivé dès que Viviane avait annoncé qu'elle partait.

La voiture de Viviane avait disparu, tout comme sa valise. Il n'y avait plus aucun dossier qui traînait quelque part, ni de maquillage dans la salle de bains. Il ne restait plus que le berceau et le sac à langer dans la chambre d'enfant qui ne serviraient plus jamais.

Nick prit le carton qu'il avait sorti du grenier la semaine précédente et le posa sur la table de la cuisine. Puis il sortit son téléphone portable et composa le numéro de son père. Richard répondit au bout de quatre sonneries. Sans doute avait-il hésité avant de prendre l'appel.

— Nicolas. Qu'est-ce qui t'arrive ?

— Je sais que tu es à Stone Gap. J'ai pensé que tu pourrais passer prendre le carton que grand-mère t'a laissé.

— Tu peux le déposer à mon bureau. Je ne vais pas tarder à y retourner.

Nick eut envie de raccrocher mais se retint. Il pensa aux paroles de Viviane. Selon elle, la froideur de son père résultait davantage de la peur que de la déception qu'il éprouvait envers lui. Mais cette hypothèse ne collait pas du tout à l'image de ce père distant et froid qui l'avait élevé.

— C'est Noël, papa. On pourrait peut-être faire semblant d'être de la même famille pendant quelques heures, non ? Passe chez grand-mère et je te donnerai le carton, comme elle le voulait.

La demande de sa grand-mère ne s'arrêtait pas là, mais Nick préféra rester simple pour ne pas faire fuir son père.

— Écoute, soupira Richard. J'ai une réunion...

— Au diable ta réunion. Tu as un fils qui veut te voir. Je pense que c'est prioritaire, non ?

Il y eut une longue pause. Et un soupir.

— Je serai là dans dix minutes.

— À tout de suite.

Quinze minutes plus tard, Nick entendit un double bip dans l'allée. Jetant un œil par la fenêtre, Nick vit son père fourrer dans sa poche les clés de la Mercedes garée dans l'allée. Nick ouvrit la porte avant que Richard ne frappe.

— Je dois dire que je suis surpris que tu sois venu.

— Tu m'as fait faire un détour, râla Richard.

Apparemment, son père était toujours aussi chaleureux...

— Entre donc.

Son père s'arrêta dans l'entrée. Son regard se posa sur l'arbre de Noël et les décorations. L'espace d'un instant, il se figea, puis il s'éclaircit la gorge et se dirigea vers la cuisine. Nick avait laissé la lettre d'Ida Mae à côté du carton. Son père allait s'en emparer, mais Nick l'interrompit.

— Je pense que tu dois d'abord lire la lettre...

Son père lui jeta un regard agacé mais, s'asseyant à la table, s'exécuta. La lettre était courte, mais Richard parut mettre une éternité à la lire. Lorsqu'il la reposa, sa main tremblait.

— Elle m'a toujours vu autrement que je me voyais moi-même...

— Grand-mère était douée pour ça. Elle voyait ce qu'il y avait de meilleur chez les gens.

— J'ai toujours beaucoup plus ressemblé à mon père. C'était un solitaire. Il n'exprimait jamais ses émotions sauf avec ma mère. C'était une véritable guimauve avec elle, mais pas avec moi. Tiens, poursuivit Richard en se raclant la gorge, je vois que tu as décoré la maison.

— Oui. J'avais envie de fêter Noël ici, comme au bon vieux temps, expliqua Nick, laissant de côté les détails douloureux comme le départ de Viviane.

— Ça me rappelle les Noëls de mon enfance. C'est superbe, Nicolas. Dans la lettre, poursuivit nerveusement Richard, ta grand-mère me demande de passer en revue le contenu du carton avec toi.

— Oui. Je ne sais pas pourquoi.

— Je crois que je le sais.

Richard ouvrit le carton et sortit les premiers objets tout en parlant :

— Elle voulait que je me rappelle qui j'étais avant. Quand

j'étais enfant, j'étais plus comme toi que comme Grady ou Carson.

— J'ai du mal à le croire, ironisa Nick.

— Ce gant de base-ball, par exemple, poursuivit son père, était pour ainsi dire soudé à ma main dans mon enfance. J'ai joué dans toutes les équipes locales. Et Matty et moi, on voulait devenir professionnels.

Nick avait oublié que son père avait grandi avec Matty Gibson, le propriétaire de l'épicerie du centre-ville.

— Il a joué au niveau national, non ?

— Oui. Mais la saison avait à peine commencé qu'il a été gravement blessé au genou. Du coup, il a dû arrêter de jouer. De retour à Stone Gap, il a repris l'épicerie de son père.

Son père plongea la main dans le carton et en sortit un carnet d'autographes.

— Mon père m'emmenait parfois à des matchs de foot. Après le match, je demandais aux joueurs de signer mon carnet. Je leur disais que je deviendrais pro, comme eux, un jour.

Nick dévisagea son père, perplexe : comment cet homme au costume strict avait-il pu être un jour un fan de foot ou de base-ball ?

— Mais tu as fait des études de droit.

— Hé oui, soupira Richard en reprenant la lettre. Ma mère, paix à son âme, pensait faire ce qu'il fallait.

— Comment ça ?

— Mon père est mort quand j'avais dix-sept ans. Cet été-là, on m'a proposé d'entrer pour un an dans une équipe de base-ball. C'était une formation réservée aux meilleurs joueurs qui devait déboucher sur un contrat au niveau national. Matty y allait, et je ne voulais pas rater ça.

— Mais tu n'y es pas allé, c'est ça ?

— J'ai refusé, finalement..., soupira son père. Ça fait tellement longtemps que je n'ai pas repensé à ça... En fait, je ne voulais pas y repenser. Mais après ton appel, l'autre jour, je me suis demandé ce que ma mère avait pu mettre dans ce carton. Et je me suis dit que ça devait être mes affaires de base-ball. Je suppose que c'est sa façon à elle de s'excuser...

— De s'excuser ? Mais de quoi ? fit Nick, surpris.

— De m'avoir dissuadé d'intégrer l'équipe. Cet été-là, je suis resté à la maison pour aider ma mère. Elle était dans un état lamentable après la mort de mon père. Pour l'aider à joindre les deux bouts, j'ai travaillé comme assistant dans un cabinet d'avocats, et elle m'a dit que je devais tabler sur la sécurité et laisser tomber le reste. C'est ce que j'ai fait.

Nick songea à sa propre trajectoire. S'il avait fait si longtemps un métier qu'il détestait, c'était précisément parce qu'il avait d'abord tablé sur la sécurité et cru qu'il s'agissait d'une valeur sûre. D'ailleurs, si sa vie n'avait pas implosé, il n'aurait jamais accepté un poste de chef cuisinier à Stone Gap. La sécurité. La stabilité. C'était ce que Sammie voulait pour sa fille, ce vers quoi Viviane se réfugiait chaque fois qu'elle prenait peur, lorsqu'elle était attirée dans une autre direction.

— J'ai vu la carrière de Matty décoller et, petit à petit, j'ai commencé à l'envier. J'ai commencé aussi à en vouloir à ma mère de m'avoir poussé vers le droit et, pour la punir, j'ai pris mes distances avec elle et je suis devenu l'avocat le plus brillant possible. Mais il s'est avéré que... c'est moi qui me suis puni... Je tenais à peine debout dans le funérarium ce jour-là. Je m'en voulais tellement... De ne pas avoir été là. Pour elle. Pour toi. J'ai préféré partir...

Viviane avait raison. Son père avait été submergé par ses regrets, et tellement sûr d'être impardonnable. Richard avait été dur et froid avec ses fils – c'était indéniable – mais c'était aussi un homme qui souffrait depuis très longtemps. Un homme capable de plaider pendant des heures dans le prétoire mais incapable de parler avec son cœur.

— Je n'ai pas coupé les ponts avec toi par déception, Nick. Rien de ce que je t'ai dit ce jour-là n'était vrai. J'ai arrêté de te parler parce que... je ne savais pas comment dire ce que j'avais à dire. Parce que j'étais envieux que tu prennes les risques que j'avais eu peur de prendre. Que tu allais au bout de ce que tu voulais, de ce qui te passionnait. Alors que j'étais condamné à rester assis dans mon bureau, jour après jour, à gagner ma vie et à compter mes regrets.

Son père marqua une pause, et il y eut un lourd silence. C'était l'occasion ou jamais, réalisa Nick, de dire à son père comment il avait vécu toutes ces années de silence. Toutes ces occasions manquées entre père et fils. Toutes les rancœurs qui s'étaient accumulées.

Pourtant, curieusement, Nick fit une croix sur tout cela. À quoi cela aurait-il servi ? N'avaient-ils pas, l'un comme l'autre, fait des erreurs pour en arriver là ? Alors, plongeant la main dans le carton, Nick en sortit une balle de base-ball usée et la lança plusieurs fois en l'air.

— Papa, maintenant que tu es là, pourquoi tu ne montrerais pas enfin comment attraper la balle ?

À ces mots, Richard se leva et étreignit son fils pour la première fois depuis des années. Et puis ils sortirent dans le jardin et échangèrent des balles jusqu'à la tombée du jour.

La veille de Noël, Viviane était assise dans la salle de réunion du cabinet face à l'homme qu'elle avait pris en charge bénévolement près d'un an plus tôt.

Elle était rentrée chez elle depuis deux semaines et se consacrait entièrement à son travail, dormant parfois au bureau, alors que ses collègues étaient pour la plupart partis passer les fêtes en famille.

Une fois de plus, elle était là un dimanche, en train de travailler, comme elle l'avait fait le dimanche précédent et tous les autres avant celui-là. Assise dans son siège bébé à côté de Viviane, Ellie était contente et repue. Lorsqu'elle bougea, Viviane s'approcha et la prit dans ses bras pour l'asseoir sur ses genoux. Sammie finirait bientôt sa journée et ne tarderait pas à récupérer sa fille.

Ellie lui tenait souvent compagnie au bureau, à présent, en particulier en fin de journée. Cela faisait plaisir à Viviane de faire la jonction entre la fermeture de la crèche et la fin du service de Sammie. Après Stone Gap, celle-ci avait plus ou moins repris sa vie en main. Elle avait trouvé un emploi de serveuse correctement rémunéré mais avait encore des difficultés financières. Viviane lui avait donc proposé d'emménager avec Ellie, maintenant que les travaux étaient terminés dans l'appartement. Pour la première fois depuis que Viviane avait emménagé dans l'immeuble, l'appartement ressemblait à un vrai foyer. Non pas grâce aux nouveaux plans de travail en granit ou au parquet, mais plutôt à des animaux en peluche qui traînaient par terre et des biberons dans l'évier.

Pourtant, Viviane avait le cœur serré car toute cette scène ne faisait que lui rappeler Nick. Et pendant la journée, elle se demandait souvent ce qu'il pouvait bien faire. Et plus le temps passait, plus elle se sentait triste. Elle n'avait aucune nouvelle de lui. Elle avait cru au début qu'il lui courrait après dans un grand geste romantique. Mais il n'y avait rien eu, pas un mot. Peut-être avait-il accepté l'évidence : ils avaient fait des choix de vie différents. Et peut-être le fait qu'elle lui ait tourné le dos avait amené Nick à renoncer.

Jerry s'assit à la grande table de réunion en acajou, flanqué de sa femme, qui adressa un petit signe de la main et un sourire à Ellie. Les documents que Viviane avait établis se trouvaient devant le couple. Légalement, elle était obligée de présenter l'offre de règlement à son client, même si elle pensait qu'il s'agissait d'une somme dérisoire, bien en deçà de ce qu'il méritait. Pendant un long moment, personne ne dit mot.

— C'est une offre assez importante, remarqua Jerry. Ça va beaucoup nous aider. Ils ont présenté leurs excuses et remballé le reste de ces machines défaillantes.

— Je pense que nous pouvons obtenir davantage, déclara Viviane. J'ai suffisamment d'éléments pour prouver que les autres équipements produits par cet industriel présentent aussi des défauts de fabrication. Quant à vous, vous ne pourrez pas reprendre votre travail car vous avez encore des années de soins devant vous. Pour toutes ces raisons, vous méritez une indemnisation au moins trois fois supérieure.

— Combien de temps durerait un tel procès ?

— S'ils refusent de faire une nouvelle offre et optent pour le procès, cela pourrait prendre trois ou quatre ans. Hélas, ce genre d'affaires traîne en longueur. Les avocats de la partie adverse font tout ce qu'ils peuvent pour ralentir les procédures et vous amener à renoncer. Mais je suis là pour me battre pour vous tous. Je sais ce que vous avez subi, votre famille et vous. Vous avez perdu votre maison et votre voiture, et vous avez dû vivre aux crochets des membres de votre famille lorsque vous étiez en convalescence. Mais si vous pouviez vous accrocher...

— Non, répondit Jerry en prenant la main de sa femme. Ma femme et moi, on en a discuté ce matin. Et on a décidé d'accepter l'offre, quelle qu'elle soit.

— Mais vous pourriez obtenir tellement plus...

— Sauf votre respect, Maître Winthrop, je pense que vous ne vous rendez pas compte de ce que c'est que de perdre sa maison. C'est très dur pour une famille. Évidemment, on n'aura peut-être pas autant d'argent que ce qu'on aurait pu avoir, mais ma femme et moi, on s'en fiche. Ça suffira à payer les traitements médicaux et à retrouver un toit, déclara-t-il en sortant un stylo.

— Attendez avant de signer, lança Viviane en faisant rebondir Ellie sur ses genoux. Il n'y a vraiment rien que je puisse faire pour vous convaincre d'aller plus loin ? J'ai un dossier solide et je suis sûre que nous aurons gain de cause.

— On vous remercie de tout ce que vous avez fait pour nous, mais vous devez comprendre une chose. Quand, après avoir perdu ma maison, je me suis réveillé avec ma famille sur un canapé-lit au sous-sol de la maison de mon cousin, avec nos affaires empilées autour de nous, eh bien, j'étais heureux. Vous allez peut-être trouver ça bizarre, mais j'étais heureux d'avoir pu garder ce qui comptait le plus pour moi, ma famille, même si j'avais passé quinze ans de ma vie à payer cette maison que j'avais perdue.

Viviane le dévisagea, stupéfaite.

— Comment est-ce possible après tout ce que vous et votre famille avez enduré ?

— J'avais tout ce qui était important avec moi : ma femme, mon fils et notre petite dernière. Et c'est tout ce qui compte pour moi. L'offre du fabricant nous permettra de reprendre notre vie dans de bonnes conditions, et pour moi, c'est suffisant.

— Je suis... surprise. Je ne crois pas avoir déjà eu un client qui ait refusé d'obtenir plus d'argent, remarqua Viviane.

— C'est Noël, répondit Jerry. Tout ce que je veux, c'est passer les fêtes avec ma femme et mes enfants. D'ailleurs, je suis sûr que vous avez, vous aussi, beaucoup mieux à faire que d'être dans ce bureau à cette période de l'année, d'autant plus que c'est le premier Noël de cette petite. Alors rentrez chez vous et profitez des gens que vous aimez. Nous vous sommes très reconnaissants d'avoir accepté notre affaire, Maître Winthrop. Si vous en êtes d'accord, je vais signer ce papier et vous laisser. J'ai promis aux enfants de les aider à décorer le sapin ce soir.

Il apposa sa signature sur l'offre de règlement, puis fit glisser le document sur la table.

Viviane les regarda tous les deux, abasourdie.

— Quand je vous ai rencontré ce soir-là, vous étiez tellement fauché, Jerry. Tout ce que je voulais, c'était changer votre vie.

— C'est ce que vous avez fait, sourit Jerry. Et le plus beau dans tout ça, c'est que vous avez obtenu que le fabricant reprenne les machines défectueuses. Vous évitez ainsi à d'autres de subir tout ce que nous avons subi. Pour moi, c'est le plus beau des cadeaux de Noël.

Sur ces mots, Jerry se leva et lui tendit le document signé.

— Rentrez dans votre famille, Maître Winthrop. Moi et les miens, on s'en sortira très bien. Joyeux Noël.

Nick, debout dans le vestibule de verre et de marbre, se demandait ce qui lui était passé par la tête. Il était venu là sans avoir appelé, envoyé de textos, ni même vérifié si Viviane voulait bien lui parler. C'était insensé.

Il avait passé deux semaines horribles à Stone Gap. Il n'avait tellement pas la tête au travail qu'il avait fait brûler plusieurs repas à l'auberge. Au point que Mavis l'avait pris à part pour lui dire d'aller chercher Viviane ou de retourner à l'école de cuisine.

Voilà ce qui expliquait sa présence, un 24 décembre au soir, dans le hall de l'imposant immeuble qui abritait le cabinet Veritas où travaillait Viviane. C'était absurde. Il n'y aurait sans doute personne. Pris d'une soudaine inspiration, il descendit au parking. Il reconnut immédiatement la voiture de Viviane. D'autant plus qu'il n'y en avait pas beaucoup d'autres. Cela ne l'étonna guère qu'elle soit au travail, même la veille de Noël.

Il jeta un coup d'œil à la plaque apposée à côté de l'ascenseur. Le cabinet Veritas occupait quatre étages de l'immeuble. Rien n'indiquait à quel étage se trouvait le bureau de Viviane. Alors qu'il appelait l'ascenseur, il remarqua que celui-ci était à l'approche.

Un instant plus tard, il s'arrêta au niveau parking et Viviane en sortit, le bébé dans les bras et un sac à langer sur l'épaule. Nick resta pétrifié.

— Nick. Qu'est-ce que tu fais là ?

— Je te cherchais.

Maintenant que Viviane était devant lui, le joli discours qu'il avait préparé dans sa tête pendant le voyage s'était volatilisé. C'est fou ce qu'elle était belle. Avec cette robe bleu foncé qui épousait ses formes. Des talons noirs qui mettaient en valeur ses jambes incroyables. Et ces longs cheveux qu'il aimait tant remontés en chignon. Quant à Ellie, elle semblait avoir grandi de cinq centimètres. Ses grands yeux bleus s'illuminèrent lorsqu'elle réalisa ce qui se passait et elle tendit la main vers lui.

— On dirait qu'elle se souvient de toi, remarqua Viviane, ravie, avant de lui passer Ellie.

L'aisance de Viviane avec le bébé le surprenait presque autant que sa présence dans l'ascenseur.

— Sammie est repartie ? demanda Nick en caressant la joue d'Ellie.

En guise de réponse, la petite s'agrippa à sa chemise. Bon sang, elle sentait l'amande et l'espoir, et il n'avait pas su jusqu'à présent à quel point ce bout de chou lui avait manqué.

— Non. Elle va passer prendre Ellie dans une minute. Elle vient de sortir du travail.

Presque au même moment, il y eut un bip derrière lui. Il se retourna et vit Sammie entrer dans le parking et garer sa Toyota déglinguée. Viviane rejoignit sa sœur et l'étreignit. Nick suivit le mouvement.

— Je viens de lui donner son biberon. Mais je crois qu'il va falloir changer sa couche, dit Viviane. Je pense qu'elle fait ses dents, alors n'oublie pas de mettre l'anneau de dentition dans le congélateur pendant quelques minutes.

Nick dévisagea Viviane comme si elle parlait une langue étrangère.

— Merci, répondit Sammie avant de se tourner vers lui. Bonjour, Nick.

La sœur de Viviane avait l'air beaucoup plus détendue que la dernière fois qu'il l'avait vue.

— Bonjour, Sammie, répondit-il.

Ne sachant pas quoi faire ou dire d'autre, il lui tendit Ellie. Ses bras lui paraissaient déjà trop vides.

— Euh... joyeux Noël, ajouta-t-il.

Sammie se contenta de sourire, ôtant le sac à langer de l'épaule de Viviane.

— Tu lui as dit ?

— Non.

— D'accord. Je te rejoins là-bas. À très vite, Nick !

Sammie sourit à nouveau, puis rejoignit rapidement sa voiture. Quelques minutes plus tard, elle avait disparu.

La rejoindre là-bas ? Très vite ?

— Qu'a-t-elle voulu dire ? demanda Nick.

— Oh ! rien de spécial, je crois.

Il ravala sa déception. À quoi s'attendait-il ? Qu'elle lui

saute dans les bras ? Qu'il y ait un feu d'artifice ? Il était arrivé à l'improviste, sans plan précis.

— J'espérais que nous pourrions parler.

— D'accord, dit-elle. Je sais qu'il fait un peu froid dehors, mais que dirais-tu d'une promenade ?

— Bien sûr.

Lorsqu'elle s'approcha de lui, son parfum lui titilla les narines, lui rappelant la seule et unique nuit qu'ils avaient passé ensemble.

— Tu es sûre de vouloir marcher ? demanda-t-il. Tu as des talons.

— L'endroit où je veux aller n'est pas très loin, expliqua-t-elle en lui prenant la main et l'entraînant vers la sortie.

D'accord, elle lui tenait la main. Il prit cela comme un bon signe. Un signe de quoi, il n'en savait toujours rien.

— Comment vas-tu ? demanda-t-il, avant de lever les yeux au ciel.

Après tous les kilomètres qu'il avait parcourus, n'avait-il rien de mieux à dire ?

— Ça va. Je suis très occupée, bien sûr. J'ai beaucoup travaillé.

Elle n'avait pas dit qu'elle était malheureuse sans lui ou qu'elle sanglotait dans sa tasse de café tous les matins. Peut-être avait-il eu tort de venir ici.

— C'est bien.

Elle s'immobilisa pour le regarder fixement.

— Non, ce n'est pas bien.

— Tu as raison, ce n'est pas bien, répéta-t-il, comprenant alors qu'elle voulait dire qu'elle était toujours aussi accro au boulot.

— Je devrais avoir une vie. Je devrais avoir du temps libre pour sortir avec des copines, sortir avec un mec ou faire du shopping. Mais au lieu de ça, j'ai ce bureau, dit-elle en faisant un signe vers l'énorme immeuble qui se trouvait derrière eux. D'ailleurs, j'ai décidé... euh, après la réunion que je viens d'avoir, que... je ne voulais plus retrouver un appartement vide le soir.

Sortir avec un mec. Ne plus retrouver un appartement vide le soir ? On aurait dit qu'elle avait des projets. Sauf qu'elle lui tenait la main et le regardait dans les yeux...

— Qu'est-ce que tu racontes, Viviane ? fit-il, incrédule. Parce que je ne suis pas venu ici pour t'entendre dire que tu as envie de sortir avec quelqu'un d'autre.

Un sourire énigmatique se dessina sur le visage de la jeune femme.

— Marchons encore un peu. Tu veux bien ?

Une légère brise se leva, glissant entre les arbres. Le reste du monde était silencieux. Derrière cette allée bordée d'arbres, la circulation était presque inexistante.

Le soleil avait entamé sa descente dans une débauche d'orange et de mauve. Un rayon de lumière orange vif traversa un instant les arbres, puis disparut. Ils prirent un virage, et l'allée s'enfonça dans le bosquet.

— Je marche ici presque tous les jours, raconta-t-elle. Du moins, depuis que je suis rentrée à Durham. Parfois je marche seule, parfois avec Ellie, que j'emmène dans cette poussette qui m'a coûté une fortune. En tout cas, j'aime ce chemin parce qu'il me rappelle Stone Gap.

Il perçut du regret dans sa voix. C'était Stone Gap qui lui manquait ? Ou bien lui ?

— Ça ressemble au sentier qui longe le lac. Sauf qu'il n'y a pas de lac.

— Mais il y a autre chose ici qui me rappelle Stone Gap, ajouta-t-elle, alors qu'ils débouchaient dans un parc.

Un petit étang s'étendait au loin, et un héron se promenait sur la rive herbeuse. Mais c'est un bâtiment circulaire sur la droite qui attira l'attention de Nick.

Un kiosque à musique. Comme celui de Stone Gap, celui-ci avait été décoré pour les fêtes. Des guirlandes lumineuses s'enroulaient autour des rambardes et des chevrons, et des nœuds rouges géants étaient fixés à chacun des piliers. À mesure qu'ils approchaient, les guirlandes s'allumaient, brillant doucement dans le crépuscule naissant.

Je viens ici tous les soirs à cette même heure. Je ne savais pas qu'il y avait un kiosque à cet endroit. Et puis un jour, je suis tombée dessus et... certains soirs, j'ai du mal à le quitter et à rentrer chez moi.

— Pourquoi ?

Il pria pour qu'elle dise ce qu'il voulait entendre, pour qu'elle se souvienne de la soirée qu'ils avaient partagée, pour qu'elle ait eu autant d'importance pour elle que pour lui.

— Parce que ça me rappelle notre petit kiosque...

Il reprit espoir en entendant les mots *notre petit kiosque*.

— Viviane...

— Et puis, je me rends compte que rien n'a changé. Je suis toujours ici, tu es toujours là-bas.

Elle marqua une pause et prit une longue inspiration.

— Et même, reprit-elle, si je t'ai dit que c'était fini... j'avais un peu espéré que tu me tendes la main.

Oui, il en avait eu envie. Chaque jour qui passait, il avait voulu l'appeler, mais il avait cédé soit à la peur, soit à l'entêtement, soit à une sorte de fierté masculine complètement déplacée.

— J'y ai pensé, répondit-il. Un millier de fois. Mais ce n'est que quand j'ai commencé à rater mes omelettes que j'ai compris que je ne te contactais pas parce que j'avais peur. Peur des mots que je voulais te dire. Et puis j'ai vu mon père, et j'ai compris que je ne voulais pas finir comme lui, noyé pendant des années dans les non-dits. Alors je suis venu pour te les dire. Je t'aime, Viviane. Je veux être avec toi. J'aurais dû courir derrière toi quand tu es partie il y a deux semaines, mais j'ai eu peur.

— Peur que je redise non ?

— C'est vrai que tu t'es enfuie quand je t'ai dit que je voulais qu'on soit ensemble pour toujours.

Mais cette fois, elle était toujours là. Son regard bleu toujours plongé dans le sien, elle ne lui avait pas lâché la main.

Elle eut un petit rire joyeux et léger.

— C'est vrai. Mais j'ai eu peur, en fait, quand j'ai réalisé que j'étais à deux doigt d'avoir la seule chose que je m'étais convaincue de pouvoir me passer. Une famille...

Elle le guida vers les marches du kiosque et ils s'arrêtèrent au centre, là où les lumières formaient un halo sur le sol. Alors, elle se glissa dans ses bras. Elle s'y sentait bien, vraiment bien.

— Toute ma vie, reprit-elle, j'ai misé sur mon intelligence pour réussir. Et j'ai mis toute mon énergie à bâtir ma carrière. C'était mon filet de sécurité. Comme quand j'étais une petite fille et que je m'imaginais que si je travaillais bien à l'école, ma mère s'intéresserait à moi et arrêterait de boire. Mais en fait, j'étais tellement occupée à être parfaite que j'ai oublié en cours de route de nouer des relations avec ceux que j'aimais. Je ne prenais aucun risque avec les gens. Des gens comme toi. Et pourtant, tu sais quoi ? Ma sœur m'aimait quand même et pensait que je ferais une meilleure mère qu'elle.

— Peut-être qu'elle voyait en toi quelque chose que tu ne voyais pas.

— Peut-être, répondit Viviane. Mais Sammie est aussi beaucoup plus intelligente que je ne le crois. Elle a demandé de l'aide quand elle s'est sentie débordée par son rôle de mère. Certes, ce n'était pas très malin de s'enfuir en laissant Ellie à l'auberge, mais au moins elle n'a pas eu peur d'admettre qu'elle n'arriverait pas seule. Depuis que nous sommes revenues ici, elle vit avec moi. Et nous nous organisons pour nous occuper d'Ellie.

— Vraiment ? C'est super.

Cela expliquait, réalisa-t-il, l'aisance de Viviane avec Ellie, et ses connaissances en matière de biberons et de poussées dentaires. Viviane avait changé de bien des façons depuis ce jour dans la cuisine de l'auberge.

— Et c'est ainsi, reprit-elle, que j'ai compris que je pouvais faire toutes ces choses dont j'avais peur auparavant : Élever un enfant. Tomber amoureuse. Fonder un foyer. Passer un joyeux Noël.

Il pensa à la maison de sa grand-mère. Le sapin trônait toujours dans le salon, avec seulement les guirlandes lumineuses sur les branches. Après le départ de Viviane, il n'avait pas pu se résoudre à terminer la décoration ou à rallumer les lumières. Rien dans cette maison ne lui semblait normal, sans elle.

— Attends, fit-il, sortant soudain de ses pensées, tu viens de dire « tomber amoureuse » ?

Elle acquiesça et un sourire franc, sans équivoque, s'épanouit sur son visage.

— Je suis tombée amoureuse de toi, Nick, le soir de notre rendez-vous dans le petit kiosque à musique. Amoureuse de ta prévenance. À cause de la façon dont tu avais préparé ce petit coin de rêve rien que pour moi. J'ai juste mis du temps à l'avouer. À moi. Et à toi.

— Ce n'est rien. Il m'a fallu du temps, à moi aussi, pour venir te voir et te dire que tu es le meilleur hasard qui me soit jamais arrivé, dit-il en écartant une mèche de ses cheveux. Je veux passer Noël avec toi, Viviane. Ce Noël, le prochain et tous ceux qui suivront.

Elle secoua la tête.

— Nous ne pouvons pas faire ça ici.

Il la regarda, désespéré. Avait-il mal compris ce qu'elle venait de dire ?

— Je ne serai pas là pour Noël, reprit-elle parce que... je veux que le premier Noël d'Ellie soit spécial, même s'il est peu probable qu'elle s'en souvienne. Et je voulais aussi offrir à Sammie de vraies vacances. J'ai donc pris une semaine de congé et j'ai appelé l'auberge. Sauf qu'il y a un problème.

— L'auberge est fermée pour Noël, sourit-il, reprenant espoir.

— Exactement. Je vais donc avoir besoin d'un autre hébergement. Hélas, il n'y a aucun autre hôtel à Stone Gap. Mais j'ai entendu dire qu'il y avait une jolie maison disponible, avec un arbre de Noël déjà tout prêt, bien qu'un peu désaxé.

— J'ai entendu dire qu'il y avait une belle chambre d'enfant prête à l'emploi dans cette maison, renchérit-il avec un sourire jusqu'aux oreilles.

— Est-ce que tu prends les réservations ? Sinon je pensais venir sonner à ta porte et m'imposer à toi, tu sais, comme ce bébé laissé sur la table de ta cuisine.

C'est fou à quel point c'était bon de la tenir dans ses bras. Il ne voulait plus jamais la lâcher.

— Je suis navré, mais il faut faire partie de la famille pour séjourner au 32, Lakeshore Drive.

Elle leva son regard vers le sien.

— Et moi, j'en fais partie ?

— Chérie, tu es la seule famille que je veux.

Sur ce, il l'embrassa avec autant de douceur que de tendresse. Et lorsqu'elle se hissa sur la pointe des pieds et glissa les bras autour de son cou pour lui rendre son baiser, le cœur de Nick se mit à battre à tout rompre. Ils restèrent dans le petit kiosque jusqu'à ce que le soleil se couche, puis ils rentrèrent chez elle.

Le lendemain matin, Viviane se réveilla dans les bras de Nick. Le soleil n'était pas encore levé, mais elle bouillait d'impatience. Toute sa vie, elle avait rêvé de ce moment, de ce genre de journée, et maintenant elle l'avait, avec sa sœur qui dormait dans la chambre d'à côté, avec Ellie dans le berceau de l'autre côté du couloir. Et avec l'homme contre qui elle était lovée et qu'elle aimait de toute son âme.

— C'est Noël, Nick, murmura-t-elle. Réveille-toi... Comme ça, on pourra descendre ouvrir les cadeaux.

Il ouvrit les yeux et lui adressa un sourire.

— J'ai déjà ouvert le mien.

Elle se mit à rire.

— C'était hier soir. Aujourd'hui, je veux un Noël inoubliable. Pour nous quatre.

Pour la première fois de sa vie, Nick Jackson se leva à l'aube le matin de Noël. Il n'y avait pas de domestiques pour préparer le petit déjeuner ni de majordomes pour distribuer les cadeaux. Il n'y avait qu'eux, dans la maison qui abritait tous ses meilleurs souvenirs.

Toujours en pyjama, ils descendirent au salon, suivis quelques instants plus tard par Sammie et Ellie, et ils s'assirent tous les quatre autour du sapin, avec ses guirlandes lumineuses et les décorations qu'ils avaient accrochées ensemble la veille. Plus tard, il y aurait des crêpes et la remise des cadeaux, mais en cet instant, en regardant les lumières danser sur les traits de la femme qu'il aimait, Nick comprit que même le Père Noël ne pourrait lui faire de plus beau cadeau.